PIC NIC LAND

Petit avertissement chiant mais important :

En gros si tu recopies mon bouquin, c'est la fin des haricots pour toi.

PROLOGUE

Ce récit que vous allez découvrir et que j'ai écrit, ce continent perdu que vous allez explorer et dans lequel j'ai vécu, cette aventure que vous allez vivre et que j'ai traversée, est déjà passé dans de nombreuses mains.

Plusieurs maisons d'éditions chez vous, Homo Sapiens, ont reçu le manuscrit intégral de PIC NIC Land, et si toutes n'ont bien sûr pas été intéressées pour l'éditer, un bon nombre ont voulu s'emparer de mon témoignage pour le remanier à leur sauce.

Rajout de descriptions interminables, censures de scènes à caractère trop sucrées, changements de personnages et de manière d'écrire, toutes ont voulu faire de PIC NIC Land une histoire qui, finalement, était loin d'être racontée par moi.

« Moi » ? Vous vous demandez peut-être qui je suis ? Je suis un picniclandien. Peut-être un simple témoin des faits qui se sont déroulées sur mon continent, peut-être l'un des personnages de cette aventure, ou peut-être juste un historien à la recherche de la vérité. Croyez moi, connaître mon identité est inutile, et toute recherche destinée à m'identifier déboucherait sur un non-sens, comme toute analyse de cette œuvre.

C'est donc totalement exacerbé par l'attitude de ces primates à la tête des publications de romans que j'ai finalement choisi l'auto-édition pour vous narrer cette histoire telle qu'elle s'est réellement déroulée.

Pour la rendre attrayante même à celui ou celle qui n'a pas l'habitude de lire, l'écriture de cet ouvrage évoluera en même temps que nos personnages. N'en déplaise à tous ces singes dotés de conscience me disant qu'il fallait garder le même style d'écriture tout le long d'une histoire.

Pour faire aussi rager les amoureux de la tradition littéraire et les grosses têtes nous dictant comment écrire, j'écrirai parfois « oignon » comme ceci : « ognon ». Et je reviendrai à « oignon » quand bon me semblera.

Toujours pour énerver les mêmes défenseur d'une langue française pétrifiée dans le temps et d'une structure de roman figée dans les nomenclatures, non, la première page d'un chapitre ne sera pas obligatoirement sur une page droite. Je suis écolo, je pense aux arbres moi. Ça te pique les yeux petit primate sans poil à cravate hein ?

Et oui, il y aura peut-être encore quelques fautes de frappe ou de conjugaison à la sortie de ce roman, et c'est ça qui est cool avec l'auto-édition ; les lecteurs pourront me dire où elles se trouvent et je pourrai les corriger. Ou pas. Ça dépendra de mon humeur.

Les gens pensaient-ils sincèrement que j'avais écrit l'histoire d'un continent sur lequel vivent des fruits et légumes en restant dans les codes ?

Haha.

Non.

Maintenant que tout ceci est dit, j'espère que nous nous retrouvons maintenant entre personnes ouvertes d'esprits et qui ne veulent surtout pas se prendre la tête.

Maintenant que ce prologue est presque terminé, je vous conseillerai d'attacher vos ceintures, d'oublier vos soucis et de fermer les yeux.

Enfin, non. Sinon vous ne pourriez pas lire les prochaines pages.

Enfin bref, je vous amène vers une contrée lointaine...

Êtes-vous prêt ?

Es-tu prêt ?

Je dédicace ce livre...

A tous ceux qui souhaitent s'envoler
et rire

PIC NIC LAND
TOME 1

DIDI CHANDOUIDOUI

LA LEGENDE

Notre planète est grande, notre planète est vaste.
L'Humain semble avoir tout conquis,
tout découvert.
Il semble pourtant qu'une discrète parcelle de terre
sommeille encore...
dans le secret le plus profond.
Il y a des milliers d'années, deux humains se
rendirent dans cet endroit pour y faire
un pique-nique.
L'histoire raconte qu'un majestueux volatile les
aurait chassés de son territoire,
laissant le panier contenant leur repas
au beau milieu de cette nature encore inexplorée.
Lors d'un terrible orage,
un éclair foudroya les aliments qui,
grâce à cette foudre légendaire,
prirent vie.
L'oiseau divin devint maître de cette
civilisation alimentaire qui,
au fil du temps, devinrent
les héritiers de ce continent perdu.

Bienvenu, lecteur, sur les terres de
PIC NIC Land...

Bon allez ! Il est temps pour moi de narrer cette histoire à la con et pour notre Poulet de Lumière de réveiller les personnages grâce à son sublime Cocorico !

Il survola alors son paisible royaume en chantant mélodieusement ; la plus grande histoire de ce monde allait pouvoir commencer...

ACTE I
UN PRINTEMPS ORDINAIRE
CHAPITRE 1

Au beau milieu d'une harmonieuse prairie, une petite créature rose ouvrit les yeux. Son regard tomba sur un nuage qui lentement s'éloignait en direction de l'horizon, dans le ciel bleu clair d'un printemps ordinaire. Le soleil apparut de derrière un bout de vapeur blanche et aveugla le petit être rosé, le tirant ainsi de sa rêverie. Il tourna vivement la tête et tomba sur le pied d'un grand arbre hiératique. Hiératique ouais. Ne vous inquiétez pas, je ne suis pas le genre de narrateur qui utilise à tout bout de champ des mots classes que personne ne connaît pour me la péter, hein. Mais hiératique, ça envoie du pâté je trouve.

Donc : Le petit être rosé tourna vivement la tête et tomba sur le pied d'un grand arbre hiératique. L'ombrage venait assombrir ce petit coin agréable. Son ombre s'était déplacée... Le radis songea face à l'astre lumineux puis se releva brusquement, réalisant que le temps ne s'était pas arrêté durant sa sieste. « Je vais me faire tuer ! » s'exclama le radis. « Je vais être en retard ! »

Petit Rose sortit en hâte de la Prairie au Lait et débarqua à toute vitesse dans le village de Bourgapple. Il fonça vers le Co-liège Lissé du village, arpenta des couloirs et des escaliers puis termina sa course devant l'entrée d'une classe. Son bras atteignit la poignée de la porte qu'il ouvrit.

Son bras, ouais. Dans PIC NIC Land, tous les personnages -qu'ils soient des fruits, des légumes, des couverts ou peu importe- sont quand même dotés de bras, de jambes, d'yeux, de bouches, et de multitudes caractères humains.

- Petit Rose ! s'exclama d'un ton sec le Professeur Groignon (un oignon). Toujours en retard. Laisse-moi deviner, tu regardais le paysage...

- J'admirais, coupa le radis.

- Tu admirais ? Et ton cahier d'Histoire tu l'as admiré aussi ? Car aujourd'hui c'est contrôle surprise pour tout le monde ! Voilà !

La classe entière soupira. Petit Rose regarda ses camarades, tous blasés derrière leur bureau. Le groupe était composé de pommes, de lardons, de betteraves, de concombres, de rillettes, de noisettes, et bien sûr de Citrov le citron vert, son meilleur ami.

- Bon assis-toi au lieu « d'admirer » tes camarades, ordonna M.Groignon.

Petit Rose s'exécuta et alla s'asseoir à coté de son acolyte. Une feuille l'attendait sur son bureau.

- Vous avez une heure pour répondre à ces questions, dit le professeur.

- C'est à cause de toi qu'on a ce contrôle, reprocha Citrov à son ami. Qu'est-ce que tu faisais encore ?

- Je contemp'lait le monde, répondit Petit Rose en souriant.

Notre jeune radis était assez... rêveur. Il avait perdu ses parents à sa naissance. Venant d'une famille loin d'être aisée (carrément pauvre d'ailleurs), sa mère n'avait pas survécu à l'accouchement. Son père, lui, s'était enfui pour des raisons inconnues. Inconnues oui. Cherchez pas ; même moi en tant que narrateur omniscient y'a des trucs que j'ignore. Petit Rose avait alors trouvé une famille d'accueil dans la ville de Pissenlity, qu'il n'avait jamais réellement affectionné. Doté d'un tempérament impulsif, il avait décidé un jour de fuguer. Après des jours et des jours de marche, épuisé, il était arrivé à Bourgapple. Il avait alors rencontré Citrov, qui était aussi abîmé que lui. Sans parents. Sans personne qui ne l'aimait réellement. Dans ce monde lointain, leur amitié était la seule chose qui avait de l'importance aux yeux du radis. Rêver était important pour lui, surtout pour s'évader de cette vie médiocre.

La première question qui figurait sur la feuille était : « Prénom ». Notre légume inscrivit son prénom et trouva que ce contrôle commençait bien.

La question suivante : « Contrôle Surprise : Histoire ». Non, après mure réflexion, ce devait être le titre. Les minutes passèrent et Petit Rose, ainsi que Citrov, ne répondirent à aucune question.

« En quelle année M.Patateuh a-t-il construit la Patatour ? Quelle société de télécommunication appartient aux oranges ? Chocobama était-il le premier président chocolat noir ? Quelle entreprise qui conçoit et vend des produits électroniques est dirigée par des pommes ? Lors de la Guerre Froide, combien de civils représentaient les clans des sorbets, des légumes frais et des surgelés ? »

Chaque question était plus dure que la précédente.

L'heure défila et nos deux amis ne remplirent que « Prénom ». Groignon ronchonnera comme à son habitude quand il devra marquer encore une fois en GROS et en ROUGE ce sempiternel 0/20 dont ils étaient habitués. Ces questions à la noix leur prenait le chou ; cette seule réponse mettrait du beurre dans les épinards.

La journée se passa mal, et surtout elle se passa lentement ; les cours étaient aussi nuls les uns que les autres. Petit Rose et Citrov rentrèrent en fin de journée chez eux. Leur « chez eux », c'était une petite cabane en bois qu'ils avaient construits ensemble, à la sortie du village. Citrov avait été abandonné par ses parents et n'avait donc aucun toit, tout comme le radis.

- Bon, que fait-on ce soir ? demanda le citron vert.

- Rien... soupira le radis en s'allongeant sur ce qu'on pouvait difficilement deviner de lit fait de paille.

- Comment ça « rien » ?? On pourrait embêter la vieille Poirotte !

- Non... laissons- là poireauter.

- Que s'passe-t-il ? le questionna Citrov, détectant la lassitude de son ami.

- J'arrête les cours. Ça ne me sert à rien, ça m'agave. Et... je sens que quelque chose se prépare.

Petit Rose jeta un œil par un trou qu'on qualifierait de fenêtre. Soudain, un bruit résonna dans la cabane. Quelqu'un frappait à la porte. Citrov ouvrit ;

personne. Mais une enveloppe avait été soigneusement posée par terre...

Par la pseudo-fenêtre, Petit Rose put distinguer une silhouette s'enfuir à toute vitesse. Était-ce l'émetteur de cette lettre ? Citrov referma la modeste porte et prit le papier dans ses mains.

- Petit Rose... cette lettre a été envoyée de la part de M.Patateuh ! révéla l'agrume en déchiffrant difficilement le nom inscrit sur l'enveloppe.

- C'est qui ce gars ?

- J'n'en sais rien... Mais notre prof d'Histoire, lui, le sait, puisque nous avions une question sur lui lors du contrôle surprise ce matin ! Il faut aller le voir !

- D'accord. Mais demain, c'est la dernière fois que je vois un prof. J'en peux plus.

Petit Rose posa son regard sur le bout de papier, puis leva la tête, troublé.

- Quelque chose se prépare... mais quoi ?

CHAPITRE 2

Le printemps est la saison de la vie. L'existence jouit d'une atmosphère prospère, et c'est en cette saison que la nature renaît. Les bourgeons donnent naissance aux branches, aux feuilles, aux fleurs. Chaque nouvelle vie germe et donne à PIC NIC Land un cosmos à chaque printemps plus près de la nature. C'était un temps idéal pour laisser éclore une nouvelle aventure...

Quand le soleil révéla ses premiers rayons, Petit Rose et Citrov n'étaient déjà plus chez eux. Pour la première fois de leur vie ils s'étaient levés tôt, quelques minutes avant le chant merveilleux du Poulet de Lumière qu'ils purent alors observer voler dans le ciel matinal. Ils arrivèrent donc au Co-liège Lissé bien avant la sonnerie infernale qui retentissait tous les matins, dont le but était de leur rappeler qu'ils allaient à nouveau passer une bonne grosse journée de merde. Ils se précipitèrent vers leur salle d'Histoire et... Étrange ! Elle était déjà ouverte.

Au fond de la salle se trouvait le bureau du professeur Groignon et... ledit professeur, caché derrière un écran d'ordinateur qui manifestait des sons étranges. On aurait dit des rires d'enfants en train de jouer que le professeur avait beaucoup de plaisir à reluquer. Les yeux plein de passion, le corps plein de désirs, la bouche pleine de bave, l'oignon aperçut alors ses deux élèves rentrer dans la salle. D'une rapidité remarquable, le professeur éteignit l'ordinateur et affirma une posture plus sérieuse, faisant mine de rien.

- Que faîtes-vous là à c't'heure ? demanda Citrov en se marrant.

- MOI je travaille, répliqua Groignon.

- Ouais ouais c'est ça...

- Qui est Patateuh ? demanda Petit Rose.

- Tiens, tiens... mes deux pires élèves demandent des leçons d'Histoire.

- Et bien en fait, nous avons besoin de soutien pour notre prochain contrôle.

- Mais nan, rétorqua Citrov. Pourquoi tu n'lui dis pas qu'on a reçu...

- Mais arrête ! le coupa Petit Rose.

Groignon considéra ses élèves, perplexe, un air intéressé se dessinant sur son visage.

- Et pourquoi ne regardez-vous pas dans vos cahiers de cours ?

Les deux amis se regardèrent, dérangés.

- Et bien nous les avons brûlés ! avoua le légume rose.

- Quoi ??? s'écria le professeur, d'une voix qui parcourut tout l'établissement. Vous commencez réellement à me courir sur le haricot vous deux !

- Mais NOUS nous n'avons pas de chauffage chez nous ! se défendit Citrov.

- Vous voulez savoir qui est Patateuh ? grogna Groignon. Alors allez lui demander en personne !

Sur ce, le vieil oignon fit signe à ses pires élèves de partir. Petit Rose et Citrov sortirent donc du bâtiment et continuèrent de marcher à travers le village ; ils n'iraient pas en cours aujourd'hui. Les professeurs ne diraient rien, nos deux élèves étaient la risée de l'école, peut-être même de tout le village, voir carrément DU MONDE. Petit Rose était impulsif, solitaire, pas très sociable et détestait absolument tout ce qui se trouvait sur ce continent qu'il aimerait pourtant découvrir en voyageant, probablement en espérant un jour trouver quelque chose ou quelqu'un qui l'apaise. Citrov, lui, était juste... tout simplement... heu... con.

- Pourquoi tu n'lui as pas dit qu'on avait une lettre ? demanda le citron vert.

- Car moi, contrairement à toi j'ai lu la lettre, rétorqua le radis.

- De toute façon je n'sais pas lire.

- Comment tu fais pour répondre aux questions des intéros' alors ?

- Beh j'n'y réponds pas.

Petit Rose fixa le ciel. La voûte était d'un beau bleu et semblait supplier nos héros de savourer encore sa belle couleur.

- Et si on allait à la Prairie Basmati ? suggéra notre petit héros rose.

- Mais tu oublies les cours...

- Groignon ne veut pas nous voir alors...

- C'est d'accord ! Et une fois là-bas tu me raconteras ce qu'il y a dans cette lettre.

Nos deux compères traversèrent le petit village qu'était Bourgapple et se promenèrent aux alentours, puis s'arrêtèrent à la Prairie Basmati. C'était l'endroit le plus merveilleux qui soit pour Petit Rose. Le soleil était doux, la brise agréable. Des dizaines d'arbres, tous différents, rappelaient la diversité du monde. L'herbe était verte et fraîche, et il y avait même une petite berge dont l'eau était aussi bleue que le ciel. Petit Rose pouvait rêver des heures ici, ce qui lui coûtait d'arriver en retard en cours.

Petit Rose prit la lettre et commença à la lire.

« *Cher Petit Rose, cher Citrov*

Votre vie ne ressemble à rien ? Vous voudriez lui donner un sens ? Je suis là. Et je vous attends. Mais gardez cette lettre secrète.

M.Patateuh »

- Alors, tu en penses quoi ?

Citrov resta figé un instant.

- Beh... c'est qui Patateuh ?

- Mais j'en sais rien ! C'est pour ça qu'on est allés voir Groignon, pour lui demander !

- Ah oui c'est vrai ! C'est pour ça qu'tu n'voulais pas qu'on lui dise qu'on avait une lettre ! C'est parce que c'est secret.

- Voilà !

Petit Rose fixa l'horizon quelques secondes. « Votre vie ne ressemble à rien ? Vous voudriez lui donner un sens ? Je suis là. Et je vous attends. »

Ces phrases tourbillonnaient dans son esprit. Partir... ne pas partir ? En réfléchissant, s'il ne partait pas, que se passerait-il dans ce roman ! Alors il se mit à courir.

- Beh tu fais quoi là ? s'écria le citron vert.

- Je vais voir Patateuh ! Tu viens ?

- Mais, on n'sait même pas où il se trouve !

- Nous verrons ça sur la route ! Allez, viens !

CHAPITRE 3

Nos deux protagonistes marchaient depuis plusieurs heures. Cela dit, ils faisaient une pause de vingt minutes toutes les dix minutes : Citrov était malade. En effet, le citron vert sortant pour la première fois de sa petite bourgade, il venait probablement de se choper un ag'rhume.

La Prairie Basmati semblait si loin maintenant, mais notre radis ne lançait aucun regard derrière lui : le monde était là, devant lui, prêt à être exploré. Il était resté bien trop longtemps à Bourgapple, qui ne lui avait jamais rien apporté. Après être partis, Petit Rose et Citrov avaient emprunté un chemin interminablement interminable et étaient arrivés dans un petit village du nom de Mushwitz.

- Et maintenant que faisons-nous ?

Citrov examina les choses autour de lui et remarqua qu'il y avait beaucoup de champignons dans ce village.

- J'n'en sais rien, c'est toi qui as voulu partir.

- En plus on est partis vers le nord, à tous les coups il fallait partir au sud.

- Quoi ?

- On avait une chance sur deux, sans compter l'ouest et l'est.

- Ça n'me rassure pas du tout...

Le légume et le fruit commencèrent leur visite dans ce discret village. N'ayant jamais connu une autre ville que Bourgapple, Citrov s'émerveilla devant ce nouveau lieu. Les villageois étaient majoritairement des champignons. Ils semblaient vivre joyeusement, et adressaient facilement de légers sourires aux deux visiteurs. Les constructions vinrent éveiller leur curiosité : les maisons de Mushwitz étaient construites de manière à ressembler à des champignons géants !

- J'ai déjà entendu parler de cette ville, dit Citrov. Il y a cinq cents ans, Saladolf avait voulu prendre le contrôle de tout PIC NIC Land. Cette salade diabolique détestait les champignons, alors elle les avait exilés ici, enfermés dans ce village afin qu'ils travaillent pour elle. C'était surtout un endroit de souffrance, dans lequel la plupart son morts ici, cuits à la vapeur. Mushwitz, le Camp des Champignons. Quand Saladolf disparut, les champignons décidèrent de rester unis ici.

- Dis donc, tu t'y connais sur ce village !

- M.Groignon m'a collé la semaine dernière, tu te rappelles ? Voilà ce que je devais écrire pendant trois heures.

- Et moi qui ai cru que tu étais cultivé pendant quelques secondes...

Le radis et le citron vert prirent la direction de la sortie de la ville, toujours en suivant leur cap. L'agrume n'était certes pas très intelligent, mais derrière sa lourdeur se cachait quelqu'un au grand cœur.

Ils arrivèrent alors aux Frèros Rochers. Il s'agissait de deux énormes blocs de roche qui reposaient à l'extrémité nord de Mushwitz, et qui faisaient chacun, à toute chose près, dix mètres de hauteur et un kilomètre de largeur. Dans le corps de l'un des rochers avait été creusé un tunnel. Le célèbre Caratumel.

- N'me dis pas qu'on va entrer à l'intérieur, s'affola Citrov.

- Tu vois un autre moyen d'avancer ?

- Beh j'ai peur du noir moi !

Espérant pouvoir se concentrer et trouver une solution, Petit Rose s'assit à quelques pas de la grotte et ferma les yeux. Citrov l'imita.

- Si seulement quelqu'un pouvait nous aider.

En prononçant ces mots, notre jeune radis rouvrit les yeux. Une banane arriva, un sac banane autour de la taille.

- Yô ! Je peux vous aider ?

Citrov rouvrit les yeux à son tour et dit :

- Si seulement une belle citronnette pouvait venir me soulager un peu de mon jus...

Mais rien ne se produisit.

- Pourquoi ça n'marche pas avec moi !?

Petit Rose se leva et serra la main du fruit jaune, juste un peu plus mûr que lui.

- Et bien peut-être ! sourit le radis. Savez-vous où mène cette grotte ?

- Évidemment. J'emprunte ce passage régulièrement. Cette grotte mène à Panieta.

- Panieta ?

- Oui... la capitale de PIC NIC Land. La plus grande ville du monde quoi.

- Nan carrément !? s'écria le citron vert. Qu'est-ce qu'on attend pour y aller alors !

Petit Rose examina le fruit jaunâtre du regard. A première impression il semblait poli, gentil, et lui redonnait la banane. Il pouvait lui faire confiance.

- Et... avez-vous déjà entendu parler d'un certain Patateuh ?

- Patateuh comme Monsieur Patateuh ?

- Sûrement.

- Je travaille pour lui ! annonça la banane.

- Nan c'est vrai ? demanda Citrov.

- Évidemment que c'est vrai !

- Et beh, on a bien fait d'aller au nord !

Nos deux héros se présentèrent alors à leur nouvel ami.

- Je me présente, Petit Rose de Bourgapple, et voici mon ami Citrov. Je préfère le présenter moi-même car sinon il risque de dire n'importe quoi...

- Enchantée, moi c'est Ban'Anne. Je suis dessinatrice.

- Nous, nous sommes en dernière année de lycée.

- Ah le lycée... J'y étais encore il y a quelques années... mais me voici ! A faire de ma passion mon métier. Vous verrez les gars, après les études, tout est accessible.

- T'as bien d'la chance ! répondit Citrov avec envie, lui qui se demandait chaque jour pourquoi il continuait les cours.

- Allez, M.Patateuh nous attend ! s'exclama Petit Rose.

- Et bien faisons route ensemble puisqu'il m'attend aussi ! leur proposa Ban'Anne.

- Mais... vous, en fait, vous êtes la cousine de Patateuh c'est ça ? demanda Citrov.

- Pas du tout.

- Mais alors comment se fait-il que vous le connaissiez ?

- Bah, je travaille pour lui.

- Ah ! J'n'avais pas compris ça moi !

- Et puis de toute façon je suis une banane, et lui, une patate. Donc je ne peux avoir aucun lien de parenté avec.

- Non mais moi j'n'ai jamais dit que vous étiez un de ses parents, j'ai dit une cousine.

- Mais qu'est-ce qu'il raconte ? s'interrogea Ban'Anne.

- Voilà ce que ça donne quand il parle, l'informa Petit Rose. Il dit n'importe quoi.

Sur ce, le radis, le citron vert et la banane pénétrèrent dans la grotte obscure. Petit Rose se demanda si c'était le destin qui avait mené ce nouveau personnage sur leur chemin. Non... ce devrait être le hasard. Ou alors une facilité scénaristique.

A l'extérieur du tunnel, un champignon observait les trois aliments se faire avaler par les ténèbres. « On voit qu'ils ne sont pas d'ici eux... » pensa-t-il. « Car des créatures hantent le Caratumel. Et quiconque a déjà vu ces créatures, n'en est ressorti vivant... »

CHAPITRE 4

- Ça fait des heures qu'on marche, soupira Citrov.

- Non, ça fait à peine cinq minutes, répondit Petit Rose.

- Et on doit s'enfoncer dans ce maudit tunnel encore combien de temps ?

- Encore un tout petit peu, le rassura Ban'Anne.

Les trois compères marchaient droit devant, sans savoir ce qui pouvait leur arriver. Il faisait vraiment très noir et donc ils ne pouvaient qu'avancer droit devant eux, dans la peur de se cogner dans quelque chose, ou pire...

- Vous allez voir mon patron pour quelle raison en fait ?

Citrov tourna la tête vers Petit Rose pour savoir s'ils devaient le lui dire. Mais en raison de l'obscurité de la grotte, son regard ne trouva que le néant. Finalement, Petit Rose prit la décision de tout raconter, malgré l'avertissement de garder la lettre secrète.

- Hier soir, nous avons reçu une lettre nous indiquant qu'il fallait qu'on trouve ce « Patateuh ». Mais nous ne savons ni qui c'est, ni où il est.

- Haha ! Vous avez bien fait de partir vers le nord. Mais je me demande bien d'où vous venez pour ne pas connaître M.Patateuh.

- Il ressemble à quoi ? demanda Citrov.

- Bah... c'est une patate... répondit Ban'Anne.

- Ah bon ?

- Non mais tu le fais exprès ! gronda Petit Rose.

- Mais quoi ? J'n'ai rien fait ! riposta le citron vert.

- Mais tu pourrais faire un effort ! On passe pour des débiles...

- On passe depuis l'début du livre pour des débiles. Comment je pouvais savoir que c'est une patate ! Je n'sais pas tout.

- Oui mais toi tu ne sais rien. Faut pas tomber dans l'extrême inverse non plus.

Soudain, un cri transperçant résonna dans la grotte.

- C'était quoi ça ? s'affola le radis.

- Pour la deuxième fois, je n'sais pas tout ! s'énerva Citrov. Et en plus de ça, j'ai peur du noir, dans cette obscurité je perds soixante pourcents de mes capacités.

- Déjà que tu n'avais aucune capacité, alors je n'imagine pas maintenant !

D'un coup, des dizaines de cris résonnèrent froidement et contribuèrent aisément à l'ambiance glaciale de nos trois aventuriers. Des hurlements qui semblaient surgir du plus profond des enfers...

- Je ne me sens pas très bien... avoua Ban'Anne.

- Faut dire qu'le narrateur n'nous rassure pas des masses... fit Citrov.

- Tu l'empruntes souvent ce chemin ? demanda le radis à la banane.

- Environ une fois par semaine. Mais je dois dire que c'est la première fois que j'entends ces hurlements...

- Comme par hasard ça tombe sur nous, souffla le citron vert.

- Quoi qu'il arrive, il faut toujours aller droit devant nous ?

- Oui... Et dans quelques minutes nous devrions trouver la sortie.

- Alors on court ! VITE !

Petit Rose, Citrov et Ban'Anne coururent à toute vitesse, alimentés par une forte montée d'adrénaline.

- On n's'en sortira pas vivants ! cria Citrov.

- On va s'en sortir vivants ! cria Petit Rose encore plus fort.

Les cris aigus et perçants ne s'arrêtaient pas. Au contraire, ils s'amplifiaient. Tout comme la peur de nos trois personnages...

Contre toute attente, le radis, le citron vert et la banane virent finalement la lumière du jour, et sortirent bien vivants de la grotte.

- Nous sommes vivants ! s'écria Petit Rose.

La banane risqua un regard derrière elle et distingua de drôles de formes au fin fond du tunnel.

- Qu'est-ce que c'était que ça ? demanda Citrov.

- Des basilics.

- Des basilics ? Mais c'n'est pas censé êtres des plantes ça ?? J'suis perdu.

- Les basilics sont des immenses reptiles végétaux, mi-animaux mi-plantes, faisant partie d'un vaste bestiaire encore peu documenté, au même titre que les menthicore, poplicorns, nougats roux ou encore les zippo-griffes. On raconte que parfois les basilics boivent un alcool très puissant en léchant les parois du Caratumel. Quand cela leur arrive, ils deviennent complètement cinglés et n'hésitent pas à attaquer les voyageurs qui s'aventurent aux Frèros Rochers. J'avais déjà entendu parler d'eux, mais j'avais toujours cru que le Ivre Rocher n'était qu'une légende...

Nos trois aliments, loin d'être rassurés à propos de cette maudite grotte, s'en éloignèrent. C'est alors qu'ils aperçurent des gigantesques bâtiments au loin.

- Voilà Panieta ! souffla Petit Rose, rassuré, en pointant du doigt l'énorme ville.

CHAPITRE 5

Tout comme la civilisation humaine dont tu fais partie, lecteur, la civilisation alimentaire que représente PIC NIC Land a évolué d'une manière assez identique. Quand le panier fut foudroyé, les aliments prirent vie et alors se succédèrent : la préhistoire alimentaire, l'antiquité alimentaire, le moyen-âge alimentaire, l'époque moderne alimentaire, puis l'époque contemporaine alimentaire. Néanmoins, certaines parties de l'évolution alimentaire n'ont pas suivi le modèle humain. Les nombreuses guerres orchestrées par l'Humain depuis son essence prouveraient que sa société est corrompue, à tel point que les uniques Quatre Grandes Guerres survenues dans l'Histoire de PIC NIC Land sembleraient témoigner d'un monde bien plus serein. De plus, certaines inventions n'ont jamais existé comme la religion, ou encore l'argent. Les aliments sont des petits êtres qui, dans un monde presque parfait, se veulent près de leur nature, et qui se sentent très bien sans ce qu'ils appellent les "défaillances de l'évolution humaine".

Panieta était la plus grande ville de PIC NIC Land. C'était ici que toutes les affaires du monde se faisaient. Le nombre d'habitants était affolant ; plus de la moitié de PIC NIC Land y vivait. Le maire de Panieta était le président de PIC NIC Land. Cette immense mégalopole était composée d'immenses tours aux sublimes vitres de verre. L'herbe était d'une couleur surprenante, une sorte de vert émeraude ; à croire que la dégradation dans cette grande ville n'existait pas, ce qui pourrait sembler étrange à un Humain vu le nombre d'habitants. En fait, les gens, à PIC NIC Land, ne polluaient pas, ne vandalisaient pas. Les routes étaient tracées avec des graviers d'un blanc clair. Routes créées uniquement pour la marche : ni de voiture intoxiquant l'air, ni de cheval réduit à l'état d'objet. Simplement d'agréables routes pour marcher.

Ces mêmes routes étaient remplies de monde. Personne, bien sûr, ne se querellait pour des histoires de race. Le racisme ? Ça non plus ça n'existait pas à PIC NIC Land, les picniclandiens trouvant la discrimination plutôt inutile. Panieta était habité de presque toutes les sortes d'aliments possibles. De tout petits pois jusqu'aux longues baguettes de pain, en passant par des sucres, des fraises, des marshmallow, des poires, et même des assiettes !

Et c'est dans cette foule qu'un radis et un citron vert étaient perdus.

- C'est quoi cette ville ? Elle est immense ! s'exclama Petit Rose.

- Vous n'avez pas l'habitude de la ville, je me trompe ? demanda Ban'Anne.

- Je suis né à Pissenlity, mais il y avait pas autant de monde qu'ici. C'est sûr que ça change de Bourgapple !

Le radis et la banane s'aperçurent alors que le citron vert avait disparu.

- Citrov ! crièrent Petit Rose et Ban'Anne en cœur.

L'agrume arriva, l'air agacé pouvant se déchiffrer dans ses yeux :

- Désolé. Mais une espèce de boîte de pâté vient d'me dire que j'avais une tête de gland.

- Il n'a pas tort, avoua Petit Rose.

Être insulté de « gland » était une injure fréquente à PIC NIC Land ; pas de violentes insultes ou profonde vulgarité. Le gland est donc le fruit du chêne. Il y avait des chênes dans PIC NIC Land ; les habitants voyaient ces pauvres fruits accrochés dans ces grands arbres et, eux, n'étaient pas en vie. Ils n'avaient pas été dans le panier, et donc resteraient pendus aux arbres jusqu'à la fin des temps. Cela faisait rire nos picniclandiens. D'où l'insulte « gland » ou encore « glandu ».

- Combien de temps avons-nous pour arriver jusqu'à chez Patateuh ? demanda le jeune légume rose.

- A pied ? Je dirais au moins trois chapitres.

- Et pas à pied ?

- Une demi-page.

- Je n'comprends pas trop... avoua Citrov.

Ban'Anne plaça ses deux doigts entre ses lèvres puis siffla un grand coup. Une baguette de pain arriva à toute vitesse et se stoppa brutalement devant nos héros.

- Je vous présente Paingeot, déclara la banane. C'est un grand ami à moi. Il peut nous emmener où on veut, quand on veut. Il suffit juste de monter sur son dos. Bagugati, Mimie et toute leur famille travaillent comme taxi.

Bien que très hésitants, Petit Rose et Citrov montèrent sur la baguette de pain, derrière la banane.

- Où je vous emmène ? interrogea la baguette.

- A LA PATATOUR ! s'exclama Ban'Anne.

- Accrochez-vous !

Sur ce, Paingeot accéléra et fonça droit devant en évitant tous les passants. Les deux nouveaux passagers hurlèrent de frayeur.

- On n's'en sortira pas vivants !

- On va s'en sortir vivants !

La baguette de pain allait de plus en plus vite. Les tours passaient à toute vitesse à côté. Les passants défilaient d'une rapidité étonnante.

D'un coup, Paingeot s'arrêta net et le cœur des trois passagers virevolta.

- Vous voilà chez le maire...

CHAPITRE 6

Petit Rose, Citrov et Ban'Anne descendirent de Paingeot. Devant eux se dressait une immense tour jaune à points marron, rappelant la beauté des patates (tuez moi, j'en peux déjà plus d'écrire des conneries de ce genre). Si immense, qu'on ne pouvait distinguer le haut de l'édifice.

- Vous voilà chez le maire ! déclara Paingeot.

- Merci mon ami, le remercia Ban'Anne en marchant vers la tour.

- Il doit y avoir une erreur… s'inquiéta Petit Rose. Nous voulons voir Patateuh, pas le maire.

La banane lui sourit et déclara :

- M.Patateuh EST le maire.

- Quoi ?? s'exclama le petit légume. C'est pas possible !

- Et bien si c'est possible ! affirma Paingeot en repartant à toute allure.

Cette déclaration était des plus choquantes. Petit Rose regarda Citrov qui était encore plus inquiet que lui, et s'interrogea :

- Pourquoi le président de PIC NIC Land, qui doit être l'homme le plus riche, le plus connu au monde, enverrait une lettre à un simple petit radis comme moi et à son ami le pauvre citron vert qui ne comprend jamais rien à rien ?

- C'n'est pas vrai ! protesta Citrov. Je comprends. Je crois…

- Ah ouais, alors question : Qui est Patateuh ?

- La mère d'un petit pois ?

- Le maire de Panieta espèce d'idiot !

Ban'Anne s'avança et emprunta un petit escalier de belles pierres jaunâtres. Elle se trouvait à présent devant l'entrée de la « Patatour ».

- Alors, vous venez ? lança-t-elle.

Petit Rose et Citrov montèrent le petit escalier et rejoignirent leur amie. En face d'eux se trouvait une imposante porte noire. Ban'Anne la poussa de toutes ses forces et l'énorme porte s'ouvrit.

L'intérieur était très sombre.

Très sombre...

Encore plus sombre que le Caratumel...

Encore plus sombre que mon trou du...

On ne voyait rien.

- Il fait toujours aussi sombre ici ? demanda le jeune radis en entrant dans la tour.

- En plus j'ai peur du noir moi, dit le citron vert en tremblant. Je vous rappelle que dans cette obscurité je perds cinquante pourcents de mes capacités.

- Cinquante ? demande Petit Rose. C'était soixante tout à l'heure, faut savoir.

- Oui bah justement ! J'perds mes capacités dans le noir je viens de te dire !

- Bon, Ban'Anne, il n'y a pas de lumière ici ?

Aucune réponse.

- Ban'Anne ? Ban'Anne t'es là ?

La porte se referma et plongea la pièce dans la plus grande obscurité.

- Maintenant j'ai encore moins de capacités ! cria Citrov, apeuré.

Soudain, une voix lourde et grave parvint aux oreilles de nos deux héros.

- Chers enfants...

Petit Rose remarqua que la voix venait du fin fond de la salle où ils se trouvaient.

- N'ayez pas peur...

« C'est la voix d'un homme, assez vieux » conclut-il.

- Qui êtes-vous ? demanda le citron vert.

- Je crois que vous le savez... fit la voix.

- Vous êtes Patateuh ? questionna Petit Rose.

- Monsieur Patateuh. Quand on s'adresse à moi c'est avec respect.

- Pardon. Je la refais : Vous êtes Monsieur Patateuh ?

- Oui... Mais si vous voulez vous pouvez m'appeler Maître Patateuh, ou même Seigneur !

- Je pense que « monsieur » suffira, trancha Ban'Anne en allumant les lumières.

Petit Rose et Citrov pouvaient à présent voir l'endroit où ils se trouvaient.

Les murs étaient faits de pierres brunâtre, et le carrelage avait été jauni par le temps... ou alors était-il jaunâtre de base, mais si c'était le cas c'est vraiment pas beau du tout. La pièce faisait un peu moins de trois mètres carré, ce qui était en fait plutôt spacieux pour de petits aliments. Il y avait une sorte de tapis rouge qui commençait à l'entrée (la grande porte noire pour ceux qui avaient oublié) et qui se terminait jusqu'à un long et vieux bureau au fond de la pièce. Derrière ce bureau se trouvait, confortablement assis sous une couronne dorée et une épaisse barbe cendrée, M.Patateuh.

- Vous êtes bien plus effrayant dans le noir, constata Citrov.

- Je suis plutôt d'accord, dit Petit Rose. En fait vous êtes juste une petite patate pourrie.

- Je n'irai pas jusqu'à dire que je suis pourri. Disons plutôt que je suis l'homme le plus puissant du monde, c'est plus simple à dire.

Ban'Anne s'approcha du bureau et sortit un tableau de son sac, qu'elle déposa sur le grand bureau chargé du vieux souverain.

- Voici ce que vous m'avez demandé, chuchota-t-elle.

Patateuh prit dans ses mains la peinture et l'examina attentivement.

- Merci, murmura la patate.

Ban'Anne remit son sac à sa taille, lança un clin d'œil d'encouragement aux jeunes aventuriers, puis sortit de la tour.

- Et nous dans cette histoire ? s'impatienta Citrov.

- Du calme jeune fruit.

- Ça fait des heures qu'on voyage pour venir vous voir, et vous tout ce que vous trouvez à faire, c'est de nous effrayer ! maugréa Petit Rose.

Monsieur Patateuh détacha son regard du tableau et observa les deux amis.

- Pourquoi nous avoir envoyé une lettre ? Pourquoi nous faire faire des kilomètres ? Pourquoi venir vous voir ? Pourquoi avoir choisi un carrelage si dégueulasse ? J'exige des explications.

- Du calme jeune légume.

Petit Rose ouvrit la porte (grande porte noire pour ceux qui avaient encore oublié) et sortit en entraînant Citrov avec lui.

- Que faîtes-vous ? demanda M.Patateuh.

- Toute cette histoire, c'est encore un coup de je ne sais pas qui pour nous humilier. Je m'en vais !

- Toutes vos questions... elles ont des réponses.

Petit Rose rentra (toujours en entraînant Citrov) et ferma un grand coup la porte (toujours la même grande porte noire pour ceux qui avaient encore oublié).

- Une vie médiocre vous attend... reprit M.Patateuh. Si vous restez avec moi, c'est une vie excellente.

- Vous n'savez rien de nous ! s'exclama le citron vert.

Patateuh sourit et dit :

- Petit Rose. Vous êtes un radis, du latin Raphanus sativus. Le radis est une plante potagère bisannuelle de la famille des Brassicadées, cultivée pour son hypocotyle charnu consommé cru comme légume. Citrov, vous êtes un citron vert, appelé aussi la lime, qui est un agrume. C'est le fruit du limettier, du latin Citrus aurantifolia, un arbuste de la famille des Rutacées. Il est également connu sous le nom de « limette ».

- Tout le monde peut le savoir ça ! Il suffit d'aller sur kiwipedia ! Vous n'savez rien de nos vies !

- Allez, viens, on s'en va ! ordonna Petit Rose.

- Ne partez pas ! supplia M.Patateuh, changeant soudainement de ton.

- Et pourquoi ? demanda le radis.

- Parce que j'ai besoin de vous.

- Je commence à n'rien comprendre... soupira le citron vert.

- Vous ne trouvez pas ça étrange que quelqu'un de mon rang s'intéresse à deux aliments comme vous ?

- Mais on fait que ça, de demander des explications !

La plante potagère bisannuelle et la limette s'avancèrent jusqu'au bureau. Le président déclara :

- Vous êtes épuisés. Cette tour est remplie de chambres... alors voilà ce que je propose : Derrière moi se trouve un ascenseur. Prenez-le, je vous offre la chambre numéro vingt-trois, au huitième étage. D'ici quelques heures, après que vous vous soyez reposés et que j'aurai terminé de travailler, quand vous pourrez voir la lune de votre fenêtre, rejoignez-moi au quinzième étage. Et ensuite... je vous raconterai tout.

Petit Rose et Citrov s’exécutèrent ; ils ne pouvaient faire autrement.

CHAPITRE 7

Les heures passaient et le ciel illuminé s'assombrissait peu à peu. Le soleil laissait petit à petit sa place à sa sœur argentée : la Lune.

Petit Rose et Citrov s'étaient relaxés dans la chambre numéro vingt-trois, comme M.Patateuh le leur avait proposé. Il y avait des lits douillets, des draps propres ; ce qui changeait des lits de paille. Au milieu de la pièce se trouvait une petite table sur laquelle était posée un grand bol d'eau minérale venant de Feverest, qui était la meilleure eau du continent. L'eau est la seule alimentation des picniclandiens. Contrairement à la plupart des humains, ils ont choisi de ne pas se nourrir d'animaux s'ils n'en avaient pas besoin. Et les végétaux ? Les fruits et les légumes ne mangent pas des fruits et des légumes, voyons ! Mais thés, infusions et tisanes (c'est quoi la différence déjà ?) étaient de temps en temps sirotés. Nos picniclandiens vivaient naturellement d'humour et d'eau fraîche !

- Bon, on devrait y aller maintenant ! déclara Petit Rose.

Citrov, qui se trouvait près d'une fenêtre, certifia :

- Nan nan ! C'n'est pas l'heure. Je n'ai pas encore vu la prune.

- Quelle prune ?

- M.Patateuh nous a dit de venir quand on verrait la prune de notre fenêtre.

- La LUNE ! Glandu.

- La lune ? Mais c'est quel genre de fruit ça ?

- Tu m'agave !

- Toi, t'es mal luné !

Le légume rose détacha son regard de l'astre lunaire et décida qu'il était temps d'y aller. Il ouvrit la porte qui menait au couloir menant à l'ascenseur. Citrov et lui montèrent jusqu'au quinzième étage.

- Où sommes-nous maintenant ? s'interrogea le citron vert.

- VOUS VOILA DANS LE RESTEAURANT !

Nos deux héros sortirent de l'ascenseur et admirèrent la splendeur de la grande pièce où ils se trouvaient. Il y avait de longues tables partout, habillées d'élégantes nappes blanches. La lumière était douce. Le calme régnait. De célèbres personnalités dînaient luxueusement en savourant de bonnes tisanes. On pouvait apercevoir ces fameuses boules au chocolat rouge et jaune, un "m" peint en blanc sur le torse et qui se prenaient pour des super-héros, ou encore ces confiseries allongées qui s'habillaient de blagues et qui se disaient humoristes, et même ces chewing-gum acteurs sortant d'illustres studios de cinéma. Au milieu du restaurant, derrière une table ornée de fleurs, se trouvait M.Patateuh.

- Venez me rejoindre ! lança-t-il sur un ton des plus joyeux.

Petit Rose et Citrov rejoignirent le maire de Panieta et s'assirent sur de belles chaises lustrées, juste en face de lui. Une petite bouteille d'eau se présenta alors à eux.

- Bonjour, je suis Isabelle. Bienvenue au restaurant de la Patatour. Que puis-je vous servir ?

- Je ne sais pas, répondit le petit radis. Vous avez quoi ?

- Vous avez le choix entre de l'eau... et de l'eau.

- Bon et bien, de l'eau s'il vous plaît !

Isabelle se tourna ensuite vers Citrov.

- J'avoue que le choix est dur... Enfin, j'sais que de l'eau c'est liquide mais c'est dur.

- Et si je vous donnais une goutte d'eau au hasard, comme ça si elle ne vous plaît pas, vous en prenez une autre ?

- D'accord.

- Mais attention, les deux seront pareilles. Alors je propose que...

- Bon c'est bon là ! coupa M.Patateuh en posant sa couronne sur la table. Nous avons des choses plus importantes à régler.

Isabelle s'en alla, ne sachant pas pourquoi elle venait d'apparaître dans cette histoire.

- Et mon eau à moi ? réclama Petit Rose.

M.Patateuh s'impatienta :

- Bon. Vous avez des questions, je vais y répondre.

« Enfin ! » pensa Petit Rose. Quel était le sens de cette histoire ? Pourquoi le destin les avaient-ils fait partir à l'aventure ? Pourquoi ce roman existait-il ? Toutes les explications arrivaient, MAINTENANT.

Notre héros rose songea à la manière dont il allait formuler ses interrogations quand notre citron vert posa alors lui-même la première question :

- J'comprends pas. Si vous êtes une patate... pourquoi ressemblez-vous autant à une pomme de terre ?

Petit Rose baissa la tête, désespéré, en se demandant comment cette soirée se terminerait.

CHAPITRE 8

- Je suis M.Patateuh. Je suis le maire de Panieta, qui est la plus grande ville de PIC NIC Land, et donc aussi président de notre monde. Il y a cinq cents ans, Saladolf prit la tête de Panieta, et imposa sa dictature dans toutes les parcelles de notre monde. Ce que Saladolf voulait, c'est que la population s'entre-tue. Qu'il n'existe aucune loi, aucun droit, aucune valeur, et que la discorde et le meurtre règnent. Mais les habitants de PIC NIC Land se défendirent face à ce pouvoir démoniaque, ce qui était prévisible. Alors elle envoya ses trois redoutables tueurs... les tuer. Plusieurs centaines de personnes furent décimées. Les océans n'étaient plus que des déserts d'os. A l'horizon on ne voyait que des incendies. Les rivières étaient pleines de sang, les rues pleines de corps. Elle avait semée malheur, crainte et désolation. C'est alors qu'une grande lumière enveloppa PIC NIC Land, et quand cette même lumière disparut, Saladolf et ses Trois Nazes avaient disparu. PIC NIC Land comprit que le Poulet de Lumière venait de les sauver. Le monde se remit de cette effroyable tragédie et il continua de vivre, dans la paix. Saladolf n'a jamais été retrouvée. Les habitants de PIC NIC Land déclarèrent qu'elle était morte. Morte sous la patte de notre dieu... Mais il y a quelques jours, le Poulet de Lumière m'a annoncé que Saladolf était de retour. Il faut que je recrute des gens prêts à m'aider, pour vaincre cette horrible salade.

Petit Rose et Citrov étaient figés sur place.

- Alors c'est pour ça que vous nous avez appelés... conclut Petit Rose, terrifié.

- Oui, répondit M.Patateuh. J'ai besoin de vous.

- Combien d'personnes en plus de nous avez-vous pour anéantir Saladolf ? demanda Citrov.

- Juste vous deux, déclara la patate.

- QUOI ??? s'écrièrent nos deux héros en cœur. Mais enfin, vous êtes le chef de PIC NIC Land ! Vous n'avez pas une armée prête à nous défendre ??

- Nous avons toujours vécu en paix, au moindre problème le Poulet de Lumière nous a toujours sauvé... jamais je n'aurais pensé que nous devrions faire la guerre...

Le radis comprit alors la gravité de la situation. Leur continent courrait droit vers l'avocalypse.

- Tout à l'heure, quand nous étions dans votre bureau, pourquoi avoir fait toute cette scène dans le noir ? demanda-t-il.

- Je voulais voir comment vous alliez réagir. Alliez-vous vous enfuir en courant ou alliez-vous rester pour avoir la vérité ? Je devais vous tester. Savoir si vous aviez les tripes de soldats.

Petit Rose et Citrov se regardèrent, chacun dans l'espoir que l'autre déclare enfin quelque chose à propos de cette révélation.

- Qu'est-ce qui nous dit que vous n'nous racontez pas des salades ? demanda l'agrume.

- T'as vraiment rien dans le citron toi, se vexa le président, en colère. Ce bouquin va prendre une tournure beaucoup plus sérieuse : fini les blagues à deux balles, fini les jeux de mots à la noix sur les fruits et les légumes. ET ÇA, ça vous prouvera bien que je ne raconte pas de salades. LA GUERRE APPROCHE.

Bien ! L'histoire commençait enfin...

Par contre je compte pas forcément arrêter les jeux de mots moi, hein. Même si vaincre le mal ne sera pas d'la tarte car nos personnages ont du pain sur planche, ce sont des andouilles car ils ne réalisent pas qu'il faut aussi se fendre la poire ! Ou se fendre la pêche... que dit-on déjà ? Bref. J'ai la patate. Ou... ne dit-on pas avoir la pêche là aussi ? Bref. J'arrête.

CHAPITRE 9

Cela faisait près de trois jours que nos héros étaient partis de Bourgapple. Après que M.Patateuh leur ait avoué la vérité, ils étaient retournés dans la chambre vingt-trois. Pendant ces deux derniers jours, ils avaient visité la ville de Panieta, et étaient montés jusqu'à l'étage cent-huit de la Patatour. Chaque étage avait sa particularité. Il se trouvait dans cette tour des restaurants, des salons de beauté, des salles de sports, des piscines, des salles de musiques, et plein de choses encore, mais en tant que bon narrateur je ne dois pas vous déranger avec tous les détails , et ça m'arrange.

Le soleil se leva et le ciel offrit au monde de PIC NIC Land une nouvelle journée ensoleillée, sous le chant merveilleux du Poulet de Lumière. Nos deux aliments se réveillèrent à l'étage quatre-vingt-six, qui était une salle de cinéma.

- C'n'est pas vrai qu'on s'est endormis en plein épisode !? ronchonna Citrov.

- Si, affirma Petit Rose d'un air joyeux, révélant sa bonne humeur. Mais en même temps on en a regardé une dizaine à la suite.

- « Vampire Diarrhées » ! Quel navet !

- Hé ! Un peu de respect pour les navets, ils t'ont rien fait.

- Mais c'est une expression humaine...

- Les humains, ce sont des glandus.

Les deux amis ricanèrent quelques minutes puis revinrent aux choses sérieuses.

- Que fait-on aujourd'hui ? demanda Citrov entre deux bâillements.

- Et bien, allons voir si M.Patateuh a trouvé du monde pour anéantir Saladolf !

Le radis et le citron vert sortirent de la salle et descendirent jusqu'au rez-de-chaussée, où se trouvait le bureau du maire de la ville. La patate était plongée dans des dizaines de papiers administratifs.

- Vous travaillez toujours ici ? demanda Petit Rose en brisant l'inspiration de M.Patateuh.

- Oui, répondit la pomme de terre.

- Vous travaillez pas à la mairie ?

- Pour quoi faire ?

- Bah... je sais pas, un maire ça travaille à la mairie non ?

- Je n'aime pas travailler à la mairie. Là-bas, il y a des femmes, et je déteste ces parasites.

- Des parasites ? s'exclama l'agrume.

- Bah quoi ?

- Beh c'est faux, une femme ça donne de l'affection...

- FAUX ! Une femme ça donne une infection ! Avec un poison mortel appelé : L'AMOUR. Rappelez-vous bien de ce que je vous dis les enfants : dans l'amour, il n'y a rien de bon. L'amour donne des obligations, prive de liberté, rend plus vives les blessures de la trahison. Pire, une femme ça énerve quand c'est avec vous. Encore pire : ça énerve quand c'est loin de vous... Croyez moi, j'en ai eu des aventures...

- Vous avez un vrai cœur d'artichaut !

- Un cœur réduit en purée les enfants... Bon, parlons de quelque chose de plus gai ! Il y a quatre jours, j'ai envoyé des lettres à plusieurs jeunes glands dans votre genre...

- Pardon ?

- Heu' à plusieurs jeunes comme vous je voulais dire !

- C'est quoi des jeunes comme nous ?

- Bah... des gens qui n'ont pas de vie.

- Mais quel patard* ! (*nouvelle injure créée par Citrov, mêlant patate et bâtard ; heureusement que je suis là pour traduire)

Les trois aliments reprirent leur souffle. Patateuh reprit la parole :

- Ce que je voulais dire, c'est que vous n'avez... ni amis, ni famille. Vous vous ennuyez à Bourgapple, et l'école ne vous apporte rien. Il est plus facile de faire venir des aliments comme vous, plutôt que des aliments qui ont une vie stable.

- Bien rattrapé.

- Donc, je disais que j'avais envoyé à plusieurs jeunes glands dans votre cas la même lettre qu'à vous, qui dit de venir ici, et de faire rester cette lettre secrète. Pour l'instant je ne souhaite pas que les habitants de PIC NIC Land sache que je crée mon... armée.

- Votre armée ?

- Oui... aujourd'hui nous ne sommes que trois, mais dans quelques jours nous serons bien plus nombreux, et formeront le plat de RESISTANCE.

Un frisson de peur, ou bien d'excitation, parcourut Petit Rose. Ce combat, cette guerre... C'était sa chance de devenir enfin quelqu'un.

- Petit Rose ? J'attends de toi que tu trouves quelques personnes susceptibles de nous aider. Voudrais-tu t'acquitter de cette mission ?

- Je pense que je pourrais retourner dans mon village, et chercher des gens ! Ça va être super ! Notre première mission ! Pas vrai Citrov ?

La pomme de terre regarda le pauvre agrume, qui ne partageait pas du tout le même enthousiasme.

- Je n'comprends rien à rien, alors je n'pars pas... Je serai un boulet pour toi... En ne venant pas tu seras plus efficace.

- Mais arrête ! Tu es mon meilleur ami, alors ne dis pas de choses comme ça ! Nous ne pouvons pas baisser les bras devant une mission de cette envergure.

- Parce que notre mission c'est de mettre de la verdure ?

- Quoi ? Mais pas du tout !

- Pas du tout, mais c'est une très bonne idée ! sourit M.Patateuh. Je sens que je vais le garder avec moi ! Pars Petit Rose, je m'occupe de ton ami.

Petit Rose serra son ami avec force. Il ne l'avait encore jamais quitté. Jamais depuis qu'il l'avait rencontré, il y a de ça si longtemps, lorsqu'ils étaient encore de jeunes pas mûrs.

Citrov et lui détestaient la solitude, depuis tout petits. Ils avaient toujours été là l'un pour l'autre.

Sans famille.

Sans amis.

Juste eux deux, vivant la vie en aimant chaque seconde qu'ils passaient ensemble, sans se soucier du monde autour.

Aujourd'hui, ce monde comptait sur eux.

Petit Rose sortit de la Patatour.
- Je reviens demain, déclara t-il. Je vous promets de revenir avec du monde.

Sur ces mots, le radis alla affronter le monde, seul.

CHAPITRE 10

Le soleil aujourd'hui était des plus brillants. La journée s'annonçait bonne. Mais le voyage qu'allait entreprendre Petit Rose n'était pas de tout repos.

- Et mince... soupira t-il devant les Frèros Rochers.

- T'as besoin d'aide ? demanda quelqu'un derrière.

Le légume se retourna et aperçu Ban'Anne qui marchait en sa direction.

- Yô ! Alors tu rentres chez toi ?

- Oui ! Enfin non ! Je dois recruter du monde.

- Recruter du monde ? Pour faire quoi ?

- Si tu m'accompagnes je pourrais te raconter. Mais là je ne peux pas perdre de temps.

Ban'Anne accepta et nos deux compères entrèrent dans le Caratumel. Le voyage jusqu'à la ville de Mushwitz ne dura pas très longtemps, à peine juste le temps de raconter à l'acolyte jaune toute la révélation de Patateuh. Petit Rose et Ban'Anne sortirent de la grotte indemnes. Heureusement pour eux, les basilics n'avaient pas bu d'alcool aujourd'hui.

- Donc, comme ça tu travailles pour M.Patateuh maintenant ?

- Oui, je suppose.

- Et tu y crois à toute cette histoire toi ? Saladolf de retour ? C'est assez étrange... Patateuh nous raconte des salades...

- Citrov a déjà fait la blague... mais... j'en sais rien. Peut-être qu'elle a ressuscité... Nous voilà en tout cas à Mushwitz ! Encore quelques heures et nous serons à Bourgapple.

Le radis et la banane contemplèrent le tout petit village parsemé d'habitations à l'apparence de champignons. Cette race s'était unie après l'exil que leur avait imposé Saladolf avant de les torturer. Petit Rose devait faire en sorte que plus aucun malheur ne s'abatte par sa faute. Il l'empêcherait de nuire à nouveau.

- J'ai réalisé une bande dessinée l'année dernière, raconta Ban'Anne. L'histoire se déroulait dans ce village. Des petites créatures humanoïdes bleues vivaient dans ces champignons, créatures créées à la suite d'expériences de Saladolf et des nazes qui ont travaillés pour elle il y a cinq siècles. Mes dessins ont tellement plu à M.Patateuh qu'il m'a embauché pour que je lui fasse un tableau par saison, histoire de décorer le rez-de-chaussé de la Patatour. A chaque saison, un paysage. C'est pour ça, puisque que tu pars à l'aventure, je te suis ! En t'aidant, ça me permettra de découvrir de nouveaux lieux à peindre.

- Ça doit vraiment te plaire comme métier... Tu travailles pour Patateuh afin de rendre plus agréable sa tour. Je travaille pour lui afin de détruire Saladolf. Deux métiers bien différents !

- Pas si différents quand tu y réfléchis bien. Nous contribuons tous les deux à la beauté de notre monde.

Les deux compères se remirent en route. Notre jeune radis se dit qu'il avait bien de la chance d'avoir rencontré Ban'Anne. D'habitude, il passait ses journées avec Citrov. Sa nouvelle amie était plus mûre, cette fois-ci dans le sens mature, mais le citron vert lui manquait déjà.

Le soleil atteignit son zénith pendant que les nuages continuaient leur éternelle errance, alors que nos héros motivés poursuivaient leur objectif. Le radis et la banane arrivèrent enfin à la Prairie Thaï, l'un des multiples prés entourant Bourgapple, l'un des endroits favoriz de notre cher radis.

- Cet endroit est merveilleux ! s'exclama Ban'Anne en admirant la beauté des arbres.

- Je trouve aussi ! consentit Petit Rose en s'allongeant sur l'herbe fraîche.

- On fait quoi maintenant ?

- On se repose ! J'ai la tête dans le pâté. Et ensuite nous irons à Bourgapple.

- Pas de soucis !

Le légume rose s'endormit et put à nouveau rêver, baigné dans les rayons chauds et doux du soleil. A ses côtés, le fruit sortit de son sac-banane un crayon et un carnet de dessin. Contente de voyager avec son nouvel ami, elle dessina cette fin de chapitre avec joie.

Mais ce qu'ils n'imaginaient pas, c'est que ce chapitre ne se terminait absolument pas sur la page précédente.

Alors qu'ils se reposaient tranquillement et naïvement, une petite silhouette ronde les espionnait.

- Tu ne sais pas dans quoi tu t'es embarqué Petit Rose...

La petite silhouette ronde leva la tête au ciel. Le ciel d'un printemps ordinaire.

Enfin, pas tout à fait ordinaire...

ACTE II
EXCALIBEURRE
CHAPITRE II

Petit Rose et Ban'Anne s'étaient reposés un léger moment puis avaient essayer de mener leur mission à bien. Leur porte-à-porte dans les rues de la bourgade ne se passa malheureusement pas comme ils l'avaient imaginé ; aucun aliment ne souhaitant se joindre à l'aventure. Le soir venu, ils avaient donc dormi dans la cabane où d'habitude le radis vivait. La nuit s'était passée dans la plus grande bonne humeur, malgré l'échec de leur recrutement. Ils n'avaient pas parler à tout le village, peut-être que la journée de demain se montrerait plus généreuse.

Le soleil se leva et illumina le petit village qu'était Bourgapple. Nos deux équipiers se levèrent en même temps, réveillés par le fameux cocorico du volatile divin qui volait au-dessus de son monde. Ils burent un thé et se préparèrent à partir. Quand Petit Rose ouvrit la porte, il se rappela qu'il y avait encore quelques jours, il l'ouvrait tous les matins pour partir en cours...

- Il faut qu'on aille au Co-liège Lissé ! déclara t-il en se libérant de ses pensées.

- Pourquoi ? demanda Ban'Anne.

- Parce que là-bas il y a plein de jeunes gens !

Sur cette déduction tout à fait soudaine, nos deux équipiers se dirigèrent vers le Co-liège Lissé.

Une tomate apparut alors singulièrement sur leur route, secondée d'un étrange vent froid et pénible qui se levait et qui semblait trouver son origine dans ce fruit rouge-sang au visage masculin.

Une cicatrice habillait l'un de ses yeux qui, d'un air provocateur, fixait nos deux personnages.

- Petit Rose... souffla t-il.

- Qui es-tu ?

- Je m'appelle Tomat. Je vous conseille d'abandonner...

- Abandonner ? répéta Ban'Anne.

- Vous ne pouvez rien contre le retour de Saladolf, déclara Tomat sur un ton des plus sombres.

Sur cette dernière parole, cette tomate qui semblait à peine plus vielle que nos personnages, disparut, tout comme ce mystérieux vent.

- Tu ne sais pas dans quoi tu t'es embarqué Petit Rose...

Sans prêter attention à ce fruit, ou bien ce légume (non c'est vrai franchement, une tomate c'est quoi bordel ?) le radis et la banane pénétrèrent dans le Co-liège Lissé et arrivèrent rapidement devant la porte fermée de la salle de M.Groignon.

- Il doit sûrement faire son cours, imagina Ban'Anne.

- Il n'y a qu'un seul moyen d'en être sûr, fit Petit Rose en ouvrant la porte, en espérant ne pas retrouver le pervers derrière son ordinateur en train de se toucher la courgette.

Ils virent alors les élèves les plus jeunes de l'école...

... qui écoutaient très attentivement le cours d'Histoire.

- Mais où étais-tu ?? s'étouffa le vieil oignon en voyant le radis. Des jours qu'on ne te voit plus ! Comme quoi, il n'y a pas que les fruits secs qui sèchent les cours. Où étais-tu ?

- Ce ne sont pas vos oignons, haha.

La classe ria et le professeur dut grogner un bon coup pour que les élèves retrouvent leur sérieux. Petit Rose se sentit fier de sa blague.

- C'était pas drôle, ronchonna l'oignon.

- Boh si...

- C'est vrai que c'était un peu facile, lui dit Ban'Anne.

- Bon, on va changer de chapitre pour oublier cette blague hein ?

CHAPITRE 12

M.Groignon venait d'être frappé par un sentiment nouveau pour lui : l'étonnement.

Sa vie n'était faite que d'ennuis, de déceptions et de répétitions perpétuelles. Il n'aurait jamais cru qu'un petit radis, qui n'avait même pas atteint l'âge de maturité, et qui en plus, était son pire élève, aurait eu le culot d'interrompre l'un de ses cours.

Mais si Petit Rose avait fait ça c'était sûrement pour une bonne raison, pensa t-il.

- Que veux-tu ? risqua le professeur, dans l'espoir de changer sa misérable vie.

- Et bien j'aimerais enfin aller au Dessert Sablé ! s'exclama Petit Rose. On dit que là-bas, malgré la chaleur, le paysage est fantastique. D'ailleurs si j'étais né noix de coco je serais devenu un Cocow-boy. Parce que dans ce lieu plutôt hostile se trouve...

- JE M'EN BATS LES STEAK DE SOJA ! grogna Groignon. C'est pour ça que t'es venu m'emmerder ?

- Heu non ! Si je suis là c'est pour autre chose.

Les élèves écoutaient très attentivement le radis et l'oignon discuter. Si attentivement qu'ils prenaient des notes.

- M.Patateuh nous envoie, déclara Petit Rose.

- Patateuh... Patateuh ?

- Bah ouais, Patateuh quoi. Le fameux gars du contrôle ! On a fini par le trouver !

- Mais comment se fait-il que toi... un pauvre légume non cultivé (est-ce un jeu de mot ?), ait rencontré un homme aussi talentueux que M.Patateuh ?

- Allez-y, insultez-moi de gland pendant que vous y êtes. Et puis Patateuh talentueux... personnellement, à part faire durer du suspens pendant des lignes et des lignes, je vois pas où est son talent.

- Et si on allait droit au but ? proposa Ban'Anne.

- J'attendais que tu le demandes ! Donc, M.Patateuh nous envoie.

- Patateuh... Patateuh ?

- Non mais ça va pas recommencer !

- Désolé !

- Donc, nous sommes allés voir le président et il nous a demandé de lui amener des jeunes gens qui souhaiteraient sauver le monde.

Le radis et la banane se tournèrent vers les élèves, qui ne dirent pas un mot.

- Personne n'est partant ? s'affola Ban'Anne.

- Moi je suis partant ! s'écria M.Groignon.

- Quoi ?

- Je suis partant !

- Mais pas vous !

- Pourquoi pas moi ? Je suis trop vieux peut-être ?

- Bah déjà, y'a ça. Mais pas que.

- Attendez, vous aurez besoin de moi ! Je connais l'Histoire de PIC NIC Land ! Chaque problème, chaque menace, chaque bataille. Quoi qu'il se trame dans notre beau monde, je saurai m'en débarrasser.

- Hum'... alors imaginez que Saladolf revienne, vous pourriez la combattre ?

- Je connais presque tout de Saladolf. Comment elle a préparé ses tueurs à la guerre, comment elle organise ses plans d'attaques. Je connais sa mentalité, ses stratégies ! Je suis professeur d'Histoire, n'oubliez pas ! Alors, soit vous m'emmenez et vous pourrez vous appuyer sur ma solide culture, soit vous partez sans moi, et vous n'aurez aucune information.

Petit Rose hésita un moment.

Il voulait les informations de son professeur, mais l'idée de lui en train de combattre...

...ouais, ça pourrait PEUT-ETRE être cool !

Il fit signe à Groignon et Ban'Anne de le suivre.

- On part.

- On part où ? lui demanda le fruit.

- Sur la grande place de Bourgapple.

Le petit héros rose réfléchit un instant.

Oui, il devait aller là-bas. C'était le jour du marché. Il avait promis à M.Patateuh de ramener du monde. Il en fallait le plus possible.

- Mais bien sûr ! Là-bas, il y aura des gens !
- Tu crois qu'on peut y arriver ?
- Convaincre des gens d'obéir à une pauvre patate pourrie pour se battre contre le mal absolu. Mais bien sûr !

Sur ce, nos deux héros sortirent du Co-liège Lissé, suivis de leur première recrue.

CHAPITRE 13

Revenons un peu plus tôt dans la journée. Quand le soleil se levait. Mais, à des kilomètres de Bourgapple. A Panieta !

Citrov s'était réveillé dans la chambre vingt-trois, au huitième étage. Après s'être lavé, il avait rejoint le quinzième étage et avait pris un petit déjeuner composé d'eau, d'eau et d'eau. Il discuta quelques minutes avec Isabelle puis descendit au rez-de-chaussée, où M.Patateuh travaillait. Visiblement, il était toujours derrière son bureau.

- Bonjour monsieur ! lança t-il.

- Que fais-tu ici de si beau matin jeune fruit ? le questionna le maire.

- J'peux vous poser la même question.

- Vois-tu, je suis toujours ici. Il est rare que je m'occupe d'autre chose que de mon travail.

- Vous devriez vous r'poser un peu, sinon vous allez faire un burn-yaourt.

- C'est la guerre jeune fruit ! Il est hors de question de prendre des vacances.

La grande porte noire s'ouvrit alors, la lumière du jour éblouissant les yeux du vieux monarque qui avait travaillé dans la pénombre tout le matin durant.

- Monsieur le président ! s'écria une clémentine, qui venait de franchir l'entrée de la Patatour à toute vitesse.

- Qui me parle ? demanda Patateuh en frottant ses sensibles yeux.

- Je suis la factrice pardi, hihi !

- « Pardi » ? s'interrogea Citrov. Drôle de prénom...

- J'ai un message de la part du... Poulet de Lumière...

M.Patateuh frissonna. Quand le Poulet de Lumière fait passer un message, c'est un cas d'extrême urgence.

- Quel est ce message ? demanda la patate, apeurée.

- « Je vous ai laissé un présent, à la sortie nord de Panieta », dicta la factrice, un long parchemin déroulé dans les mains.

« Un présent ? » s'interrogea Patateuh. Si le Poulet de Lumière avait laissé un objet sur le continent de PIC NIC Land, c'est qu'il devait être d'une extrême importance. Cet objet venait-il vraiment du Poulet lui-même ? Si oui, alors ce présent devait être magique.

- Je peux y aller et vous rapporter cet objet si vous le souhaitez ! proposa la clémentine.

- Merci. J'apprécie votre générosité. Allez-y ! ordonna le maire, empli d'excitation.

- Hihi ! Est-ce que ce beau citron vert peut venir avec moi

- De qui ? rougit Citrov. Moi ?

- Tu vois un autre citron vert ? fit Patateuh. Accompagne donc...

- Je m'appelle Clémentine !

- Original. Accompagne donc Clémentine, et ramène-moi mon présent.

- D'accord monsieur, lui répondit Citrov, motivé. Mais si j'vous ramène ce présent plus tard, ça deviendra un futur nan ?

CHAPITRE 14

Citrov et Clémentine sortirent de la Patatour. Le ciel était habillé de nuages grisâtres qui empêchaient la plupart des rayons de percer. « J'espère que le soleil est à Bourgapple » espéra le citron vert en songeant à son ami rose, qui devait réussir sa mission. En bas des petites marches de pierres blanches se trouvait Paingeot !

- Hey ! s'écria Citrov.

- Citrov ? Alors, ça marche les affaires ?

- Ouais... enfin je n'sais pas trop. C'est assez compliqué... il faut qu'j'aille au nord.

- Tu veux monter ?

Le citron vert tourna la tête vers la clémentine. Elle accepta en lui offrant un petit sourire. Tous les deux montèrent sur Paingeot, qui partit à toute allure. C'était parti ! Plus les secondes passaient et plus il accélérait. La ville était grande mais le voyage fut court. En quelques minutes seulement, la baguette de pain avait emmené nos deux agrumes à la sortie nord de la ville, en semant une prune et une amande qui auraient voulu sanctionner cet excès de vitesse.

A présent... il n'y avait plus de tours. Il n'y avait pas non plus de routes, ni de chemins. Même pas un aliment.

L'herbe était sombre... délaissée. Il y avait plein de pierres un peu partout, ainsi que de gros rochers qui semblaient faire partie de structures bien plus imposantes mais détruites il y a des siècles.

De très grands et vieux arbres dormaient dans cet étrange endroit...

Paingeot, remarquant que ses deux passagers cherchaient quelque chose, s'approcha du citron vert qui venait de descendre.

- Vous devez faire quoi ici ? demanda Paingeot.

- Chercher un présent... murmura Citrov.

- Pourquoi tu chuchotes ?

- Parce que cet endroit ne m'inspire pas confiance...

- Il n'inspire confiance à personne... aucun aliment ne s'égare ici.

Clémentine s'avança et chercha autour d'elle s'il y avait ce fameux présent quelque part.

- On appelle cet endroit... Nectaruine. On ne connaît pas bien l'histoire de cette ancienne cité composées de brugnons et de pêches... Mais un jour, une horde de créatures maléfiques détruisirent la cité et dévorèrent les habitants... laissant leurs architectures à l'abandon, qui, au fil du temps, ne firent qu'un avec la nature et devinrent cet étrange endroit.

- C'est donc pour ça que personne ne vient ici ! réalisa Paingeot qui commençait à repartir, tressaillant à l'idée que des bêtes sauvages bondissent sur eux.

- En tout cas j'n'ai rien compris moi, avoua Citrov.

Le regard curieux de notre jeune citron vert tomba alors sur un large coffre de bronze.

- Heu... Clémentine, Paingeot... Est-ce que c'est normal qu'il y ait un coffre ici ?

Nos trois aventuriers se précipitèrent sur le coffre sacré qui, bien entendu, n'avait rien à faire ici. Précieusement, Citrov l'ouvrit et une étincelante lumière envahit alors Nectaruine. Quand le citron vert, la clémentine et la baguette de pain purent revoir quelque chose, ils virent dans le coffre... une brindille installée verticalement sur un socle argenté.

- Quelqu'un peut-il m'expliquer ce qui se passe ? fit Paingeot en regardant Citrov.

- Pas moi... peut-être le narrateur ? A moins qu'il décide subitement d'arrêter c'chapitre pour bien nous faire chi

CHAPITRE 15

A Bourgapple, le soleil continuait sa course au beau milieu du ciel. Petit Rose, Ban'Anne et Groignon s'étaient rendus à la grande place, au centre du village.

- Oyez oyez, braves gens ! s'écria l'oignon en s'adressant aux gens autour de lui.

- Mais qu'est-ce que vous faîtes !? s'affola le radis.

- Il nous faut des gens pour sauver le monde non ?

- Mais c'est notre boulot ça ! Vous, vous avez juste à vous taire !

Sur la grande place se trouvait beaucoup de monde, enfin, assez de monde pour un petit village. Il y en avait qui vendaient, d'autres qui jouaient, d'autres qui visitaient, d'autres qui... heu, je ne sais pas ce qu'ils font ceux-là.

Une noisette s'approcha alors près de Petit Rose et se présenta :

- Bonjour, je m'appelle Nuisette.

Notre petit légume rose rougit. La belle noisette qui se tenait devant lui était belle, très belle.

- Au Co-liège Lissé, tout le monde parle de ton entrée en classe, et de ton envie de sauver le monde. Je ne sais pas si tu te prends pour un héros de roman ou quoi, mais tu me plais. La rumeur circule que tu es sur la grande place... alors je suis venue te rejoindre !

Petit Rose sentit une étrange sensation parcourir son corps. Un sentiment de douceur et de passion l'attirait vers ce beau fruit sec. Il n'arrivait même plus à prononcer un mot. Jamais il n'avait ressenti cela auparavant. Était-ce ce qu'on appelle l'amour ? Non, il était encore trop tôt pour cela. Mais il ne pouvait pas se cacher qu'il était attiré par cette belle noisette.

- Petit Cœur Rose... souffla Nuisette près de son oreille.

- Non, c'est Petit Rose tout court...

- D'accord, P'tit Cœur Rose.

Le radis était paralysé. Mais comment ? Mais pourquoi ?

- Que veux-tu ? demanda Ban'Anne en apercevant la peau rose de son ami virer au rouge.

- Je veux vous aider, déclara Nuisette.

- Nous aider ? A recruter du monde ?

- Non. A sauver le monde.

Faute de mieux qu'un oignon dépressif et une noisette excitée, Ban'Anne accepta, en se demandant si la particularité de ce village n'était pas finalement de tomber que sur des glands.

*

Les heures passèrent et personne d'autre que Groignon et Nuisette ne voulait rejoindre l'armée de Patateuh. Personne, en fait, ne semblait comprendre la réalité de la menace qui pesait sur le continent. Pas même ces deux nouveaux personnages qui avaient pourtant rejoint l'aventure. Ban'Anne se demanda si même Petit Rose comprenait réellement la gravité de la situation.

- Je pense qu'on devrait rentrer, proposa-t-elle, exténuée. Le soleil se couche d'ici quelques heures, donc le temps d'arriver à Panieta...

- Je suis d'accord, coupa le professeur. Je ne veux pas traverser des bois en pleine nuit.

- Alors partons ! lança Petit Rose, tout juste remis de son intense passion pour la nouvelle recrue.

Le radis, la banane, l'oignon et la noisette se mirent en route.

Après un chemin interminable et des bois qui n'en finissaient pas, ils arrivèrent à Mushwitz où ils décidèrent de boire un coup dans une auberge. Et oui, remarquez que je fais ici un effort surhumain pour ne pas faire de jeu de mot avec aubergine. Nos quatre aventuriers se mirent à une table, commandèrent quelques verres d'eau et commencèrent à faire connaissance.

- Tu fais quoi dans la vie, Petit Cœur ? demanda Nuisette en se rapprochant à coté du radis.

Petit Rose commença à rougir de plus belle, et évita le charmant regard que lui jetait la belle noisette.

- Et bien, je fais plein de choses… répliqua le légume en tremblant.

- Quoi comme choses… ?

Le radis, vraiment tout rouge, regarda la banane. On pouvait lire sur les yeux du petit légume rose un appel au secours désespéré. Mais pourquoi donc n'arrivait-il pas à se contrôler quand Nuisette lui parlait ?

Contre tout attente, ce n'est pas le fidèle fruit qui l'aida, mais une jeune enfant champignon. Elle lança un « bonjour » sous le ton de la bonne humeur, le sourire jusqu'aux oreilles (enfin jusqu'au chapeau).

- Coucou ! Je m'appelle Emmanite !

- Je peux t'aider ? lui proposa Ban'Anne en se levant.

- Je suis né à Mushwitz et que je connais tout sur ce village.

- Et alors ? rétorqua Groignon.

- Des créatures hantent parfois le Caratumel qui mène à Panieta. Et aujourd'hui, vous êtes tombés sur une journée où ces démons sont là.

Nuisette frissonna.

- Quiconque a déjà vu ces créatures n'en est ressorti vivant, poursuivit le petit champignon.

- Bon et bien je crois qu'on est tous d'accord pour attendre demain ! conclut Groignon.

- Pas question ! tonna Petit Rose en se levant. Nous sommes venus ici pour recruter du monde. Combien de temps faudra-t-il à Saladolf pour préparer sa prochaine domination ? Nous ne le savons pas. Mais le temps nous est compté. Et pas juste à nous, au monde de PIC NIC Land, tout entier ! Nous n'avons pas le temps d'attendre, nous devons aller sauver le monde.

Le courage du radis illumina le cœur de Nuisette tandis que Groignon ronchonna, trouvant ce discours vraiment trop cucul, pas du tout original, et vraiment, mais alors vraiment trop facile. Et il n'a pas tort hein.

Et oui j'ai le droit d'être d'accord avec certains personnages. J'suis narrateur, oui. Je vous raconte ce qu'il se passe, OK. Mais les discours tout pourris… non franchement c'est chiant. Et voilà que ça recommence !

- J'ai promis à M.Patateuh que je reviendrai le lendemain, reprit le radis. Nous sommes le lendemain, et il est sur le point de se terminer. J'entrerai dans le Caratumel, avec vous. Et je me battrai. Nous nous battrons. Si on n'est pas capable... de vaincre de pauvres serpents bourrés, alors nous ne vaincrons jamais Saladolf.

Le discours pourri de Petit Rose avait tout de même redonné du courage à la petite équipe.

- Petit Rose a raison, encouragea Ban'Anne. Nous ne devons pas décevoir les lecteurs.

- Bon et bien allons-y... trembla Groignon en suivant le groupe, qui se dirigeait vers les Frèros Rochers.

CHAPITRE 16

Nos héros marchaient dans la grotte depuis quelques minutes. Petit Rose ouvrait la marche, pour protéger les autres. Derrière lui, Nuisette. Pour l'aider, ou bien pour le mater ? Derrière l'élégante noisette se trouvait Emmanite, qui avait voulu rester auprès de nos aventuriers. Ensuite, M.Groignon, qui avait essayé d'être le plus loin possible. Finalement Ban'Anne fermait la marche, parce qu'il fallait bien que quelqu'un soit dernier.

Le petit groupe restait silencieux, alors Nuisette engagea la conversation :

- Tu sais que tu es très sexy... Petit Cœur ?

Petit Rose ne parlait pas, ou du moins, n'y arrivait pas. Il ne savait pas pourquoi. Sûrement qu'il ne voulait pas se ridiculiser lui-même mais, en ne parlant pas, ne se ridiculisait-il pas ? Alors il répondit, embarrassé.

- Ah oui... je suis sexy ?

- Oh oui ! Surtout comme ça !

- On est dans le noir, alors je vois pas comment tu peux me voir...

- Justement ! Je peux imaginer toutes sortes de choses.

Soudainement, des cris retentirent dans le tunnel.

- C'était quoi ça ? s'affola Groignon.

- Si seulement on n'avait pas parlé, ces basilics ne nous auraient pas entendus ! souffla Ban'Anne en dégainant un crayon, inquiète.

- Ils vont nous foncer dessus ! s'écria Emmanite.

- Ah bon ? fit Nuisette, réalisant soudain le sérieux de la situation.

- Mais non, rassura le radis. Il y a quelques jours, j'ai emprunté le Caratumel et j'ai entendu ces cris. J'en suis sorti indemne. Il en sera de même pour aujourd'hui !

Ban'Anne se rendit compte qu'elle utilisait ce tunnel très souvent et qu'elle n'était jamais tombée sur un jour où ces reptiles végétaux effrayaient les passants. Quelle chance ! Espérons que les basilics ne s'en tenait qu'à « effrayer ».

- Heu... Petit Rose ? fit t-elle. Je ne me sens pas très bien à l'arrière. Rien que l'idée qu'on fonce sur moi par derrière... Dans cette obscurité... Tu ne voudrais pas échanger de place ?

- Je suis devant je te rappelle. Les attaques qui viennent d'en face c'est moi qui les reçois.

- Ah oui... je n'y avais pas pensé à ça... Tout compte fait je préfère rester à l'arrière.

Sur ces mots, les cris recommencèrent de plus belle. Plus forts. Plus aigus. Plus perçants encore. Pourquoi ? « Les basilics devaient se rapprocher » songea la banane.

Le radis, puis la noisette ainsi que le champignon, virent enfin la lumière du jour au bout du tunnel.

- C'est le paradis qui s'ouvre à nous ! cria Groignon qui n'apercevait que quelques éclats de lumières.

- C'est la sortie ! s'exclama Nuisette.

- Quelqu'un peut m'expliquer pourquoi les cris se rapprochent ? demanda Emmanite.

- Ce n'est pas toi qui sais tout sur Mushwitz ? ironisa Ban'Anne.

Les cris s'intensifièrent. La peur s'empara de nos cinq aventuriers.

- COURREZ !!!! ordonna Petit Rose de toutes ses forces.

Mais un basilic se plaça devant lui et pénétra ses dents dans sa petite peau rose...

CHAPITRE 17

Revenons à Panieta. Bah quoi ? Un peu de suspense. Enfin je voulais dire, au nord de Panieta, à Nectaruine.

Citrov, Paingeot et Clémentine venaient de trouver un coffre contenant une brindille. Était-ce le présent du Poulet de Lumière ?

- On peut m'expliquer ? s'inquiéta la baguette de pain.

Citrov examina du regard le léger morceau de bois. Peut-être était-ce une arme ? Une sorte d'épée, comme avaient les chevaliers dans ces récits romanesques qu'étudient les scientifigues en essayant de comprendre l'espèce humaine.

- Le Poulet de Lumière a livré un message à M.Patateuh. Il lui a dit qu'il lui avait laissé un présent à la sortie nord de Panieta.

- Et tu penses que c'est cette brindille, le présent ?

- Je n'sais pas... fit Citrov en regardant la clémentine, qui semblait avoir plus ou moins son âge, mais qui semblait bien plus intelligente.

- Peut-être que cette brindille est magique, hihi ! songea-t-elle.

- « Seul le plus grand des héros peut retirer Excalibeurre » dit le citron lentement, en épelant laborieusement le texte gravé dans le socle.

Clémentine essaya de retirer la brindille : sans succès. Paingeot y mit toute sa force : sans résultat. Citrov, tranquillement, posa ses mains sur le manche de l'objet magique et, lui, réussit à retirer le bâton sans aucun effort.

Tout à coup, une voix céleste se fit entendre, résonnant dans toute la Prairie des Ruines.

- *Bonjour...*

Citrov sursauta en faisant tomber la brindille. Paingeot regarda autour de lui. Clémentine, quant à elle, ferma les yeux et se concentra sur cette voix.

- *Comme vous pouvez le deviner, je suis le Poulet de Lumière. Cette Brindille... m'appartient. Enfin, devrais-je dire, m'appartenait.*

La voix était belle, claire et douce. Elle n'inspirait que la confiance.

- *Excalibeurre, la Brindille de Lumière, est à présent à vous. Utilisez-la comme une arme et vous pourrez vaincre Saladolf.*

- Mais aucun d'entre nous n'a d'expérience en matière de combats ! l'avertit Paingeot.

- Heu'... comment tu sais ça toi ? protesta Citrov.

- Bah à ta tête, on voit mal un expert de combats ou un super guerrier...

- *Excalibeurre n'obéit qu'à l'élu,* déclara l'être ailé.

Un grand halo de lumière sortit soudainement d'entre les nuages et fendit l'air jusqu'au coffre de bronze, puis baigna la Brindille dans sa couleur dorée. Quelques secondes plus tard, la lumière disparut et l'épée se mit à voler, comme dansant dans l'air. Elle fonça alors vers l'entrée de Panieta et sortit en un éclair de Nectaruine.

- Cette brindille... elle va encore plus vite que moi ! fit Paingeot, époustouflé.

Citrov jeta un œil vers le coffre... à présent vide. Mais c'était quoi cette brindille au juste ? Où partait-elle ? Qui allait-elle voir ? Le citron se tourna vers la clémentine pour avoir son avis sur ce qu'il s'était passé.

- Je n'arrive pas à expliquer ce phénomène, avoua-t-elle. Enfin, avec la magie du Poulet de Lumière tout est possible !

Sur cette hypothèse, nos trois amis admirèrent l'éclat mystérieux d'Excalibeurre qui, très rapidement, disparaissait dans le paysage.

- D'habitude je n'comprends rien, là je n'comprends vraiment rien... conclut le citron vert en détachant du regard le socle argenté, sur lequel était en fait gravé :

« *Seul le plus* gland *des héros peut retirer Excalibeurre* »

CHAPITRE 18

Alors... que préférez-vous ? Savoir ce qu'est devenu Petit Rose... ou Excalibeurre ? Et bien, en dehors du fait que vos envies je m'en bat les steaks de seitan, vous saurez les deux en même temps !

Le basilic enfonça ses crocs, dans la... Brindille ! Brindille qui était venue au bon moment pour protéger notre cher radis. (bah quoi j'ai entendu « crick » j'ai cru que les dents s'enfonçaient dans Petit Rose ! Il fait noir ce n'est pas de ma faute)

Ban'Anne, Groignon, Nuisette et Emmanite avaient réussi à sortir de la grotte.

- Où est Petit Rose ? s'écria la banane.

- J'en sais rien, il faisait noir ! répondit le champignon.

- Alors on retourne dans le Caratumel ! ordonna la noisette.

Mais lorsque nos quatre personnages voulurent retourner dans la grotte, un gros et hideux serpent se rua sur l'entrée du tunnel. Impossible d'aider Petit Rose !

Le jeune radis se trouvait à présent seul, face à plusieurs basilics. Comme si ce n'était pas assez difficile, il devait se battre dans le noir. Mais heureusement, il avait cette arme entre les mains.

« D'où vient cette brindille ? », « Pourquoi est-elle venue à mon secours ? »

Plusieurs questions virevoltaient dans la tête de Petit Rose. Mais il n'avait pas le temps d'y répondre. Il devait trouver un moyen de sortir de cette grotte, et entendait rester en vie.

Il se délivra de ses pensées et se mit en garde, comme l'aurait fait un chevalier du moyen-âge Humain avec son épée. La Brindille n'était pas lourde. Au contraire, c'est comme si elle faisait partie de lui. « Est-elle magique ? » se demanda t-il. Un basilic frappa alors notre radis d'un geste léger, mais qui tout de même le griffa. Décidément, ce n'était pas le moment de se poser des questions.

Petit Rose secoua son arme avec violence et toucha son ennemi de plein fouet.

D'un coup, plus rien.

Le silence complet.

Mais ce fut de courte durée. Des cris retentirent, encore. Le radis devait se concentrer. D'où allait venir la prochaine attaque ? Il comprenait maintenant pourquoi ces créatures poussaient de forts cris. C'était pour ne pas les entendre approcher. Il devait sûrement y avoir des basilics qui restaient au fond de la grotte pour crier, alors que d'autres se rapprochaient. Par cette déduction, le radis était terrifié. Comment allait-il se battre ? Mais cette Brindille, elle n'était pas là pour rien. C'est alors qu'un autre reptile le frappa par derrière. Il fit un tour incontrôlé sur lui-même et son arme toucha la bête. Un cri, de douleur cette fois-ci, résonna.

Deux basilics hors-combat. Combien encore ? Petit Rose était blessé et fatigué. Ses forces le quittèrent alors, et il tomba violemment par terre. « Je ne peux pas les battre... »

Ses yeux se fermèrent. Mais il ne sut comment, il put distinguer trois voix. Les cris, il y en avait trois différents ! Comment ? Il n'avait pas conscience de ça les yeux ouverts. Pourquoi ? Encore une question sans réponse. Était-ce grâce à cette étrange Brindille ? Encore une question. Reprenant confiance en lui, le radis se releva et ouvrit les yeux.

Il n'y avait que trois ennemis, enfin, si son ouïe, ne l'avait pas trahi.

- Je ne sais pas qui vous êtes. Et vous ne savez pas qui je suis ! Et bien mon nom est Petit Rose ! Je suis celui qui vous détruira ! Et celui qui détruira Saladolf ! Je compte débarrasser PIC NIC Land de tout malheurs... JE COMMENCE PAR VOUS !

Sur ces paroles, Petit Rose concentra le peu d'énergie qu'il lui restait et courut le plus rapidement possible, brandissant Excalibeurre devant lui. Il ferma les yeux et se concentra sur son ouïe pour ainsi distinguer les mouvements des trois créatures. Il savait que la sortie se trouvait droit devant lui, malgré la grosseur du basilic qui s'était intercalé entre lui et la lumière du jour. Un reptile s'interposa, il fut déchiré. Puis un autre ! Transpercé ! Le dernier ! Mince ! La

Brindille ne le tua pas. Le radis insista, mais l'arme n'arrivait pas à l'atteindre. Pas celui-là du moins.... Heureusement pour lui, le basilic abandonna le combat et repartit dans les profondes ténèbres qui se terraient dans cette grotte. Peut-être eut-il peur ? Mais comme l'avait appris aujourd'hui Petit Rose, ce n'était pas le bon moment pour se poser des questions.

Il pouvait à présent sortir !

- Petit Rose ! s'écrièrent en cœur Ban'Anne, Nuisette et Groignon en voyant leur ami sortir du Caratumel.

- Tu n'as pas l'air soulagé de voir Petit Rose en vie, reprocha Nuisette au jeune champignon.

- Petit Rose ? Ha oui ! C'est que j'avais oublié son prénom, désolé.

Notre chevalier radis s'avança vers ses amis.

- Je crois que je vais mourir...

- Ne dis pas de bêtises ! le rassura Ban'Anne. Tu vas t'en sortir, d'accord ?

- Si je vais pas mourir, alors c'est que je vais dormir...

Le radis, essoufflé, tomba dans les bras de son équipière. Nuisette devint rouge, de colère et de jalousie ; c'était à elle de le porter !

- Ban'Anne ? cria une voix au loin.

Nos héros se retournèrent. Citrov ! Paingeot !

- Ban'Anne ! Alors le recrutage, ça marche ? demanda le citron vert, tout joyeux.

- C'est recrutement ! répondit la banane en le saluant d'un hochement de tête.

- Mais que fais-tu ici toi ? demanda Groignon.

- Et bien je travaille moi aussi pour M.Patateuh ! s'exclama le citron vert.

- C'est la réunion des glands ce n'est pas possible...

L'agrume remarqua alors le corps inanimé de son ami dans les bras de Ban'Anne.

- Petit Rose !

- Ne t'inquiète pas il n'est pas mort, le rassura sa compère jaune. Il a juste besoin de repos.

Paingeot remarqua alors Excalibeurre dans la main du radis.

- Clémentine ! Regarde ça !

- Cette brindille est à vous ? demanda Emmanite.

- Au Poulet de Lumière, corrigea la clémentine. Hihi !

- Est-ce qu'on peut m'expliquer ? firent Ban'Anne et Groignon en même temps.

- Content de voir que je ne suis pas le seul à ne pas comprendre, renchérit Paingeot.

- Beh moi je n'comprends rien depuis le début, marmonna Citrov.

Nos héros réalisèrent qu'ils étaient enfin à Panieta.

Petit Rose, Ban'Anne, Citrov, Paingeot, Nuisette, Clémentine, Groignon et Emmanite se dirigèrent en direction de la Patatour.

CHAPITRE 19

M.Patateuh, toujours dans sa Patatour, consultait des dossiers. Sa concentration s'interrompit quand la porte s'ouvrit (grande porte noire pour ceux qui avaient oublié). Les gros yeux de la pomme de terre fixèrent l'entrée de la tour que Ban'Anne traversait pour le rejoindre.

- Mais... que ?

Le maire de Panieta, bien qu'étonné de voir Ban'Anne accompagné du jeune radis, faillit s'évanouir quand il aperçut que le légume rose était inconscient.

- Il faut tout de suite le soigner ! exigea la banane, essoufflée.

La patate appuya sur un bouton d'alarme se trouvant sur son bureau et plusieurs petites fraises sortirent de l'ascenseur derrière lui.

- Vous deux, portez-le ! ordonna une.

- Direction l'étage quarante-deux ! fit une autre.

- Il perd du sang ! cria une troisième.

- Ramène pas ta fraise ! lui envoya la première.

Les fruits rouges emportèrent le corps inanimé de Petit Rose et disparurent dans l'ascenseur.

- Mais que s'est-il passé bon sang ? râla M.Patateuh. Tu me prives de la seule personne qui...

- Avant de continuer à me réprimander, regardez plutôt ce que je vous apporte... adjugea Ban'Anne.

D'un signe de la main, la banane montra l'entrée de la Patatour. Le maire l'examina d'un œil, exaspéré, voyant que rien d'inhabituel ne se produisait.

- Non mais vous devez rentrer maintenant ! désespéra le fruit.

La patate sentit alors l'espoir renaître en elle. Ce qu'il se déroulait devant ses yeux... Jamais elle n'aurait cru que le jeune radis puisse recruter du monde. Et surtout pas autant ! Un à un, des fruits et légumes rentraient dans la salle de travail du maire. L'envie de combattre brûlait dans leur regard. Un seul sentiment se lisait sur eux, comme gravé dans leur âme : la détermination.

- Si Petit Rose meurt, nous le vengerons et supprimerons toutes les traces du mal dans ce monde, engagea Citrov.

- Petit Rose n'a pas hésité à se sacrifier pour nous sauver, ajouta Nuisette. Il nous a montré qu'il fallait se battre. Nous nous battrons.

- Nous sommes tous ici pour vous, annonça Groignon.

- Avec nous, PIC NIC Land n'a rien à craindre du retour de Saladolf, renchérit Clémentine. Hihi !

- Nous trouverons encore du monde qui rejoindra votre armée, promit Paingeot.

- Je crois que je n'ai plus rien à dire... termina Emmanite. Bon par contre je suis petite moi, faudrait que je prévienne mes parents que je pars à la guerre quand même...

Tous s'étaient alignés devant le bureau de M.Patateuh. Ce dernier... se leva, posant tout son poids sur une modeste canne. Le cœur de Ban'Anne se serra ; jamais elle n'avait vu la pomme de terre se lever de sa chaise.

- Je vous remercie de ce que vous êtes prêts à faire pour moi. Pour la population entière. Plus nous serons nombreux, et plus nous seront forts. Je pense que vous avez eu une journée assez chargée. Alors vous êtes ici comme chez vous. Vous avez des chambres au huitième étage. Un restaurant au quinzième. Et des tonnes de loisirs dans les autres. Reposez-vous, amusez-vous. Nous nous reverrons demain pour vous confier vos futures missions. L'important ce soir, c'est que votre santé mentale et votre santé physique soient à leur paroxysme.

- Et le paroxysme s'trouve à quel étage ? demanda Citrov, ce qui fit rire la mignonne clémentine.

Sur cette dernière blague involontaire, nos héros se précipitèrent dans l'ascenseur et s'envolèrent dans la Patatour.

CHAPITRE 20

Le ciel, qui n'avait pas dévoilé son étoile de la journée, s'obscurcit très rapidement. Quelques nuages noirs s'installèrent là où la lune se présentait par accoutumance. Même les astres de lumière ne semblaient pas vouloir se manifester. « Cela ne présage rien de bon pour demain » pensa Citrov.

Il était monté jusqu'à l'étage quarante-deux, qui était une sorte d'hôpital. Il s'était présenté à une fraise bien rouge qui lui avait indiqué où se trouvait Petit Rose. « Ses blessures ne sont pas très graves » lui avait-t-elle dit. « Il a juste puisé un peu trop d'énergie. Il a besoin de repos, mais cela dit, vous pouvez quand même le voir »

Citrov était alors resté à son chevet.

- J'aurais dû t'accompagner... soupira t-il.

Petit Rose était allongé sur un lit. Des pansements étaient collés sur ses bras, et un sur sa tête. En plus de ça, un bandage lui entourait la taille.

- Peut-être aurais-je pu t'aider...

Le citron vert regretta d'être un boulet pour son ami et jeta un coup d'œil vers une fenêtre. La voûte céleste était toujours aussi sombre ; la lune ne se montrerait pas.

*

Après le discours de M.Patateuh, Paingeot, Emmanite et Groignon s'étaient rués à l'étage trente-trois, la salle des jeux. Bowling, baby-foot, palets, billard, tout y passait.

- Hé les gars ! s'écria le petit champignon. C'est quel genre d'aliment les personnages sur le baby-foot ?

- Ce sont des humains, l'informa l'oignon.

- Des humains ?

- T'es jamais allé à l'école ou quoi ? s'étonna la baguette de pain.

- Mushwitz est un village assez pauvre. Je ne connais rien du monde...

- Les humains dominent notre planète, qu'ils ont appelé Terre, dit le professeur. Ces êtres... mangent des aliments.

Emmanite, ainsi que Paingeot qui pourtant connaissait déjà cette anecdote, tressaillirent.

- L'Histoire raconte que des humains seraient venus dans des terres encore inexplorées pour piquenique. Un éclair se serait alors abattu, et aurait donné vie aux aliments de ces humains. Ces aliments, nos ancêtres, sont les premiers picniclandiens. Les terres inexplorées devinrent les terres de PIC NIC Land. Plus aucun Humain n'est revenu dans nos territoires...

- Quand vous dîtes un éclair... c'est genre un éclair au chocolat ou ça n'a rien à voir ?

Paingeot et Groignon soupirèrent, lassés par le manque de culture du champignon. Après cette courte leçon d'Histoire, nos trois amis continuèrent de jouer pour le reste de la nuit, et ne s'endormirent que très tard...

*

Nuisette et Clémentine, quant à elles, étaient montées au quinzième étage : le restaurant. Il s'y trouvait de très bonnes boissons à savourer pour mieux se relaxer, mais aussi afin de faire le plein de forces pour demain. Après s'être installées à une table, elles invitèrent Isabelle à rester avec elles. Nuisette commanda une tisane aux gardénias, Clémentine un verre d'eau sucré et Isabelle un thé à la vanille. Nuisette engagea la conversation :

- J'aime les gardénias. Ces fleurs représentent l'amour inavoué.

- Entre toi et Petit Rose, hihi ! rigola la clémentine.

- Il est si craquant, s'excita la noisette. Sa peau si rose, et sa petite touffe d'herbe sur sa tête... mh !

- C'est vrai qu'il est pas mal, continua la bouteille d'eau.

- Petit Rose est à moi ! tonna Nuisette. Toi, tu peux prendre Groignon, Paingeot, même Citrov ! A moins qu'il ne soit déjà pris...

La jolie noisette tourna lentement la tête vers la clémentine.

- Je t'ai vue le fixer pendant que nous marchions vers la Patatour, tout à l'heure. Tu devrais être plus provocante. Il est assez mignon, vous formeriez un beau couple. Mais pas autant que Petit Rose et moi !

Sur ces paroles, Nuisette se leva et fit un clin d'œil à ses deux nouvelles amies, puis partit :

- J'ai quelque chose à faire.

La soirée avança et Isabelle, après un troisième thé, s'en alla dormir. Clémentine se retrouva seule. Elle songea à ses parents, qui lui manquaient. Petit Rose n'avait pas connu les siens à Pissenlity, et Citrov avait été abandonné à Bourgapple. Ban'Anne venait de Sapille, mais jamais elle n'avait parlé de ses parents. Quant à Paingeot, toute sa famille faisait le taxi à Panieta, il devait donc croiser les siens souvent.

Clémentine avait vu le jour à Poire-régal, un joli royaume aux richesses historiques, proche de la mer. Elle l'avait fui car justement, il vivait bien trop dans le passé. Depuis, elle n'avait réussi qu'à devenir factrice. Enfin... elle a quand même croisé les personnages principaux de cette histoire !

Loin de chez elle, elle pensa au charmant citron vert qu'elle venait de rencontrer, en espérant trouver en lui le réconfort et l'affection qui lui manquaient.

*

Quand M.Patateuh finit son discours, Ban'Anne décida de rester avec lui pour parler plutôt que de s'enfoncer dans l'ascenseur avec la foule.

- Alors, ma peinture de printemps ? Vous a-t-elle plu ?

- Oui, mais vois-tu, je ne l'ai pas accrochée. Ce tableau est tellement beau qu'au lieu de le laisser pendre sur mon mur, je me fais des petits plaisirs en le regardant le matin... si tu vois ce que je veux dire...

- Vous faites ça devant des paysages ?!

- Je déteste le sexe traditionnel, ce n'est pas de ma faute.

M.Patateuh sortit alors un long parchemin, s'empara d'un crayon, inscrit quelques noms sur le papier, puis le tendit à Ban'Anne.

- Tu travailles pour moi en tant que dessinatrice ou soldat ?

- Vous connaissez mon père, ce fou du travail, ainsi que sa devise « Banana Split ». Une banane peut être coupée en deux, elle ne mourra pas. Au lieu de ça elle peut avoir deux boulots et endosser le double de responsabilités.

- J'ai surtout connu ton père durant notre jeune âge, c'était plutôt « Banana Slip ». Deux femmes, double de sexe !

- Je ne veux pas savoir ! Tout ça pour dire que je peux être votre dessinatrice et votre soldat.

- Très bien. Sur ce parchemin, j'ai noté les noms de ceux qui font partie de l'armée que je bâtis. Il y en a neuf, moi compris. Quand ce parchemin sera rempli, nous serons assez nombreux pour détruire Saladolf.

Ban'Anne enroula le parchemin et le redonna à Patateuh. Une question la trottait depuis hier. Petit Rose n'avait pas l'air de se questionner autant, il préférait plutôt agir puis réfléchir après, et Citrov, lui... voilà. Confuse, elle posa alors sa question dont elle redoutait tant la réponse :

- Le Poulet de Lumière vous a-t-il dit comment Saladolf avait ressuscité ?

- Il y a cinq cents ans... commença Patateuh, la gorge serrée. Quand le Poulet de Lumière est venu secourir PIC NIC Land... il ne l'a pas tuée. Saladolf n'a pas besoin de ressusciter si elle est toujours en vie.

- De quoi parlez-vous ... ?

- Je t'expliquerai demain, à toi et tes amis. Peux-tu aller à l'hôpital et me dessiner Excalibeurre ? Il me faut un schéma précis de cette arme, je veux la recréer.

Ban'Anne s'exécuta, quitta le rez-de-chaussée, inquiète, et monta rejoindre le chevet de Petit Rose, en espérant oublier cette révélation. Le Poulet de Lumière n'avait pas tué la salade. Cinq cents ans plus tard, elle voulait remettre ça ?

... Saladolf serait-elle immortelle ?

*

Nuisette arriva à l'étage quarante-deux puis se précipita vers son héros rose.

- Arrête donc de te presser le citron ! lança-t-elle à Citrov, qui ne l'avait pas quitté.

Elle s'assit à coté de l'agrume et lui passa le bras sur les épaules.

- Ne t'en fais pas. Il va s'en sortir notre petit radis.

- Je n'suis pas inquiet... je m'en veux juste de ne pas être parti avec lui. J'aurais pu l'aider...

- Tu t'es occupé de la Brindille ! Ne te reproche rien. Personne ne te reproche rien. C'est grâce à toi qu'il s'en est sorti.

Réconforté par les douces paroles de la noisette, le citron vert se leva et posa la main sur son ami :

- Il est temps que je change. Que j'devienne un vrai soldat. Saladolf a des soucis à se faire car je compte bien me battre à tes côtés lors de l'affrontement final !

Sur ces paroles motivantes, Ban'Anne arriva et reprit confiance en leur capacité, malgré l'immortalité de Saladolf. Elle salua ces amis et se dirigea vers Excalibeurre, posée à coté de Petit Rose, et se prépara à la reproduire sur le papier.

ACTE III
PREMIERES MISSIONS
CHAPITRE 21

M.Patateuh était confortablement assis sur son fauteuil, derrière son bureau. Encore et toujours. Tous s'étaient réunis devant lui, juste avant l'aube, et n'avaient pas attendu le chant du Poulet de Lumière pour se réveiller. Même Paingeot, Emmanite et Groignon, qui s'étaient couchés il y a à peine deux heures. Le maire de Panieta examina les fiers héros, puis annonça :

- Vous aurez tous une mission dès ce matin.

Quelques murmurent circulèrent entre nos sept petits soldats. M.Patateuh les fit taire d'un geste de la main. C'est alors que la grande porte noire s'ouvrit, laissant apparaître derrière elle une boîte de pâté. On pouvait lire en gros sur son front : « Pâté »

- Bonjour... fit-il, intimidé.

- Que veux-tu ? lança la patate.

- J'ai reçu une lettre. Et je crois que c'est vous qui me l'avez envoyée...

- Approche et écoute bien ce que je vais vous dire.

La boîte de pâté se faufila à travers la petite foule pour se retrouver devant le maire.

- Nan mais je rêve ! s'écria Citrov.

- Que se passe t-il ? demanda le nouveau personnage.

- C'est le gars qui m'as dit que j'avais une tête de gland dans le chapitre cinq !

La boîte de pâté tendit sa main en signe de paix à l'agrume, qui la serra pour écouter le président.

- Enchanté, je m'appelle...

- On s'en fou bordel ! hurla Groignon. Tu vois bien qu'on est occupé ! Tu t'appelleras Pâté puisque c'est écrit sur ton front et puis c'est tout, fais pas chier.

M.Patateuh reprit la parole :

- Voici comment se dérouleront vos futures missions : Je resterai ici et je serai le chef des opérations. Vous, vous serez divisés en plusieurs équipes de deux, et plus tard quand le nombre de soldats augmentera, par trois.

Nuisette pria pour se retrouver avec Petit Rose. Seulement, il n'était pas là. Avec qui serait-elle ? Clémentine jeta un coup d'œil vers Citrov, et... lui aussi la regardait au même moment ! « Cette clémentine est vraiment très mignonne » pensa le citron vert, « Avec qui serai-je ? ». Il pensa à son ami, qui était mal en point. « Je dois faire partie de l'équipe de Petit Rose ! Si je suis avec lui, je pourrais veiller sur lui ». Ban'Anne et Paingeot, qui étaient à côté, espéraient être ensemble. Ils étaient amis depuis le premier jour où la banane avait travaillé pour M.Patateuh. Cependant, Paingeot s'était très bien entendu avec Emmanite et Groignon. La dessinatrice songea un moment à sa mission avec Petit Rose. Leur mission avait quand même été un succès. Peut-être serait-elle avec lui... Le président reprit la parole :

- Il y a cinq cents ans, un homme sage et paisible régnait sur PIC NIC Land : le Bouddhin. A une époque où les picniclandiens n'avaient pas autant de connaissance, la voie de la méditation et de la bienveillance qu'enseignait Bouddhin au peuple séduit très vite Panieta et se propagea à travers le continent. On dit de ce roi qu'il a été le meilleur de tous les souverains. Le peuple vivait sereinement et cette époque fut par la suite décrite comme la période la plus harmonieuse de notre Histoire. On raconte même que les mots comme douleur, malheur, violence et peur, ainsi que leurs synonymes, avaient été supprimés du dictionnaire car les picniclandiens n'en faisaient jamais l'expérience. Le pouvoir s'était donc, au fil du temps, beaucoup adouci. Mais une disciple de Bouddhin en profita et renversa le gouvernement, une disciple du nom de Saladolf... Le boudin ne se laissa pas faire et entama une terrible confrontation contre la salade. Pendant ce temps, trois compères de Saladolf, appelés les « Trois Nazes » et dotés de terribles pouvoirs, détruisaient tout ce qui se trouvait sur leur chemin. Quand le combat fut terminé, il n'y a que la salade qui se releva. Bouddhin avait été vaincu, et les picniclandiens expulsés de leur utopie.

Groignon connaissait déjà cette histoire par cœur. D'ailleurs, il trouvait que M.Patateuh la racontait vraiment bien.

- Saladolf se proclama alors reine de Panieta, souveraine de PIC NIC Land. Elle imposa très facilement sa dictature au monde de PIC NIC Land ; les habitants ne connaissaient rien à la violence. Tous les jours, les Trois Nazes anéantissaient des villes, éradiquaient des vies. L'existence n'était plus que misère et désespoir. Saladolf obligea même la population à s'entre-tuer. Toute personne qui refusait était tuée, par l'un de ses trois tueurs. Des milliers de vies furent décimées. PIC NIC Land, qui n'avait connu que la paix et la sérénité depuis des années, ne s'était pas préparé à une telle guerre. Mais un être immortel et céleste, qui avait connu la douleur et la souffrance des siècles auparavant, réussit à secourir notre continent. Les écrits racontent qu'une épaisse lumière enveloppa alors notre monde. Plusieurs témoignages relatent que certains ont même vu le Poulet de Lumière voler à leur secours, sauver des vies. Le fondateur de PIC NIC Land prit Saladolf dans ses pattes, puis s'envola en laissant tomber quatre plumes dorées. Chaque plume créa un Sanctuaire Sacré. Mais nous parlerons de cela en temps voulu. Si je vous raconte tout ça, c'est pour vous dire que le Poulet de Lumière n'a pas tué Saladolf. En réalité, il l'a exilée dans le Tartare, qui est un endroit... ABOMINABLE. L'endroit le plus effroyable et infernal de tout PIC NIC Land, une mer de fromage à l'ail périmé, gardé par Hadespelette. Le Poulet de Lumière est incapable d'ôter la vie à n'importe lequel d'entre nous, même si l'aliment en question est le mal absolu. Saladolf aurait du passer le reste de ces jours là-bas, et bien entendu, y mourir. Cependant, elle n'a jamais vieilli. Il y a quelques jours... cette horrible salade s'est échappée du Tartare ! Et le Poulet de Lumière ne sait pas du tout où elle est... C'est pourquoi je crée une armée pour la vaincre.

- Mais qu'est-ce que c'est que cette histoire ! s'écria Groignon. Le Poulet de Lumière a tué Saladolf !

- Tout ce qu'on vous a dit n'était que mensonge. Les maires de Panieta se transmettent ce lourd secret depuis cinq cents ans. Voyez-vous, nous devons protéger et rassurer notre monde. Mais il est temps de lever ce rideau qui vous cachait la vérité, et de vous en servir pour attraper et étouffer Saladolf. Une bonne fois pour toutes.

Ban'Anne, Citrov, Clémentine, Groignon, Paingeot, Nuisette, Emmanite et Pâté sentirent leur cœur battre à toute allure. Comment allaient-ils pouvoir battre Saladolf si elle était invincible ? M.Patateuh songea un instant à Excalibeurre, mais puisqu'elle avait choisi Petit Rose comme maître, peut-être fallait-il la lui laisser.

- Nous allons réussir ! continua le président. Nous avons tous en nous... cette envie de vivre sereinement, ce courage de défaire le mal. Maintenant que j'exerce la plus haute distinction militaire du continent... et pour vous rappelez à chaque instant que face au désespoir, vous avez toujours ce petit truc en vous... veuillez m'appeler : LE MARECHAL PEPIN.

Alors que la patate s'attendait à ce qu'un tonnerre d'applaudissement et des cris de guerriers résonnent dans la Patatour, Groignon marmonna :

- J'ai pas de pépins.

- Moi non plus, dit Paingeot.

- Moi non plus, continua Emmanite.

- Moi non plus, poursuivit Nuisette.

- Moi non plus, fit Pâté.

- Moi non plus, termina Ban'Anne.

- Hum'... toussa le maréchal, embarrassé. Moi non plus en fait... Bref, maintenant, passons aux équipes. Notre petit ami rose étant blessé, il ne participera pas à cette première vague.

Nuisette, Citrov et Ban'Anne furent frappés par un sentiment de tristesse. Ils étaient déçus et démotivés. Saladolf immortelle. Petit Rose absent. Les missions commençaient bien !

- La première équipe est la suivante : Nuisette et Pâté.

- Quoi ? s'écria la noisette, encore plus déçue. Mais ce n'est pas possible !

- Nuisette, tu es jeune, provocante, dotée d'une incroyable détermination. Pâté quant à lui, a l'air un peu plus daté, intelligent, plein de ressources. De plus il faut qu'il s'intègre à notre armée ; vous vous compléterez une fois sur le terrain.

Pâté acquiesça d'un signe de tête, enthousiasmé par cette aventure. La belle noisette alla se joindre à lui.

- Tu feras tout ce que je te dis de faire et tu ne me parleras pas. C'est compris ?

M.Patateuh reprit la parole :

- La deuxième équipe est : Emmanite et Groignon.

- Viens dans mes bras ma petite ! lança l'ancien professeur, tout excité.

- Youpi ! cria la jeune enfant.

Le maire sourit et savoura cet instant de bonheur. « Qu'ils profitent de la joie, avant de se battre ! »

- La troisième équipe : Citrov et Clémentine.

La clémentine ne put s'empêcher de laisser paraître un petit sourire sur ses lèvres. Le citron vert rougit. Comment devait-il réagir ? Ne sachant que faire, il se joignit à elle et lui dit :

- J'essaierai d'faire de mon mieux pour n'pas te décevoir.

Clémentine évita le regard attirant de Citrov, et répondit :

- Je pense que nous formerons une bonne équipe. Hihi !

M.Patateuh déclara :

- Je suis pressé de savoir jusqu'où vous irez tous les deux. Bon, et pour conclure... Ban'Anne et Paingeot formeront la quatrième équipe.

Paingeot cria un gros coup pour montrer sa joie et fit monter Ban'Anne sur son dos.

- YEEEEEEAAAAAAH ! L'amitié remportera toutes les victoires !

- Excellent ! s'écria le fruit.

Peut-être aurait-elle fait une bonne équipe avec Petit Rose. Cependant, elle était maintenant avec son fidèle ami. Pourvu que la mission ne soit pas corrompue par des crises de fous rires.

Nos héros échangèrent quelques paroles. M.Patateuh dut les arrêter, cette fois d'un signe de deux mains.

- Tu crois que ces signes signifient qu'il faut parler plus fort ? demanda Citrov à Clémentine.

- Le contraire je crois, hihi !

- Bah on dirait qu'il dirige un orchestre avec ces mains là. C'est pour ça je me demandais...

La pomme de terre piocha une large feuille de sa paperasse bordélique, se munit de son monocle, puis lit intelligiblement :

- L'équipe un, à savoir Nuisette et Pâté. Vous vous rendrez à Oranch, et vous chercherez du monde pour rejoindre notre armée.

Nuisette ne réprima aucun sourire. Pâté, en la voyant, en fit autant.

- L'équipe deux, Emmanite et Groignon. Votre mission est d'aller à Castle Roll. Vous remettrez cette lettre à son propriétaire.

M.Patateuh tendit une enveloppe à Groignon.

- La troisième équipe, qui est celle de Citrov et Clémentine, ira à Pissenlity. Vous recruterez du monde.

« Cette mission se passera pour le mieux. J'aurai donc un peu de temps avec Citrov, hihi ! » pensa la clémentine.

- Ban'Anne et Paingeot, qui forment l'équipe quatre, se retrouveront à Sapille. Vous aussi, remettrez une lettre au maire de ce village.

« Mais que prépare M.Patateuh ? » se demanda Ban'Anne.

- Les équipes ayant comme objectif de recruter des soldats ne doivent pas parler de Saladolf ou d'une éventuelle guerre. Ne parlez juste que d'une simple menace. Nous ne devons pas inquiéter les picniclandiens. Vous avez tous trois jours pour exécuter votre mission à bien. Je vous souhaite à tous bonne chance.

Les huit soldats sortirent de la Patatour. Emmanite et Groignon prirent la route de l'est. Clémentine et Citrov la direction de l'ouest. Ban'Anne et Paingeot foncèrent pour le nord. Nuisette et Pâté s'engagèrent vers la voie du sud.

- JE NE M'APPELLE PAS PATÉ !!

CHAPITRE 22

Le soleil déclinait facilement vers l'ouest. Il devait être un peu plus de midi. Déjà plusieurs heures que Nuisette et Pâté étaient partis. Ils se trouvaient entre le village d'Apérault et leur destination : le village d'Oranch.

- Et si on faisait une pause ? proposa la boîte de pâté.

- Avec plaisir, répondit la noisette d'un sourire forcé.

Tous les deux s'allongèrent dans l'herbe, à quelques mètres d'un chemin de campagne. Nuisette examina la boîte. La gentillesse de Pâté durant le trajet l'avait laissée perplexe, surtout qu'elle lui avait quand même manqué de respect. Pâté était plus vieux qu'elle. C'était un jeune adulte, un peu confus, probablement au chraumage. Malgré tout, il était doux, réfléchi, compréhensif.

- Je te dois des excuses, fit-elle.

- Tu es déjà pardonnée. Tu avais l'air assez préoccupée.

- Je suis désolée. Petit Rose est à l'hôpital et j'aurais tellement voulu être avec lui. Quand j'ai su que j'étais avec toi cela m'a énervée. Je suis si inquiète pour lui.

- Il semble que tout le monde parle de lui. Mais c'est qui en fait ?

- C'est le personnage principal de cette histoire voyons !

Sur ce, Pâté et Nuisette s'abreuvèrent auprès d'un petit ruisseau puis reprirent leur route.

Près d'une heure plus tard, nos deux compères arrivèrent à l'entrée d'un village. Des champs et des champs à perte de vue. Les aliments cultivaient des petits arbustes spéciaux qui quand la pluie tombait, laissait un maximum d'eau sur leur feuillage. Chaque champ avait des arbustes de parfums différents. Il y avait quelques discrètes maisons un peu partout autour des champs. Toutes rondes.

Oranch était une campagne ordinaire, mais abritait le dispositif le plus important du monde. L'instrument fondamental à l'existence et la préservation de PIC NIC Land : Stoneige.

C'était un grand édifice mégalithique composé de pierres envoûtées par le Poulet de Lumière, permettant de rendre PIC NIC Land invisible aux yeux des Humains. Les roches étaient dîtes « enneigées » à cause de la couleur vive qui émanait de la magie blanche continuellement en activité dans le cœur des pierres.

- Comment va-t-on procéder pour recruter des gens ? demanda Nuisette en admirant l'antique monument.

- Laisse-moi faire, je sais comment fonctionne ce village, répondit amicalement Pâté.

- Ah bon ?

- Disons que je suis déjà allé dans toutes les villes de notre monde. J'aime voyager. S'il y a un expert en ville de PIC NIC Land, c'est bien moi !

Les deux recruteurs pénétrèrent dans la partie centrale du village. Il y avait quelques modestes boutiques, un vieux bar, enfin... pas grand chose quoi ! Oranch ne devait pas recevoir beaucoup de touristes. Pâté se dirigea vers un imposant bâtiment rond et y entra. Nuisette le suivit, pleine de curiosité. Ils pénétrèrent dans un grand hall qui continuait son immensité par différents couloirs et escaliers, qui menaient tous à des bureaux administratifs.

Une orange se présenta à nos équipiers.

- Bienvenue au centre de sécurité d'Oranch. Puis-je vous aider ?

- Sonnez l'alarme, VITE ! ordonna Pâté.

Apeurée, l'orange se précipita vers un grand levier soudé au mur. Elle actionna la machine et une alarme sourde et pénible retentit à travers tout le village, résonnant dans toutes les rues. Nuisette n'eut même pas le temps de se demander ce qu'il se passait que des dizaines d'aliments se réunissaient au centre du village.

- Mais que se passe t-il ? s'écria l'orange. Sommes-nous attaqués ? Stoneige fonctionne-t-il toujours ? Sommes-nous en danger face à un épi d'émie ?

- Du calme l'ami, fit Pâté, tout décontracté.

Lui et son équipière sortirent du centre de sécurité et rejoignirent les habitants d'Oranch. Il attendit que le son de l'alarme s'en remette au silence puis commença à parler, bien fort pour que tout le monde entende.

- Nous venons de la part de M.Patateuh, récemment nommé Maréchal Pépin. Une menace pèse sur PIC NIC Land. Nous avons besoin d'une armée pour la détruire. Si vous ne nous rejoignez pas, alors notre monde risque d'être détruit. Vous pouvez venir dès maintenant. Pour les autres, sachez que la Patatour vous est ouverte.

Un grand silence fit place juste après le vacarme. Les habitants d'Oranch observèrent la boîte de pâté... heu... comment vous décrire cela... comme ça : O_O. Personne ne semblait ni vouloir partir, ni comprendre le sens du mot menace. « Quelle bande de paysans ! » pensa Pâté.

- C'est pour ça que M.Patateuh vous confie cette ville ? s'écria-t-il à l'orange. La protection de PIC NIC Land ce n'est pas votre spécialité ici ?

- J'en sais rien, rétorqua l'orange. Tout ce que je sais c'est que les gens retiennent Oranch pour ses cultures et Stoneige, et non pour sa protection. On est jamais en guerre il faut dire...

- Mais qu'est-ce que je viens de vous dire là ?

Nuisette décida alors d'enrichir le beau discours de son coéquipier :

- Si vous venez, tout ce qui se trouve dans la Patatour sera à vous ! Des salles de bains immenses, des salles de massages, des salles de gym, des salles de cinéma !

D'un coup, plusieurs aliments se hâtèrent vers nos deux personnages, empressés de pouvoir glandouiller dans la Patatour.

- Vous marchez vraiment à la carotte vous... soupira Pâté.

CHAPITRE 23

Emmanite et Groignon étaient sortis de Panieta par l'est. Leur direction était la cité de Castle Roll. La route qu'ils allaient suivre était loin d'être une promenade. Ils devraient passer par le Lac de Lave...

- UN LAC DE LAVE ?

On n'interrompt pas le narrateur !

- Désolé, allez y continuez.

Non mais c'est bon, allez-y ! Vous avez brisé mon intro de toute façon.

- Pourquoi il dit qu'on va traverser un lac de lave celui- là ? s'exclama Emmanite.

- Parce que la grande étendue de liquide rouge devant toi... bah c'est un lac de lave, lui répondit Groignon.

- Le Lac de Lave ? Non mais c'est quoi cette connerie !

- Laisse-moi t'expliquer. Il y a des milliers d'années, du temps où les villes n'existaient pas, trois grandes maisons se distinguèrent : Les pommes, les oranges, et les poires. C'est alors que commença la guerre explosive de Vie ta Mine, les vainqueurs devenant les rois de PIC NIC Land. Ce fut la première des Quatre Grandes Guerres. Une énorme bataille commença sur une grande colline. Le monde fraîchement né de PIC NIC Land n'était pas encore vraiment civilisé ; cette guerre fut une véritable boucherie. Voyant cela, le Poulet de Lumière apparut sur le champ de bataille et ordonna aux trois armées d'arrêter la guerre. Alors les trois clans firent la paix et créèrent chacun une ville, veillée par le dieu céleste qui ferait en sorte qu'aucune autre guerre n'éclate : Bourgapple, le bourg des pommes. Oranch, la campagne parsemée de ranchs des oranges. Et Poire-régal, le port des poire. Les pommes se chargèrent de s'occuper de l'éducation des picniclandiens et bâtirent les premières écoles, les oranges s'occupèrent de leur eau ainsi que de leur sécurité et bâtirent Stoneige, puis les poires s'occupèrent de leur bonheur et loisirs, en créant la première grande ville marchande et les premiers parcs d'attraction. Le Poulet de Lumière, qui trouvait l'herbe ensanglantée de la grande colline bien trop souillée par les jus de fruits qui coulaient sur elle, détruisit de sa lumière divine tout le champ de bataille. Cette colline est alors devenue... Le Lac de Lave.

- Ne me dis pas qu'on va devoir traverser ça !

- Il me semble qu'un pont ait été construit pour arriver à Castle Roll.

L'oignon et le champignon longèrent le lac et arrivèrent quelques temps plus tard près de ce fameux pont. Ils hésitèrent quelques instants, effrayés. Ils n'avaient pas d'autre choix ; le seul moyen d'atteindre la cité était cette voie. Sans d'autre alternative, ils avancèrent et s'engagèrent.

Le pont était solide ; du moins il le semblait. Il était fait d'un mélange de bois et de cordes et paraissait pouvoir s'écrouler d'une minute à l'autre. Il était d'une largeur d'à peu près deux mètres et d'une longueur d'environ un kilomètre. Et un kilomètre pour des aliments, c'est long.

Très long.

Le temps passa et l'ambiance se réchauffa très rapidement. Nos équipiers s'arrêtèrent au beau milieu du pont : une colossale selamandre se trouvait sur leur route.

- Qu'est-ce que c'est que ça ? s'écria Emmanite.

- Pourquoi tu poses toujours des questions toi ? soupira Groignon.

Le reptile blanchâtre ouvrit la gueule à la vue des aventuriers et un cri strident parcourut le pont. Il se trouvait seulement à quelques pas de nos deux aliments.

- C'est une selamandre. Une créature reptilienne faîte de sel, bien plus puissante que les basilics d'hier. Elle peut nous assommer rien qu'avec sa queue, nous tuer juste avec une de ses pattes, nous avaler seulement en une gorgée. Et inutile de vouloir la pousser dans la lave pour s'en débarrasser : elle vit dans la lave. Son armature en cristaux de sel la protège contre tout danger...

- Mais... heu... qu'est-ce qu'on fait alors... on fait demi-tour ?

- Certainement pas.

Le professeur s'avança. La créature écaillée l'imita.

- Qu'est-ce que tu fais ? murmura Emmanite, terrifiée par cette créature.

- Encore quelques kilomètres et nous serons à Castle Roll. Hors de question de reculer !

- Et la selamandre alors ?

- Nous allons la combattre.

- La combattre ? Mais tu es fou ! Nous n'avons ni arme, ni...

- Nous avons l'esprit d'équipe. A deux nous pouvons la battre !

Groignon s'était enfin libéré de son ancienne vie. De professeur misérable à Bourgapple, il était devenu soldat de la Patatour à Panieta. Il se battrait ! Car il s'était acquitté d'une mission : protéger les picniclandiens. Il arrivait enfin à s'épanouir, dans une mission dans laquelle son savoir servait enfin à quelque chose.

Il s'avança encore d'un pas. La créature se rapprocha aussi d'un pas. Son regard rubis ne faisait que ressortir l'envie de tuer qu'elle ressentait. Elle avait faim. L'idée d'un petit oignon entre les dents la fit frissonner. Elle ouvrit la gueule et se prépara à relancer un cri. C'est alors que le champignon s'avança. La selamandre referma sa gueule. Le champignon s'avança encore et rejoignit l'oignon. Le monstre examina le terrain. Il avait deux ennemis. Deux problèmes. Néanmoins, ces deux problèmes pourraient être son repas. Cette idée le rassura ; il avança. Les deux aliments l'imitèrent.

Un pas... Seulement un pas les séparait à présent de la géante selamandre. Groignon avança, et fit ce dernier pas décisif. Le pas qui lui permettrait de la toucher, et de devenir enfin ce sauveur qu'il rêvait d'être.

- Tu comptes faire quoi maintenant ? demanda Emmanite.

- Justement je me posais la question...

Soudain le monstre ouvrit la gueule et avança son énorme mâchoire vers l'oignon.

Nos deux équipiers n'eurent pas le temps de réaliser ce qu'il se passait que la gueule de la créature se referma brutalement sur le professeur.

- GROIGNON !!! cria Emmanite.

Aucune réponse.

Le champignon avança d'un pas et prit la place du professeur. Emmanite était envahie par la peur et tremblait de tous ses membres.

- Je ne me laisserai pas faire ! Groignon savait tout sur Saladolf. Nous avions besoin de lui ! Il était l'un des points capitaux de l'armée de M.Patateuh ! Et il n'était pas que ça... Il était aussi mon ami. Et c'est pour venger mon ami que je te tuerai, espèce de...

A peine Emmanite eut-elle le temps de finir sa brûlante insulte que le reptile commençait à pleurer. Des larmes ! Oui, des larmes coulaient de ses yeux.

- Mon discours t'a ému... ?

D'un coup, la mâchoire de la créature s'ouvrit et Groignon réussit à sortir !

- Qu'est-ce que tu as fait ?? demanda Emmanite.

- Il ne m'avait pas avalé. Je me débattais dans sa gueule !

- Super ! Il pleure, profitons-en pour nous enfuir !

Groignon réfléchit un instant. Pourquoi cette créature monstrueuse pleurait-elle ?

- Tu es blessé... constata avec inquiétude le champignon.

- Mais bien sûr ! s'exclama le professeur. Ses dents m'ont arraché un bout de mes premières couches. Et qui épluche un oignon, pleure comme un gros con !

Emmanite et Groignon se mirent à courir. Les larmes empêchaient à la selamandre toute bonne vision. De plus, ses yeux la piquaient. Une excellente diversion ! Nos deux compères quittèrent leur ennemi, et il devint très vite un petit point noir dans l'horizon.

Le temps passa, l'oignon et le champignon arrivèrent enfin à l'entrée de Castle Roll. Ils devaient à présent remettre une lettre au maire de ce village...

CHAPITRE 24

Après les péripéties de Pâté et Nuisette, puis de Groignon et Emmanite, passons à l'équipe numéro trois.

- C'n'est pas vrai je n'suis pas perdu !

- Alors où sommes nous ?

- Et beh... sur le chemin de Pissenlity.

Notre cher citron vert avait décidé de prendre les commandes de la marche. Les deux aventuriers étaient à présent perdus, au beau milieu de la Forêt Furet.

- Clémentine, tu m'as dit que la ville de Pissenlity se trouvait à l'ouest. Donc, normalement, si on marche toujours vers l'ouest, on devrait y arriver. Nan ?

- Normalement, oui. Mais étant donné qu'à chaque fois qu'un arbre se trouve devant nous, nous tournons, à un certain moment on ne va plus du tout à l'ouest.

- Mais comment j'pouvais savoir ça ?

Le citron vert et la clémentine firent une pause sous l'ombre des arbres géants. Des feuilles vertes s'écrasaient délicatement sur le sol, avec beaucoup d'élégances. Elles semblaient provenir du ciel tellement les arbres étaient immenses. Le ciel, lui, était des plus scintillants. Un énorme soleil faisait baigner la végétation de la forêt dans ses plus magnifiques rayons.

- Nous marchons depuis plusieurs heures, Pissenlity ne devrait pas être loin, hihi ! rassura Clémentine.

- J'espère. Je ne veux surtout pas passer la nuit dans cette ignoble forêt.

- J'adore les forêts moi ! Avant, je me promenais souvent avec mes parents...

Le citron capta la tristesse qui s'emparait du visage de la douce clémentine

- Avant ? répéta-t-il.

- J'ai quitté mon royaume, Poire-régal, car les choix de mes parents allaient à l'encontre de mes idéaux. Nous nous sommes beaucoup disputés. Mais... ils me manquent tellement !

- Pourquoi tu n'retournes pas chez toi ?

- Je reverrai bien mes parents un jour. En attendant, je veux profiter de ma vie ici ! Quand je les reverrai, ils seront fiers de moi. Ça me plaît de travailler pour M.Patateuh. C'est mieux que n'importe quel travail à Poire-régal, crois moi, hihi !

- Ah ça je veux bien te croire ! Je suis bien mieux ici qu'en cours !

- Et tes parents ? Ils ne s'inquiètent pas pour toi ?

La tristesse, qui commençait à quitter le cœur de Clémentine, pénétra celui de Citrov.

- Ma mère, Zestie, était un citron... jaune. Elle était mariée à un homme, Jonas, qui était aussi jaune qu'elle. Elle tomba enceinte. Quand je suis venu au monde, toute ma famille me détesta à la vue de ma couleur. Ma mère avait trompé son mari avec Choueps, un citron vert, et je porterai le poids de son infidélité toute ma vie. Ma famille me rejeta, et je vécus les premières années de ma vie avec mon père Choueps, à Bourgapple. Mon père était fou amoureux de ma mère, ce qui enrageait Jonas. Il débarqua un jour chez nous, provoqua une bagarre et tua mon père. Jonas fut condamné au Tartare. Le reste des citrons jaunes quittèrent le village. Sans moi. A causes de toutes ces histoires, je suis considéré comme une erreur auprès des villageois de Bourgapple. Personne ne m'aime. Je suis le raté du village... Donc non, ma mère ne s'inquiète pas pour moi....

- Je suis désolé Citrov... excuse moi...

- Ne t'excuse pas ! Tu n'm'as pas rejeté toi. Au contraire, tu m'as même invité à venir avec toi hier. Je m'en souviendrai toute ma vie. C'est notre deuxième mission ensemble et... je te trouve vraiment gentille, drôle, et vraiment très belle...

La clémentine se sentit un peu gênée. Pourtant, ces paroles lui faisaient très plaisir. Elle offrit à Citrov un joli sourire.

- J'ai soif ! fit Citrov, pour adoucir l'intensité de la conversation. Tu peux m'donner ton sac ?

- Mon sac... mais je n'ai pas de sac ! réalisa Clémentine, qui commençait avoir soif elle aussi.

- Mais comment va-t-on faire ?

- Il doit y avoir une rivière dans cette forêt. Continuons d'avancer et peut-être tomberons-nous sur un ruisseau !

Les deux fruits reprirent leur épuisante marche. Le soleil ne semblait pas vouloir se cacher entre les rares nuages. Marchant de plus en plus vite, ils commencèrent réellement à manquer d'eau. La chaleur devenait très pesante, puis devint insupportable. Cuisant sous l'astre brûlant, l'ombre des arbres géants ne les protégeant pas de cette ardeur, Clémentine tomba finalement par terre.

- Clémentine ! s'écria Citrov en la prenant dans ses bras. Clémentine ! cria-t-il, encore plus fort.

Seul son écho lui répondit. Clémentine s'était évanouie.

Qu'allait-il faire ?

Que devait-il faire ?

Délicatement, il posa la jeune clémentine sur un tas de feuilles asséchées.

A quelques pas de lui se trouvait une rivière. Une énorme rivière !

Il se précipita à toute allure vers la grande quantité d'eau et en saisit une petite quantité à l'aide d'une feuille d'arbre. Mais, avant de pouvoir retirer son bras de l'eau, un terrifiant vampiranha lui agrippa la main. « C'était trop facile, on peut pas passer un chapitre sans péripétie » pensa le citron. Il essaya de se dégager : IMPOSSIBLE. Les dents tranchantes de la créature s'étaient enfoncées dans sa chair. Il sentit la peur monter en lui, pris au piège dans cet endroit perdu.

Il songea à Petit Rose... Il s'était battu contre plusieurs basilics. Il n'avait pas hésité à se battre. Citrov devait prendre exemple sur la seule personne qui l'avait accepté. La seule ? NON. M.Patateuh, la personne la plus puissante de PIC NIC Land, l'avait accepté dans son armée. Il y avait aussi Ban'Anne, Pâté, Paingeot. Et surtout il y avait Clémentine... et elle était en danger aujourd'hui ! Il voulait changer, devenir un réel soldat. Il fallait commencer dès maintenant !

Citrov essaya de retirer son membre prisonnier de l'impérieuse mâchoire : sans résultat. Il recula alors son autre bras, le plus loin de son corps. D'un coup, rapide et fatal, il l'avança et frappa le monstre marin !

- CITRONNADE : L'ATTAQUE DU CITRON TORNADE !

Le vampiranha lâcha prise et s'envola vers d'autres cieux, loin de notre petit soldat.

Citrov libéra enfin son bras de l'eau et rejoignit très rapidement la clémentine, toujours sans connaissance. Il fallait qu'elle boive rapidement. Il la reprit dans ses bras, puis essaya de lui faire boire une goutte. Clémentine ne réagissait pas. Une deuxième. Sans succès. Le citron vert commença à douter... Et s'il n'arrivait pas à la réveiller ? Allait-elle... non ! Il versa une troisième goutte entre ses lèvres...

La clémentine ouvrit finalement les yeux.

- Moi aussi je te trouve très gentil, drôle... et vraiment très beau...

Clémentine avança ses lèvres vers celles de Citrov, quand une voix vint briser l'harmonie des deux petits agrumes :

- Vous allez à Pissenlity ?

Un trio de raisins verts, unis par une fine branche, sortit d'entre les arbres.

- Je peux vous y emmener, dit le premier raisin.

- Nous connaissons le chemin par cœur pour y aller, renchérit le deuxième.

- Ne restez pas plantez là ! lança le troisième.

Citrov et Clémentine, épuisés, se dirigèrent vers ces trois nouveaux personnages.

CHAPITRE 25

Loin de la Forêt Furet, Ban'Anne et Paingeot se dirigeaient vers le nord, en direction de Sapille. Ils marchaient tranquillement depuis plusieurs heures. Plusieurs heures qu'ils ne faisaient que de se raconter des blagues. Seulement le narrateur de cette histoire (moi pour ceux qui n'auraient pas fait le rapprochement) décida que l'action devait entrer en scène.

Nos deux amis aperçurent alors Guêpes à Temps.

Guêpes à Temps était une plaine délimitée par de gros arbres à nids dans lesquels vivaient des centaines de guêpes. Les guêpes étaient pacifiques. Du moins si personne n'entrait sur leur territoire... Dans ce cas là, elles n'hésitaient pas utiliser leur Dard Tiflette, dont le terrible poison ferait dissoudre comme du fromage fondu n'importe quel être vivant.

- J'ai une idée, proposa Ban'Anne. Et si je montais sur toi et que tu accélérerais à toute vitesse pour traverser cette plaine déjantée afin que ces monstres ne nous rattrapent pas ?

- Tiens bah j'allais proposer autre chose moi, rétorqua Paingeot.

- Quoi donc ?

- Et bien qu'on contourne cette plaine déjantée, pour qu'on puisse marcher tranquillement.

- Mais ça va nous rallonger ! On va mettre deux fois plus de temps !

- Si on traverse c'est moi qui vais devoir courir ! Alors que toi tu resterais tranquillement sur mon dos...

- Mais non ! Je m'occuperais des attaques évidemment.

- Des attaques ??

- Je te rappelle que nous sommes des soldats, des héros. Alors traversons, pour l'avenir de PIC NIC Land.

- Dis comme ça, ça fait classe.

La banane monta sur la baguette de pain, qui réalisa :

- Tu ne m'aurais pas manipulé ?

- Non...

Paingeot se concentra et avança. Lentement, moyennement, puis rapidement ! Ban'Anne ne pouvait même pas fixer le même brin d'herbe plus d'une demi-seconde tellement la course de la baguette était rapide. Tout autour de nos deux compères passait à une vitesse hallucinante, vitesse alimentée par l'adrénaline montante de notre taxi. Le fruit aperçut alors une guêpe. Une hideuse guêpe ! Puis une deuxième. Une troisième. Une quatrième. Une cinquième... Une sixième... Une septième... *//Passage supprimé. Cause : Ennui du lecteur//*

... Une centième !

- Nous sommes perdus ! désespéra Paingeot. Je suis un pain perdu...

- Continue de filer ! lança Ban'Anne. Je m'occupe de ces monstres !

Les minutes passèrent dans la folie et la peur. La baguette utilisa toute sa vitesse pour à la fois sortir le plus rapidement possible de ce lieu maudit, mais aussi pour éviter les dards empoisonnés de ces fichus insectes qui fonçaient droit sur lui.

La banane et la baguette de pain sortirent finalement sans aucune blessure de Guêpes à Temps.

- Excellent ! Toujours aussi rapide !

- Merci. Heureusement que tu étais là pour t'occuper de ces monstres !

- Et bien en fait j'ai dit ça pour te rassurer. J'ai rien fait. Enfin, j'ai juste fait attention à ne pas tomber par terre...

Les deux aventuriers disparurent ensuite à travers les chemins humides qui menaient à Sapille. Encore quelques minutes de marche. Et ces quelques minutes passèrent beaucoup plus lentement ; Paingeot devait bien évidemment récupérer son énergie.

Une grande averse s'écrasa sur les deux aliments quand ils arrivèrent enfin à destination.

- Il manquait plus que ça, souffla la baguette.

La pluie ne semblait pas vouloir s'arrêter. Elle allait, au contraire, s'éterniser. Le ciel se grisait peu à peu.

Sapille était une ville exclue de tout. Elle se trouvait près des montagnes. D'épais sapins entouraient la petite ville, comme pour la protéger. Il n'y avait pas beaucoup d'habitants ici, et ici, c'était loin de tout. Vraiment de tout. Les maisons étaient faites en pierres robustes et solides ; cet endroit infréquenté était habitué aux tempêtes. L'herbe naturelle, longue et sombre, se trouvait partout. On trouvait tout de même de belles fleurs grandes et sauvages ici et là.

Ban'Anne en cueillit une :

- Que de bons souvenirs qui ressurgissent... Bon, allons trouver le maire.

- Il faudrait peut-être demander à quelqu'un de nous montrer le chemin ?

- Je connais le chemin.

- Tu connais le chemin ?

- Je suis née ici. J'ai grandi ici.

- Tu connais le maire ?

- C'est mon père, déclara la banane.

*

Le maire de Sapille était un homme pacifique, loin et à l'abri de toutes les affaires politiques de PIC NIC Land. Il avait fait vœu de tenir ses habitants loin de tout problème. Ils vivaient paisiblement, dans l'harmonie, la paix et l'humidité, bien que cette dernière constante faisait plus chier qu'autre chose.

Ce maire, appelé Bananus, se trouvait aujourd'hui dans sa calme maison. Il se détendait sur son trône, à l'intérieur de sa petite maison campagnarde. Le trône était confortable, il faisait très bon, le silence était d'une bienfaisance incomparable, une bonne odeur d'encens baignait dans l'air.

Le maire, relaxé, commençait à s'endormir quand la porte s'ouvrit, créant un terrible courant d'air.

- Yô papa ! lança Ban'Anne en entrant dans sa demeure d'enfance.

- Ban'Anne, comment vas-tu ?! s'écria Bananus en se jetant dans les bras de sa fille.

- La banane, et toi ?

- La banane aussi ma fille !

Le dirigeant de Sapille se rassit alors sur son beau et grand trône qui contrastait violemment avec le reste de la maison.

- Qu'est-ce que c'est que cette horreur ? s'époumona notre banane.

- Que viens-tu parler d'horreur ma fille ! Toute personne travaillant pour le gouvernement mérite un mobilier digne de ce nom voyons.

- Depuis quand tu travailles pour le gouvernement toi ?

- Je dis « travaille », c'est manière de dire...

- Moi sincèrement j'aurais plutôt changé de cuisine... constata la baguette de pain en apercevant la médiocrité de la maison.

- Je suis Bananus ! Le maire de Sapille. Il me faut un trône !

- Sauf que le « anus » à la fin de votre nom... ça ne fait pas trop... maire.

- C'est parce qu'on se trouve dans le trou du cul du monde, renchérit Ban'Anne.

Le vielle banane remarqua alors l'enveloppe que sa fille sortait de son sac.

- Que portes-tu là ?

- Une lettre, écrite par M.Patateuh.

- Une lettre de Patateuh ? Comment va-t-il ce petit brigand ? Toujours pas de femme ? Haha !

- Toujours pas, contrairement à toi et ton « Banana Slip ».

- Il t'a parlé de ça ?? Ahahah. Que de bons souvenirs qui ressurgissent ! Alors comme ça tu travailles pour lui ? Tu travailles sur quoi ?

- En gros : A sauver le monde.

- AH ! Bon et bien donne-moi cette lettre ma fille !

Ban'Anne tendit l'enveloppe à son père, qui en sortit ladite lettre.

« Cher ami

La guerre va éclater, nous allons tous devoir nous battre pour sauver PIC NIC Land. Il y a quelques années tu as décidé de te séparer politiquement du reste du monde. Aujourd'hui, je te demande de bien vouloir nous rejoindre dans cette guerre. Si nous perdons, c'est le monde entier qui sera détruit. Je ne te demande pas de participer sur le terrain, je veux juste savoir que je peux compter sur quelqu'un. Que tu m'aideras à prendre les bonnes décisions, comme tu le faisais auparavant. Alors, c'est en tant que président de PIC NIC Land, et ami, que je te demande de bien vouloir te joindre à nous.

M.Patateuh aka Maréchal Pépin»

Bananus replia soigneusement la lettre et la remit dans l'enveloppe humide. Il hésita un long moment... puis déclara :

- Dis à ce bon vieux brigand que je suis des vôtres !

Pour ne pas se tremper davantage, les deux messagers passèrent la fin de la journée auprès de la banane, lui expliquant ce qu'il se tramait avec Saladolf. Puis, il leur proposa de passer la nuit dans sa maison, en espérant que la lourde pluie qui s'abattait cesse enfin.

CHAPITRE 26

- Youpi ! Nous sommes arrivés ! s'écria Emmanite.

- Castle Roll, nous voilà ! cria Groignon.

Le champignon et l'oignon se rendirent compte qu'une multitude d'aliments se rassemblaient autour d'eux. Tous portaient des tenues d'ouvriers, des casques, des gants...

- D'où venez-vous ? questionna une courgette.

- Pourquoi êtes-vous venus ? demanda un abricot.

« C'est quoi cet endroit ? » s'interrogea le champignon.

- J'avais oublié... Castle Roll n'est pas une ville, révéla Groignon.

- Mais qu'est-ce que tu racontes ?

- Castle Roll est une ville minière, il n'y a aucune maison, aucune boutique, rien. Même pas un petit bistro ! Uniquement des usines et des carrières. Cette ville n'existe que pour extraire, et produire.

- Veuillez repartir maintenant, exigea un salsifis.

Groignon montra alors à la foule l'enveloppe de M.Patateuh.

- J'ai un message ! fit-il, sur un ton autoritaire.

- Un message de qui ? Et pour qui ? demanda une carotte.

- C'est pour votre chef. Cette lettre vient directement de la Patatour !

- Heu... arrête de te la péter, lui conseilla sa jeune partenaire.

Les ouvriers firent traverser la ville aux deux messagers. Ils purent constater que le travail était la seule chose qui importait aux habitants de cet endroit. Le ciel était orangé et rempli de fumées grisâtres. Le paysage était parsemé de gigantesques battisses dégueulasses. Sur les chemins de terre séchée étaient éparpillés beaucoup d'outils de travail, comme des clous, des marteaux, ou encore des tournevis... Les buissons et les arbres n'avaient plus de feuilles. Personne ici ne semblait prendre le temps de vivre.

Plus précisément, Castle Roll était l'endroit dans lequel tous les objets se trouvant dans PIC NIC Land étaient créés. Seul cet endroit avait le droit de polluer, réglementé bien sûr par des lois très strictes.

Arrivés au pied d'une immense casserole qui servait de bâtiment, les ouvriers repartirent à leurs postes. Une poivrière (masculin) s'y trouvait, salie par la poussière, une casquette sur la tête, à quelques mètres d'une grue.

- Vous tombez bien ! La grue allait justement soulever un...

- Sauf votre respect ce n'est pas intéressant, le coupa Groignon.

- Alors ceci n'est pas intéressant... soupira le chef de Castle Roll. Dîtes plutôt que ça ne vous intéresse pas.

- Non ce n'est pas ça... c'est juste que ce n'est pas intéressant, point.

- Vous vous en fichez de mon travail c'est ça ?

- Non...

- Si, vous vous en fichez.

- J'ai une lettre de M.Patateuh. C'est déjà plus intéressant. Et oui, peut-être que votre engin là, j'en ai rien à faire.

- Hé mais moi ça m'intéresse ! protesta Emmanite.

Le récipient de poivre s'avança vers les deux inconnus. Il leur tendit sa main.

- Je me présente. Je suis Arvor, responsable de Castle Roll.

L'oignon et le champignon serrèrent la main du chef. Travailleur âgé et expérimenté, il semblait très doux malgré la brutalité et la force qu'il devait exercer en ce lieu.

- Je suis Groignon, et voici ma coéquipière Emmanite. Nous travaillons pour M.Patateuh. Il nous a confié la tâche de vous apporter son message.

Arvor prit l'enveloppe, la déchira, et prit la lettre qui se trouvait à l'intérieur.

« Cher collègue

Votre ville a toujours été un élément primordial pour PIC NIC Land. Aujourd'hui, vous pouvez l'être encore plus. Notre monde est sur le point d'être de nouveau ravagé par la guerre. Ci-contre, un schéma d'une arme appelée Excalibeurre, représentée par ma dessinatrice. Je vous demande, à vous et vos ouvriers, de me créer le plus d'armes possible sur ce modèle.

M.Patateuh aka Maréchal Pépin»

- Enfin une mission digne de ce nom pour le brave Arvor ! s'écria ce dernier. A mon avis vous pourriez récolter des brindilles sur votre route que ça reviendrait au même, mais dîtes à M.Patateuh que j'accepte !

*

- Non mais c'est quoi toute cette foule ? vociféra Citrov.

- Il semble que Pissenlity soit presque aussi grand que Panieta, hihi ! constata Clémentine.

Après avoir sauvé la petite clémentine dans la Forêt Furet, notre petit citron vert et sa bien-aimée avaient suivi le trio de raisins.

- Alors les amis, qu'allez vous faire maintenant ? demanda la première petite boule verte juteuse.

- Il faut qu'on trouve des gens, déclara Citrov.

- Des gens... ? insista la deuxième.

- Il faut qu'on sauve le monde. Donc oui il faudrait qu'on soit nombreux, hihi !

- Vous voulez qu'on vous aide ? demanda le troisième.

- Je ne connais même pas vos prénoms, hésita le citron.

- Nous nous appelons Trois. Trois1, Trois2 et Trois3 !

- Pas très original...

- On n'allait pas s'appeler Deux alors que nous sommes trois !

Le petit groupe se plongea alors dans la foule. Pissenlity était la deuxième plus grande puissance de

PIC NIC Land après Panieta. Par contre ne me demandez pas pourquoi, même moi en tant que narrateur je n'ai pas compris. Pissenlity était une très grande ville, dotée de beaucoup d'immeubles aux façades en verre. La route était décorée de fines herbes et de haies bien taillées. La jardinerie était un point fort de ce magnifique endroit. Mais le plus spectaculaire était les géants, les énormes, les immenses que dis-je les éléphantesques pissenlits autour de la ville, qui semblaient caresser les nuages.

- Qui veut sauver le monde ? demanda bien fort Citrov dans le centre ville.

- Qui préfère mourir au combat plutôt que de mourir en glandant ? demanda Trois1 de la même façon.

- Bah vas-y, autant dire à toutes ces personnes de ne pas venir !

- Il faut prendre conscience de la réalité, répliquèrent Trois2 et 3.

Criant à travers la marche des passants, gênant considérablement l'organisation des gens en les arrêtant chaque seconde, Citrov et la petite grappe ne parvinrent à aucun résultat concluant. Alors Clémentine prit la parole, encore plus fort que ses quatre compères :

- Si nous gagnons la guerre, M.Patateuh vous laissera sa Patatour !

- Quoi ? s'écria le citron. Mais n'importe quoi !

- C'est le seul moyen de faire réagir ces gens hihi ! Avec Nuisette on s'était dit qu'on utiliserait la Patatour à notre avantage si nous n'arrivions pas à faire réagir les gens.

...

- Hihi ! Je suis sûr qu'elle a fait la même chose !

CHAPITRE 27

Après le départ de nos huit soldats, la Patatour était redevenue calme. Depuis le début de la journée, le maire de Panieta n'avait cessé de réunir le plus d'informations possible sur Saladolf. Une grande pile de papiers attendait d'être lue sur son bureau. Cependant... il n'avait pas l'envie de jeter un œil dessus. La fin de la journée approchait, et notre bon monarque était inquiet. « Que tout se passe bien pour les missions » espérait-il.

Le silence, il y a quelques jours, était un élément omniprésent de sa vie. L'arrivée de Petit Rose et Citrov avait tout chamboulé. Bien qu'au départ il n'appréciait pas ce vacarme, il s'y était fait. Mieux, il s'y était attaché. Le bazar de la dernière nuit lui manquait déjà. Il aimait ces gens qui se battaient pour lui... Mais ce soir, Nuisette et Pâté dormaient probablement à Oranch, Groignon et Emmanite à Castle Roll, Citrov et Clémentine à Pissenlity, et il ne s'inquiétait pas pour Ban'Anne et Paingeot : le bon Bananus les avait probablement déjà hébergé à l'heure qu'il était. Comme le président avait besoin de compagnie, il entra dans l'ascenseur, monta jusqu'à l'étage quarante-deux et fila près du lit où se trouvait Petit Rose. Ce dernier se réveillait tout juste !

- Où suis-je ? demanda t-il, revitalisé.

- A Panieta, à l'hôpital de la Patatour, le rassura M.Patateuh.

Un large sourire se dessina sur les lèvres du maréchal :

- Content de te revoir petit soldat.

Le radis se releva douloureusement et s'assit. Il découvrit les bandages étalés sur son corps. Malgré la douleur, il ne se plaignit pas. Patateuh le briefa sur le déroulement de la journée, puis lui révéla le lourd secret des maires de Panieta qu'il avait dévoilé à ses équipiers le matin-même. A côté d'eux il y avait une petite table de chevet, et délicatement posée sur un napperon se trouvait la Brindille.

- Qu'est-ce que c'est ? demanda le radis.

- Ceci est une arme érigée par le Poulet de Lumière. Son nom est Excalibeurre.

Un tas de questions ressurgirent dans l'esprit de Petit Rose :

- Pourquoi est-elle venue à mon secours ?

- Le Poulet de Lumière lui a donné l'ordre de trouver l'élu...

- Est-elle magique ?

- C'est la magie qui a fait naître PIC NIC Land, qui donne tous ces pouvoirs au Poulet de Lumière, qui nous fait vivre. La magie est en chacun de nous, ne l'oublie jamais.

- La magie permet aussi à Saladolf de s'échapper du Tartare. Qui nous dit qu'on peut avoir confiance en cette arme ?

- La magie peut être canalisée dans un corps, un objet, tout comme c'est le cas avec ton arme. C'est à toi de la faire jaillir. Après, il ne tient qu'à toi et à toi seul de faire le bien ou le mal. La magie n'est ni bonne ni mauvaise. Ce qui l'est, ce sont les actions que tu effectues avec elle.

- Ce livre prend toute suite une tournure plus sérieuse...

- Ah ah, et encore t'as pas vu le chapitre où je parle d'une ancienne prophétie qui... heu... non laisse tombé. On verra ça plus tard.

CHAPITRE 28

La journée s'acheva et la Patatour resta calme. Tandis que M.Patateuh travaillait sur des documents écrits il y a cinq cents ans sur Saladolf, Petit Rose passa une partie de la nuit dans une salle de musculation. Sa vie devenait enfin intéressante, et il se devait de garder en forme son corps qui lui permettrait de vaincre ses prochains ennemis... et aussi de plaire davantage à la belle noisette.

La Patatour resta calme le deuxième jour. Les équipes devaient probablement continuer leurs missions de recrutement, ou bien glandouiller, comme c'était le cas pour Ban'Anne et Paingeot qui devaient passer leur journée à jouer à Call of du Thé chez Bananus, en s'enivrant de boissons interdites dans le reste du monde. Notre bon maire profita de cette journée pour préparer les prochaines missions et notre chevalier rose pour se fabriquer un fourreau en lin, pour ainsi avoir toujours sur lui son épée magique. Au milieu de la troisième journée, la grande porte noire s'ouvrit enfin, sous les yeux du Maréchal Pépin et de Petit Rose qui retirait ses bandages. Nuisette et Pâté rentraient de mission !

- Petit Cœur ! s'écria la noisette en voyant son chevalier radis debout.

- Affaire de cœur plus tard, concentrons-nous sur les résultats de votre mission, adjugea le président.

Petit Rose offrit un clin d'œil à la belle noisette, qui lui répondit par un énorme sourire.

- Nous avons trouvé dix-neuf personnes, annonça Pâté.

Le cœur de M.Patateuh se serra. Dix-neuf ! Ce nombre était énorme ! La patate n'eut pas le temps de reprendre ses esprits qu'une autre voix se fit entendre dans la salle :

- Nous en avons vingt-et-une ! déclara Citrov en entrant dans la Patatour, suivi de Clémentine. Et tac !

Cette fois-ci M.Patateuh risqua de faire un nain farctus. C'est alors que les trente aliments rentrèrent et s'agenouillèrent devant la patate.

- MAGNIFIGUE ! Mais n'en faîtes pas trop quand même...

Ensuite, c'est le champignon et l'oignon qui rentrèrent dans la salle.

- Voilà, t'as vu à cause de tes attouchements on n'est pas arrivés les premiers ! gronda Emmanite.

- Je ne t'ai pas touchée petite... soupira Groignon. Je t'ai juste ausculté pour vérifier que tu n'avais pas de champignons.

- En tout cas monsieur, le chef de Castle Roll accepte votre demande !

Le maire de Panieta s'avança lentement et admira l'assemblée de héros qui se trouvait sous ses yeux. C'est alors que, heurté par cette forte émotion, il perdit connaissance ; de jolies petites pommes le rattrapèrent.

Il venait de tomber dans les pommes.

Nuisette en profita pour courir et se lança dans les bras de Petit Rose :

- Tu es à moi Petit Cœur.

- Tu as l'air très attaché à moi... rougit le radis.

- Hors de question que je laisse un mec aussi mignon que toi m'échapper !

Soudain, Paingeot entra dans la pièce à toute allure, essoufflé, la peur se lisant dans ses yeux :

- Petit Rose ! cria-t-il.

Notre légume rejoignit la baguette de pain, qui tentait tant bien que mal à reprendre son souffle.

- C'est Ban'Anne... elle...

- Que se passe t-il ?

- ELLE EST EN TRAIN DE SE BATTRE CONTRE L'UN DES TROIS NAZES DE SALADOLF !

Petit Rose dégaina son épée et monta sur Paingeot, qui repartit au grand galop.

CHAPITRE 29

Dans un lieu sombre… très sombre…
- Maître, maître où êtes-vous ?

Une lumière tomba sur un être étrange.
- Je suis là… fit une voix aiguë et terrifiante.

Un saucisson… il s'agenouilla devant l'être étrange :

- Vos guerriers ont perdu. La selamandre a été vaincue par un vieil oignon. Votre vampiranha, éclaté par un pauvre citron vert. L'armée de Patateuh semble plus puissante que nous l'avions imaginée.

- … et le kangarou ?

- Quel kangarou ?

- J'avais envoyé une selamandre, un vampiranha et un kangarou !

- Sauf votre respect, le kangarou a dû sauter au-dessus de cette mission.

- Arrête avec ton humour de merde. Ça m'embêterait qu'on ne retienne de ce chapitre que cet aussi mauvais jeu de mots !

- Excusez-moi maître…

- Aurais-tu d'autres informations à me communiquer ?

- Tomat est parti à Guêpes à Temps. Il m'a chargé de vous informer qu'il allait faire sa première victime.

- Enfin un guerrier digne d'être mon fidèle serviteur ! J'ai toujours eu confiance en lui.

- Et vous n'avez pas confiance en moi ?

- Avec Tomat ce n'est pas la même relation. Il fait partie des trois tueurs…

- Moi aussi j'en fais partie !

- Ah oui ! C'est vrai… Seulement toi tu es un poil plus con quand même.

- Mais…

- Tu peux disposer.

- Disposer quoi ?

- Casses-toi !
- A vos ordres, maître Saladolf...

Sur ces paroles, Saucicon repartit dans l'obscurité.

La lumière s'éteignit... laissant l'imposante et épaisse salade se dissimuler dans d'impénétrables ombres.
- Bientôt, je régnerai sur PIC NIC Land ! Mouaahahaha !! Hum. Non. Pas original le cri démoniaque.

CHAPITRE 30

Arrivé à Guêpes à Temps, Petit Rose posa pied à terre. Paingeot s'écroula ; il avait consommé bien trop d'énergie en une journée. La pluie s'était intensifiée de ce coté du continent, et le ciel se remplissait peu à peu de nuages obscurs. Mais cela n'effrayait pas notre petit radis. Il continua d'avancer dans la nuée qui s'abattait et tomba sur le corps inanimé de son amie jaune.

- BAN'ANNE !

Il s'assit et l'examina. Elle était mal en point. Pas morte. Juste mal en point, très mal...

- Petit Rose... appela la banane en agonisant. Ce mec... c'est l'un des Trois Nazes... Saladolf les a ressuscités ! En revenant de Sapille, il nous a attaqués sur le chemin...

Sa peau était déchirée. Elle avait dû terriblement souffrir.

- Je suis là, je vais te ramener à Panieta ne t'inquiète pas.

- Non ! Tu dois le battre.

- Hors de question ! Je ne te laisserai pas dans cet état !

- Si tu ne le bats pas, il tuera tout ce qui se trouvera sur sa route. Il agit pour Saladolf ne l'oublie pas ! Il représente une menace.

- Oui... Tu as raison...

Petit Rose se releva et dégaina la Brindille :

- Essaie de ne pas mourir pendant le combat ! lança-t-il.

- Tu veux peut-être que je prenne le temps de peindre ton combat aussi ? sourit Ban'Anne, malgré sa douleur.

Notre héros s'avança. Il était face à l'un des Trois Nazes. Avec l'un des plus grands criminels de toute l'Histoire.

- Tomat... souffla-t-il en reconnaissant la tomate à l'œil griffé.

- Je vois que tu te souviens de mon nom.

- Un pauvre nom comme ça reste dans la tête, qu'on le veuille ou non.

- Tu ne sais pas dans quoi tu t'es embarqué Petit Rose...

- Je sais, tu l'as déjà dit deux fois.

- Oui et bien... jamais deux sans trois. Je n'allai pas échapper à cette règle.

Les deux aliments se dévisagèrent longuement. Aucun sentiment ne pouvait être discerné en examinant leur visage. Avaient-ils peur ? Avaient-ils au contraire une envie énorme de se battre ? Où était-ce ce mélange qui rendait indéchiffrables leur cœur ? Petit Rose serra son arme. Tomat le remarqua :

- Que fais-tu ?

- Je me prépare à te terrasser.

- Avant que tu ne brandisses cette Brindille, sache qu'il y a une autre règle que tu dois connaître : personne ne peut barrer la route aux Trois Nazes.

Le légume rose serra des deux mains son arme divine et courut jusqu'à pouvoir donner un coup à son adversaire :

- A chaque règle, son exception !

Mais Excalibeurre ne frappa que l'air. La tomate avait esquivé le coup.

- Tu ne me battras pas avec de vulgaires coups.

- Tu ne me battras pas en esquivant.

Les deux ennemis se retrouvaient à nouveau face à face. Quelques pas les séparaient. Petit Rose devait-il réessayer de le frapper ? Ou attendre de voir la stratégie de Tomat ? Il pensa à Nuisette. Elle l'attendait. Ban'Anne et Paingeot avaient besoin de lui. Maréchal Pépin comptait sur lui. Tout PIC NIC Land risquait de périr s'il n'éliminait pas ce tueur.

Les nuages gris et chargés d'eau finirent de se réunir. Ils remplissaient à présent la totalité du ciel surplombant Guêpes à Temps, un ciel si menaçant qu'aucun insecte ne semblait vouloir sortir. Un éclair éclata. Le grognement lourd et terrifiant du tonnerre semblait crier :

A suivre...

ACTE 4

LE COMBAT DE GUEPES A TEMPS

CHAPITRE 31

Quand le président retrouva connaissance, la trentaine de soldats qui se trouvait autour de lui courait, criait, sans jamais ne laisser place au calme. La Patatour avait été envahie par la peur, une terrible peur.

- Maréchal Pépin ! l'interpella Citrov en lui tendant un bras.

- Citrov ! Mais que se passe-t-il ici ? s'affola le président en saisissant la main du citron.

- Ban'Anne est en train de se battre contre l'un des Trois Nazes ! Petit Rose est parti lui prêter main forte.

Le maire de Panieta se leva et rejoignit son bureau. Il fit un signe de la main, qui fit stopper toutes les agitations.

- Vous êtes des soldats ! Vous allez sauver le monde ! De quoi avez-vous l'air comme ça, en train de hurler ?

Toutes les nouvelles recrues fixèrent et écoutèrent attentivement Patateuh.

- Nous allons maintenant établir un plan. Et nous battrons ce tueur !

Nuisette se rapprocha du chef :

- Et comment vous comptez faire ? lui chuchota-t-elle.

- Aucune idée.

*

SHLACK !

La Brindille frappa son ennemi de près. Mais encore une fois, le tueur avait su parer le coup.

Cela faisait déjà une pénible demi-heure que Petit Rose et Tomat s'affrontaient sous une pluie ardente. Notre radis avait beau essayer de toucher la tomate, cette dernière esquivait toujours au dernier moment.

Petit Rose retenta le coup ; il fonça sur son ennemi en brandissant son arme divine. Avec une vitesse fulgurante, Tomat esquiva l'attaque et se positionna quelques mètres plus loin. Notre petit soldat avait peur... très peur. La fonction principale d'un tueur est de tuer. Il avait été entraîné pour ça, il en faisait sa vie. Peut-être n'avait-il aucune chance face à un aussi redoutable adversaire...

Il se libéra alors de ses pensées pessimistes et ré-attaqua une nouvelle fois. Tomat esquiva de plus belle. « Je dois découvrir sa stratégie » pensa Petit Rose, « Ça fait environ une demi-heure que le combat a commencé et je n'ai toujours pas réussi à l'atteindre ! »

- Tu commences à douter, n'est-ce pas Petit Rose ?

- A douter ?

- Tu te dis que finalement, tu n'es peut-être pas assez fort pour me battre... Tu n'as pas réussi à me porter le moindre coup.

Le jeune radis baissa la tête. Peut-être Tomat avait-il raison... Cependant...

- Il en va de même pour toi ! lança le légume en remontant fièrement son visage.

- Je m'amuse avec toi Petit Rose. Et c'est si... amusant ! Arrête donc de parler et continue le combat.

- Tu veux que j'arrête de parler ? Alors viens te battre loyalement au lieu de fuir ! Tu veux me tuer ? Viens là !

- Tu te fatigueras tout seul...

- Ahhh ! s'écria Petit Rose en s'élançant en direction de sa cible.

Il s'arrêta en plein élan. « Une minute ! Qu'entendait-il par là ? Me fatiguer tout seul... Mais bien sûr ! Il ne fait qu'esquiver pour que je sois mort de fatigue, et me porter le coup fatal une fois que je serais trop faible pour me défendre ! »

Petit Rose fixa la tomate dans les yeux.

- Tu ne m'attaques pas ? demanda-t-elle.

- Je connais ta stratégie Tomat ! Et ton point faible !

Le tueur écarquilla les yeux. Un jeune soldat comme lui pouvait-il vraiment deviner la technique d'un aussi grand malfaiteur ?

- Mon point faible... mais que veux-tu dire par là ?

- Depuis le début de notre affrontement tu ne fais qu'éviter mes coups. Tu recules dès que tu en as l'occasion et ouvre la bouche quand même les lecteurs ne veulent pas te lire ! Tu veux que je tombe de fatigue et m'achever à ce moment là. Et je pense que c'est tout simplement parce que tu ne sais pas te battre !

- Comment oses-tu ???

- Tu ne me crois pas ? Alors viens prouver que tu sais te battre !

- Tu crois peut-être que je vais te laisser parler en faisant comme si tu savais tout sur moi ?

- C'est bien ce que toi tu fais.

- Oui mais moi, je sais tout de toi Petit Rose !

- Prouve-le !

- Je sais que tu viens de Pissenlity. Tu n'as jamais connu tes vrais parents. Tu t'es enfui à Bourgapple où tu as rencontrer ce pauvre citron vert qui te sert d'ami. Quand tu angoisses, et il se trouve que tu angoisses souvent, tu médite à la Prairie au Lait et évite d'aller en cours. Je sais que tu as peur en ce moment même, et que tu prends tes grands airs juste pour que moi aussi je ressente cette peur. Je sais aussi pourquoi tu es resté avec M.Patateuh, dans son armée.

- Je tiens à PIC NIC Land, je veux protéger ce monde !

Un large sourire se dessina alors sur le visage diabolique de Tomat :

- Non Petit Rose. Je te parle de la vraie raison... celle que même les lecteurs ignorent.

CHAPITRE 32

La pluie commençait à s'attendrir. Mais l'orage était là, prêt à se déchaîner sur nos deux combattants. Le tueur continua son petit discours :

- Alors que toi et ta petite équipe ridicule recrutiez du monde, nous, les Trois Nazes, en avons profité pour nous renseigner sur vous. Nous savons tout de vous.

Une plus grande peur encore parcourut le corps de Petit Rose. Comment allaient-ils détruire Saladolf si leurs ennemis savaient tout sur eux, leurs vies, leurs plans d'attaque, leurs stratégies ?

- Alors Petit Rose... on ne t'entend plus là ! Ahahah !

Le légume rose était paralysé. « Pourquoi la peur me rend-elle toujours aussi piégé ? » se demanda-t-il. Dans les grottes avec les basilics, quand Nuisette s'approchait de lui d'un peu trop près... il se décourageait trop facilement.

- Je ne sais peut-être pas me battre, mais toi non plus Petit Rose... rajouta Tomat. Je sais que tu n'as jamais combattu de ta vie.

Notre héros lâcha la Brindille, tomba à genoux, les mains dans la boue. Le meurtrier continua :

- Oui Petit Rose... c'est bien... Reste comme ça, à quatre pattes dans la boue. Je suis supérieur. Bien que nous ayons la même faiblesse, contrairement à toi, MOI J'AI DEJA TUÉ !

Notre petit légume rose, désemparé, se laissa tomber entièrement dans la boue et l'herbe sale. Face contre terre, il ferma les yeux et laissa l'obscurité l'envahir.

Une voix douce et claire résonna alors dans ses sombres pensées.

- *Ressaisis-toi soldat !*

- Qui êtes-vous ? demanda intérieurement Petit Rose.

- *Je crois que tu le sais...* répondit la voix.

- Vous êtes le Poulet de Lumière...

Soudain, une grande lumière étincelante venant de nulle part foudroya le petit radis. Notre héros ouvrit les yeux : il baignait à présent dans une douce lumière dorée. Tomat n'était plus là ; Petit Rose ne devait plus se trouver à Guêpes à Temps. Étrangement, la fatigue qu'il éprouvait quelques minutes plus tôt avait disparu.

- *Lève-toi soldat...*

Petit Rose, comme doté soudain d'une volonté extrême de vaincre, s'exécuta.

- *Je viens de t'offrir une envie de gagner ce combat, soldat.*

- Je vous en remercie, répondit cordialement le radis, ne sachant quoi dire d'avantage.

- *Ne me remercie pas et agis !*

- Je ne peux pas le vaincre...

- *Tu te décourages bien trop facilement soldat... Chaque personne a un point faible ; tu as trouvé le sien. Alors affronte-le !*

- Pour ça il faudrait que vous me donniez plus de force...

- *Je t'ai donné Excalibeurre pour cela. A présent je vais te laisser...*

- Attendez ! cria Petit Rose.

- *Tu as tout ce qu'il faut pour le battre. Sache que Saladolf t'observe. Et n'oublie pas : chaque personne a un point faible...* termina le Poulet de Lumière, sa voix commençant à s'éteindre.

La lumière dorée quitta notre combattant, comme aspiré par les cieux. Guêpes à Temps réapparut, tout comme Tomat... et comme la Brindille que le radis avait laissé tomber par terre. Tomat avait toujours la même expression sur le visage et n'avait pas bougé d'une feuille. Ce petit entretien de deux minutes avec le Poulet de Lumière semblait s'être passé en deux secondes. Petit Rose ne se posa aucune question, attrapa son arme d'un geste vif et se précipita vers son ennemi. Il courut le plus vite possible ! Arrivé à portée de coups de Tomat, il empoigna Excalibeurre avec une force considérable puis frappa d'une intensité sans précédent ! Tomat tomba par terre. Cette fois-ci la boue gicla sur le visage de la tomate.

La pluie commençait à s'apaiser. Les nuages sombres s'écartaient peu à peu. Un léger espoir flamboyait à l'horizon. Un discret sourire apparut sur les lèvres de Petit Rose ; l'un des Trois Nazes était à ses pieds. Un long silence s'étira pendant une poignée de secondes.

- Comment as-tu fait ça... Petit Rose ?

- Tu étais si fier de m'avoir terrorisé que tu n'as pas fait attention que je me reprenais en main.

- Il y a quelques secondes tu étais encore mort de peur...

- Le Poulet de Lumière est avec moi ! Il m'a éclairé de sa lumière, et a fait disparaître toute forme de ténèbres en moi ! La peur et le doute ne font plus partie de ma vie.

- Ce n'est pas possible ! hurla le tueur, le visage dans la boue.

- Ce n'est pas moi qui suis face contre terre...

- Je t'interdis de m'humilier de la sorte ! gronda Tomat, en se relevant.

Les deux combattants étaient encore une fois face à face. Ils étaient fatigués.

- Petit Rose... je ne peux pas perdre... Je ne DOIS pas perdre !

- Qu'est-ce que tu entends par là ?

- Il y a cinq cents ans, une salade est venue me voir. Elle cherchait des gens prêts à renverser le gouvernement avec elle. J'étais un jeune adolescent, tout comme toi. Je venais de perdre ma petite amie. Saladolf me promit qu'elle ressusciterait ma bien-aimée, en échange de ma participation dans son plan. Anéanti par la tristesse, je l'ai donc suivie... elle était mon seul espoir.

Petit Rose écouta respectueusement le récit de son adversaire.

- Pendant son coup d'état, je la suivais sans rien faire. Quand quelqu'un devait se battre, ou tuer, je ne me portais jamais volontaire. Je déteste cette brutalité... j'étais un disciple du Bouddhin. Mes deux équipiers s'en sont très vite rendu compte. Saladolf nous demanda alors de tuer toute personne qui ne voulait pas abattre son prochain. Pendant ces jours de terreur, Kni, grand criminel et respectueux ami, m'entraîna à me battre. Mais je ne pouvais pas... Mon éducation dans notre monde beau et paisible me dégoûtait de la violence. Je fuyais chaque attaque... Il repéra alors en moi une « qualité d'esquive remarquable », comme il disait...

Des larmes coulèrent sur le visage de Tomat. Petit Rose desserra son emprise sur son arme.

- On s'entraîna jours et nuits pour développer cette qualité d'esquive en moi et je finis par créer ma technique : esquiver les coups de mon ennemi jusqu'à ce qu'il soit mort de fatigue, et l'achever au dernier moment. Mais quelques jours plus tard, le Poulet de Lumière apparut et tua mes équipiers. Je vis Kni exploser devant mes yeux. Mon ami était mort... et quelques secondes plus tard, c'était moi que le rayon lumineux détruisait. J'ai cru que c'était la fin, mais je me réveillai. Le feu, le sang et les cris avaient disparu pour laisser place à l'herbe, la vie, et le chant des oiseaux. Saladolf se trouvait en face de moi... et m'expliqua que cinq siècles s'étaient écoulés. Elle me demanda si je voulais toujours revoir ma belle et douce Tomathilde. Mon amour étant toujours aussi fort, évidemment je lui répondis que oui. Alors elle exigea que je l'aide à prendre sa revanche. Mais le Poulet de Lumière avertit Patateuh de notre retour et créa votre armée. Voyant que cette guerre s'attardait, je suis allé battre ton amie, en espérant me mesurer à toi. Et tu as mordu à l'hameçon ! Si je te bats, ton armée n'aura plus la volonté de continuer, j'aurai Excalibeurre et Saladolf viendra remplacer Patateuh. Et à ce moment précis je retrouverai mon amour...

La pluie s'était totalement arrêtée. On entendait le son des gouttes coulant sur les feuilles frapper le sol. Le ciel redevenait un peu plus clair.

- Pourquoi me racontes-tu tout ça Tomat ?

- Parce que nous avons tous une raison de nous battre dans cette guerre. Voici la mienne : elle s'appelle Tomathilde et il n'y a qu'elle qui compte à mes yeux ! Peu importe ce que deviens PIC NIC Land une fois Saladolf au pouvoir. Tu veux que je me batte, n'est-ce pas Petit Rose ? Alors je vais me battre !

Une lueur obscure se forma alors et laissa apparaître une arme à coté du tueur.

- Qu'est-ce que c'est ? s'écria le radis.

- Tu as ta Brindille, et bien moi j'ai ma Ronce...

*

Dans la Patatour, M.Patateuh et tous ses soldats cherchaient désespérément une solution. Comment pouvaient-ils aider Petit Rose ?

- Je suis désolé Monsieur, fit Citrov. Mais je n'peux pas continuer à créer des plans qui n'servent à rien.

- Qu'est-ce que tu proposes ? lui demanda le président.

- Ban'Anne et Paingeot étaient en mission à Sapille. Je vais donc y aller. Petit Rose est soit là-bas soit sur le chemin.

- Tu es sûr de ce que tu fais ?

- Nous n'avons pas d'autre solution...

- Bon, allons-y !

- Non, restez là. Vous êtes notre chef, tous ces soldats ont besoin de vous ici.

- Si c'est moi le chef comment ça se fait que tu me donnes un ordre... ?

Citrov se dirigea vers la porte et lança à Paté :

- Hé, ça te tente une balade ?

- J'arrive, répondit-il.

- Nous aussi ! s'écrièrent Clémentine et Nuisette en cœur.

La grande porte noire s'ouvrit.

Le citron vert, la boîte de pâté, la clémentine et la noisette sortirent de la Patatour et s'engagèrent en courant sur les routes de la sortie de Panieta.

CHAPITRE 33

Le tueur s'empara de son arme. La Ronce était longue et habillée de plusieurs épines qui semblaient... aïe, faire très mal. A la vue de celles-ci, le radis fit un pas en arrière. La pluie s'étant arrêtée, il fallait terminer ce combat au plus vite ; les guêpes ne tarderaient pas à sortir de leurs nids.

- Tu es terrifié, une fois de plus, n'est-ce pas Petit Rose ?

- Certes ton arme est très impressionnante, mais comme je te l'ai dit tout à l'heure, j'ai quitté cette peur qui me paralysait.

- Pourtant tu t'es éloigné...

- Seulement pour prendre un peu plus d'élan !

Sur cette bonne réplique, Petit Rose rejoignit Tomat de vive allure et lui porta un coup de Brindille que la tomate stoppa à l'aide de sa Ronce. Sans aucun arrêt, le fruit tournoya son arme au dessus de lui pour lui donner de la puissance et s'apprêta à fouetter le radis. Notre héros exécuta un haut saut ; l'arme épineuse se heurta à l'herbe. Petit Rose tenta d'atterrir sur son adversaire, Excalibeurre positionnée perpendiculairement au sol. Tomat esquiva : la Brindille s'enfonça dans la terre mouillée. A peine notre soldat eut-il le temps de retirer son arme que son adversaire lui envoya un grand coup de Ronce. Petit Rose s'écrasa par terre. Vivement, il se releva.

- Tu te bats bien pour un premier combat, envoya Petit Rose, souriant.

- Toi aussi, lança Tomat avec le même sourire.

Le même sourire... la même loyauté... la même envie de combattre... la même envie de gagner... cependant, pas tout à fait le même camp...

- Ne pense pas que je vais te faire des compliments toutes les cinq minutes par contre.

- Alors viens me battre !

- Tiens bah, vu que c'est moi qui cours depuis trois chapitres, je me disais que peut-être cette fois ça pourrait être toi.

Tomat s'approcha de Petit Rose ; en courant. Arrivé à bonne distance, il donna un coup de Ronce. Petit Rose répliqua avec un coup de Brindille. Les deux armes se confrontèrent un long moment, aucune d'entre elles ne voulant céder. Les deux soldats forcèrent du plus qu'ils le purent, réunissant l'énergie la plus grande qu'ils pouvaient trouver. Finalement, les deux soldats lâchèrent au même instant et s'écrasèrent par terre.

- Je suis fatigué...

- Moi aussi...

La même fatigue... le même... heu, ouais c'est lourd si je recommence.

Les deux adversaires se relevèrent. Le tueur s'éloigna de plusieurs mètres. Arrivé à l'endroit qu'il cherchait, il posa son regard vers le jeune soldat :

- Tu sais Petit Rose, je ne pensais pas un jour avoir autant de mal à battre quelqu'un. Encore moins devoir faire appel à la Ronce. Mais tout ça est à présent terminé !

- Qu'est-ce que tu veux dire par là Tomat ?

- Je viens de trouver la solution pour te battre...

- La solution ?

- En effet. Plus nous courrons vite et plus notre attaque sera puissante. Je l'ai remarqué les plusieurs fois où tu courrais, puis frappais. Tu es essoufflé. Cela fait des heures que tu cours. Moi, il me reste encore plein d'énergie. Je ne peux que frapper plus fort que toi !

- Tu ne peux pas me battre en un seul coup !

- Je vais mettre la plus grande vitesse ainsi que ma plus grande puissance. Ma victoire est assurée !

- Sauf si moi aussi je cours !

Tomat avait déjà commencé sa course. Pas grave ! Petit Rose l'imita, le plus rapidement possible. Dans quelques secondes les deux soldats se heurteront. Dans quelques instants nous saurons l'issue du combat. Le radis brandit la Brindille, la tomate brandit la Ronce. Tomat accéléra, Petit Rose fit de même.

- ALLEZ, VIENS !!! hurla Tomat.

- A TOI D'ALLER PLUS VITE !!! répliqua Petit Rose.

Les deux aliments arrivèrent au paroxysme de leur vitesse et de leur puissance.

La Brindille scintilla, la Ronce s'obscurcit.

Les petits soldats n'étaient maintenant plus qu'à quelques centimètres l'un de l'autre.

Soudain l'arme lumineuse et l'arme ténébreuse se frappèrent.

Une grande explosion ravagea alors la plaine de Guêpes à Temps, balayant chacun de ses arbres de la surface de la terre.

De la cendre s'éleva du sol. Des nuages de poussières ondoyaient partout. On pouvait à peine distinguer les silhouettes des deux aliments... enfin, devrais-je dire, de l'aliment.

En effet, seul un aliment se tenait debout, à travers toute cette poussière.

- J'ai gagné...

CHAPITRE 34

- J'ai gagné... soupira l'aliment.

Il regarda son adversaire, qui à présent resterait par terre à tout jamais... Cette fois-ci, il ne se relèverait pas.

- Tu as été un valeureux adversaire Tomat...

Le radis se pencha vers le corps inerte du tueur. Quelques gouttes s'échappèrent alors des petits yeux fatigués de Petit Rose :

- SALADOLF !!! cria le radis, ses paroles se répercutant dans le grand espace vide qu'était devenu Guêpes à Temps. Je sais que tu m'observes ! Considère ceci comme un avertissement : je vengerai toutes les victimes de ton petit jeu macabre, à commencer par Tomat, que tu as manipulé ! Alors retiens bien ça Saladolf : Je te détruirai ! JE TE DETRUIRAI !!!!

Petit Rose dépensa le reste d'énergie qu'il lui restait dans ces dernières paroles. Il se laissa tomber brutalement à genoux, auprès de Tomat, puis sanglota quelques minutes au dessus de son corps. C'est alors qu'une mystérieuse silhouette à peine perceptible s'approcha des deux combattants. Elle lâcha un soupir.

- Si tu le permets, cher radis, j'aimerais emporter son corps...

La voix était sombre, discrète et calme comme les ténèbres, mais aussi très tragique... « Un homme » trancha Petit Rose. Cependant, avec toute cette poussière, il ne put distinguer le visage ou bien la race de cet individu.

La silhouette s'avança, se pencha vers Tomat, et posa la main sur lui.

- Je ne voulais pas que tu te battes...

Petit Rose observa la scène avec respect. De toute manière, il était bien trop fatigué pour pouvoir faire quoi que ce soit.

- Cher radis, je vais devoir te tuer !

L'impuissance s'écrasa sur le légume rose. Qu'allait-il faire ?

- Si vous le tuez, c'est moi qui vous tuerais ! s'écria une voix au loin.

Petit Rose se retourna, et aperçut...

- CITROV !!

T'as pas l'impression de l'avoir dit trop tôt ?

Le citron vert s'approcha, suivi de Clémentine, Nuisette et Pâté.

L'individu souleva alors Tomat, empala son corps inanimé sur ce qu'on devinait être une large lame au dessus de son visage, puis s'éloigna :

- Je n'ai pas le temps de m'occuper de vous aujourd'hui, souffla-t-il. Mais, un jour, cher radis, nous nous retrouverons. Et ce jour là, je te tuerai. Je vous tuerai tous.

- Qui êtes-vous ? demanda Petit Rose avant que la silhouette ne se laisse dévorer par les épaisses poussières.

- Mon nom est Kni. Je suis le couteau le plus aiguisé de ce continent, et comme vous vous en doutez je suis l'un des Trois Nazes. Tu viens de tuer mon ami, que je considérais comme un frère... tu paieras pour cela.

Un long moment d'inquiétude s'imposa alors, et l'arme blanche disparut.

Citrov prit les mains de son ami et l'aida à se relever. Les deux acolytes s'observèrent un court instant. Le radis se sentit rassuré maintenant que le citron vert était là. Il prit son compagnon, exténué, dans les bras. Nuisette, Clémentine et Pâté observèrent la scène avec soulagement. Petit Rose se détacha alors des câlins réconfortants de l'agrume pour faire face à la réalité. Il y avait encore plein de choses à régler ! Il se précipita vers Ban'Anne.

- Ban'Anne ! Comment te sens-tu ?

- Rassurée, lâcha la banane, avant de tousser.

- Arriveras-tu à te lever ? s'inquiéta Citrov, qui venait de les rejoindre.

- Oui... je pense...

La dessinatrice, tout aussi épuisée que le chevalier rose, se leva avec difficulté :

- Merci Petit Rose. Sans ton intervention, ce tueur m'aurait achevé...

- C'est grâce à toi qu'on a rencontré M.Patateuh, sourit le radis. Je n'ai fais que te rendre la pareille.

« Quel appareil ? » se demanda Citrov.

Les deux soldats se serrèrent la main avec force. Ils avaient frôlé la mort. Ce fut le premier contact avec l'ennemi, et il avait su attaquer par surprise. La prochaine fois, ils devraient être plus forts et combattre comme de réels guerriers.

- Je ne veux pas casser ce moment très classe mais Paingeot est inconscient, annonça Pâté.

Petit Rose, Citrov, Ban'Anne, Clémentine et Nuisette bondirent vers la baguette de pain. Un gros sourire se dessina sur son visage :

- Le combat est fini ? jubila-t-il.

- Oui... dit Petit Rose.

- Ah enfin ! s'exclama Paingeot. J'en avais marre de faire le mort !

- Mais, pourquoi as-tu fait ça ? demanda Ban'Anne.

- Parce que Tomat n'allait pas tuer quelqu'un qui est déjà mort !

- C'est vrai que c'est pas comme si tu aurais pu m'aider, fit le radis.

- Bon, on quitte cet endroit lugubre à présent ? demanda Nuisette.

- Oui ! trancha Citrov.

- Avant que les guêpes nous attaquent, hihi... s'inquiéta Clémentine.

Les sept aliments se ruèrent vers la sortie de Guêpes à Temps, en direction de Panieta. Avant de sortir de ce lieu définitivement, Petit Rose y jeta un dernier regard :

- Les guêpes n'attaqueront plus jamais personne, dit-il en constatant que le lieu était totalement dévasté. Cette explosion les aura toutes tuées...

Ses compagnons l'écoutèrent avec respect. Petit Rose avait tué quelqu'un, il mettrait longtemps avant de s'en remettre.

- Cet endroit ne sera plus jamais le même à présent. Je ne serai plus jamais le même...

CHAPITRE 35

Notre petite troupe fit le chemin jusqu'à Panieta à pied ; la baguette de pain n'avait plus de forces. C'est exténués que nos braves combattants arrivèrent au pied de la Patatour, en fin de journée, entourés d'une douce sensation de réconfort : tout le monde allait bien, et ils pouvaient à présent se reposer.

Pâté ouvrit la grande porte noire et laissa passer ses compagnons avant de la refermer. A présent, toute l'armée était réunie dans une même pièce. Quarante soldats, en comptant le président.

- Mes enfants ! s'écria-t-il, inquiet en apercevant Petit Rose, Ban'Anne et Paingeot blessés.

Les trois soldats s'appuyèrent contre un mur avant de se laisser glisser pour s'asseoir sur le sol. Maréchal Pépin quitta la chaise de son bureau et se précipita sur ses protégés.

- Allez-vous bien ??

- Nos corps sont peut-être épuisés mais nos cœurs n'attendent que de se rebattre tellement notre rage de vaincre est grande ! déclara Pâté.

- Je ne sais pas si j'irai jusque-là... chuchota Paingeot.

La patate laissa échapper un petit rire :

- Je savais que tu réussirais Petit Rose ! Tu es bien comme...

Le maréchal abandonna soudainement son sourire et l'envie de poursuivre sa phrase. Il laissa alors tomber son regard. Tous les soldats le regardèrent étrangement, en particulier les nouveaux. Il revint finalement à la réalité, et à son bureau.

- Bon ! Maintenant que nous sommes tous ensemble...

Tandis que Patateuh commençait son discours, Nuisette s'assit à coté de son Petit Cœur Rose.

- Qu'est-ce qu'il a voulu dire ? demanda-t-elle en appuyant sa tête sur l'épaule de son héros.

- J'en sais rien... avoua le radis.

- Tu es sûr ? insista Ban'Anne.

- Oui, je vous le jure ! J'en ai aucune idée.

- Encore un mystère inexpliqué dans le beau monde de PIC NIC Land ! rigola Clémentine en prenant la main de Citrov. Hihi !

- Le narrateur est-il au courant que j'ai un peu d'mal avec les sujets compliqués ? fit Citrov.

Nos héros retournèrent leur intention vers le maréchal, qui continuait son discours :

- ... et c'est pour cela que nous nous battons ! Ensemble, nous protégerons PIC NIC Land ! Nous, le plat de RESISTANCE !

Les nouvelles recrues applaudirent. Citrov envoya un clin d'œil à son chef, qui se sentit fier de son armée.

- Je suis très heureux de voir mon projet se réaliser : créer une armée pour défendre PIC NIC Land. Il y a presque une semaine, j'ai envoyé des lettres disant aux destinataires de venir à la Patatour. Les gens me prenant pour un fou, seuls Petit Rose et Citrov sont venus me rejoindre. Vous pouvez les voir à votre droite.

Tous les nouveaux soldats tournèrent la tête et admirèrent les deux jeunes aliments. Intimidés, le radis et le citron vert ne lâchèrent qu'un petit « coucou », embarrassés. La patate continua :

- Malgré leur jeune âge, ils réussirent à convaincre d'autres personnes de nous rejoindre : Ban'Anne, Paingeot, Nuisette, Clémentine, Emmanite et Groignon, qui se trouvent aussi à votre droite.

Le radis se demanda alors où étaient passés le champignon et l'oignon. Ils n'étaient pas là. Nos héros les recherchèrent du regard ; sans résultat. Mais où étaient-ils ?

- Ensuite arriva Pâté ! Une fois cette petite équipe réunie, je leur ai dit d'aller chercher d'autre monde dans d'autres villages, et vous voilà ! Cette armée n'est pas prête de s'arrêter de grandir ! Mais le plus important, c'est que cette armée a fait disparaître une grande menace : l'un des Trois Nazes. Oui, il semble que Saladolf ait réussi à faire revivre ses maudits assassins... Mais ne nous décourageons pas ! Petit Rose à vaincu celui que l'on nomme Tomat ! Sans lui, personne ne serait ici dans cette Patatour. Sans lui, les Trois Nazes ne se nommeraient pas aujourd'hui les Deux Nazes. Vous devez tout à ce fier et brave chevalier !

La peau rose du petit radis vira au rouge.

- Tu es rouge comme une tomate ! lui lança M.Patateuh. Viens donc me rejoindre !

Nuisette dut le pousser un peu pour qu'il se décide à bouger.

- Ne fais pas le timide ! lui lança Ban'Anne.

- C'est toi le héros ! continua Citrov.

Petit Rose s'avança lentement vers son chef, sous les cris encourageants de tous ses amis.

Oui, il était rouge comme une tomate. Il était embarrassé. Il s'en voulait d'avoir ôté la vie à cette pauvre tomate qui, comme lui, n'était qu'un soldat dans une guerre qui les dépassait. Un partie de son ancien adversaire rouge resterait pour toujours en lui...

Arrivé aux cotés du maréchal, les deux aliments se serrèrent la main. Après un long moment honorable, la patate et le radis se retournèrent vers tous les nouveaux soldats. L'un d'entre eux était un toast. Empressé, le vieux chef courut vers lui et le porta dans ses bras, puis l'éleva le plus haut qu'il put :

- Ensemble, portons un toast à Petit Rose ! cria Maréchal Pépin. Portons un toast à notre armée ! Portons un toast à PIC NIC Land !

Tous les soldats se mirent à crier, hurler de joie ! Ils avaient tous envie de faire la fête.

- Ça se fait pas de porter un toast sans boire un coup ! glapit Pâté à travers les cris des aliments.

- Alors allons fêter ça à l'étage quinze ! cria le chef. Le restaurant !

C'est dans la joie et la sérénité que tous les soldats se précipitèrent alors dans l'ascenseur.

CHAPITRE 36

En voyant tout ce monde arriver dans le restaurant, le cœur d'Isabelle la serveuse se mit à battre à vive allure. Combien de temps lui faudrait-il pour servir cette quarantaine de personne ? M.Patateuh se précipita le premier sur elle :

- Isabelle ! Sers-moi donc une bonne liqueur d'herbe !

- Mais enfin... je vais m'épuiser à servir tout ce monde !

- Et pourquoi je te paye moi ?

- Bah pour que je vienne vous faire l'amour tous les samedi soirs, non ?

- Chut ! Ça ne doit pas se savoir Isabelle ! Officiellement je déteste les femmes...

- Pourquoi ne pas dire la vérité ?

- Parce que pour l'instant... les lecteurs ne sont pas prêts à l'entendre...

- Bon alors ! s'impatienta Pâté, excité. Elle nous sert quand la bouteille ?

- J'y vais ! répondit Isabelle en dévissant son bouchon.

Le restaurant, vide quelques instants plus tôt, était maintenant bien rempli. Plusieurs aliments s'assirent aux belles tables habillées de nappes blanches et fleuries tandis que d'autres restèrent debout à faire les fous.

- Je vais aider Isabelle à servir la boisson, déclara Clémentine à Citrov. Tu viens avec moi ? Hihi !

- Avec plaisir, lui répondit le citron vert élégamment.

La tendre clémentine lui tendit la main et tous les deux s'élancèrent vers le comptoir. Derrière celui-ci se trouvaient des centaines de tisanes, mais aussi des boissons plus rares comme des sirops et liqueurs, aux parfums divers et variés de plantes. Ils s'en remplirent les bras et s'empressèrent de les distribuer à la petite armée. Petit Rose prit un thé à la rose et le partagea avec Nuisette. Il s'était installé sur une chaise, et la noisette s'était assise sur ses genoux.

- Si tu veux aller te reposer tu peux y aller, proposa gentiment la belle noisette.

- Je veux profiter de ces moments de détente, sourit le radis. Et je veux profiter de ces moments avec toi...

Maréchal Pépin et Paingeot, eux, essayaient de faire connaissance avec les nouvelles recrues. Tout le monde était heureux. Tout le monde voulait profiter à fond de cette soirée avant de reprendre les missions le lendemain.

Soudain, la lumière s'éteignit et les aliments se retrouvèrent dans obscurité.

Un long silence se posa.

Un projecteur éclaira le centre de la salle et révéla Ban'Anne, assise sur un tabouret, tenant une belle guitare GuimauveSonne entre les mains.

- Bonsoir tout le monde, commença la banane de vive voix, joyeuse.

Tout le monde s'assit autour d'elle, l'oreille grande ouverte.

- Aujourd'hui, j'ai failli perdre la vie. Cela m'a fait réfléchir. Il y a tellement de choses que je souhaite faire avant de partir pour le Pafradis. Certains d'entre vous se disent que je suis dessinatrice, mais le dessin n'est qu' une partie de moi. Alors ce soir, j'aimerais vous présenter une de mes créations. Pas un dessin, non : une chanson. Car même si la guitare ne peut pas me faire vivre, elle est avant tout ma plus grande passion. Et... que serait une fête sans musique ?

Ban'Anne commença à placer ses doigts sur le manche, puis gratta les cordes de son autre main ; un merveilleux son parcourut l'ensemble du restaurant. Une musique belle et envoûtante... Tous les soldats, les vieux comme les plus jeunes, étaient remplis d'une agréable sensation de plénitude. Chaque note était plus belle que la précédente, et le radis, à l'écoute de cette merveilleuse mélodie, semblait guérir de ses nouvelles blessures. A la fin de ce morceau magistral, tous les soldats applaudirent, et tous crièrent de bonheur !

- OUAIS BAN'ANNE !!! hurlèrent ses amis en cœur.

C'est alors que Nuisette serra la main de son petit radis et l'entraîna dans l'ascenseur.

- Qu'est-ce que tu fais ? demanda t-il.

- Ça fait des jours que je te veux pour moi toute seule Petit Cœur. Ce soir je le peux !

Nuisette plaqua Petit Rose contre un mur de l'ascenseur et approcha ses lèvres des siennes, jusqu'à ce qu'elles rentrent en contact.

La noisette embrassa le radis.

Le merveilleux goût enivrant de la belle poussa le chevalier radis à lui rendre son baiser.

Nuisette recommença.

Petit Rose recommença de plus belle, et se plu à rerererererecommencer.

Il n'avait plus peur. Il était au contraire confiant.

Notre petit couple s'embrassa longtemps, et les portes de l'ascenseur se refermèrent sans que nous puissions voir jusqu'où nos deux aliments auront été...

... ou alors peut-être le saurons nous dès le prochain chapitre.

Haha !

CHAPITRE 37

Ban'Anne continua à jouer de la guitare et cela anima très bien la soirée. Plusieurs aliments, en particulier les plus jeunes, vinrent pour lui parler et essayer l'instrument. Elle était heureuse, elle avait trouvé sa place. Elle pensa alors à son père qui lui avait offert cette guitare, il y a de ça si longtemps... Il devait sûrement se reposer sur son trône... en attendant que la guerre éclate.

*

Citrov remarqua l'absence de Petit Rose. « Que fait-il donc avec Nuisette ? » jubila t-il. Il observa Clémentine, qui était assise à quelques pas de lui. Ses yeux indiquaient qu'elle était fatiguée, ou du moins que son esprit était ailleurs.

- Clémentine, tu veux qu'on aille se reposer dans ma chambre ?

- Non, pourquoi ?

- Tu as l'air fatigué...

- Mais non, ne t'inquiète pas hihi !

- On a marché toute la journée, et puis il y a eu le manque d'eau... le stress. Alors si tu veux qu'on aille se reposer, il suffit que tu le demandes.

Clémentine offrit un gros sourire à Citrov, et les deux agrumes continuèrent d'écouter les superbes morceaux de Ban'Anne.

*

Paingeot et Maréchal Pépin se trouvaient quelques tables plus loin. La baguette de pain fit part à la patate de ses inquiétudes :

- Monsieur...

- Qu'y a-t-il ?

- C'est à propos d'Emmanite et Groignon...

- Oui... ?

- Ils ne sont pas là.

- Comment ça ??

- Tout à l'heure, pendant votre discours, vous nous avez présentés. Et vous avez dit « Emmanite et Groignon, qui se trouvent à votre droite ». Seulement... ils n'étaient pas présents.

- C'est une blague ? Je n'ai pas eu trop l'air d'un gland ça va ?

- Non ça allait. Mais où sont-ils donc ?

- Je n'en ai aucune idée...

Précipitamment, Maréchal Pépin et Paingeot bondirent vers l'ascenseur. Bizarrement, les portes ne s'ouvrirent pas. La patate râla et se dirigea vers les escaliers, suivie de la baguette de pain.

*

Dans l'ascenseur, Nuisette commençait à s'étendre sur le corps allongé de Petit Rose. Elle commençait à le toucher un peu partout...

- Qu'est-ce que tu fais ? demanda le radis.

- Faut que je te fasse un dessin ? sourit la noisette.

- Non, c'est juste que... je ne l'ai encore jamais fait...

- Tu ne t'étais jamais battu contre un tueur avant aujourd'hui. Et regarde ce dont tu as fait preuve !

- J'avais Excalibeurre avec moi...

- Oh tu sais Petit Cœur, ça ne me gêne pas si tu utilises ton épée pendant...

Petit Rose avança à nouveau ses lèvres contre celles de la belle noisette.

- Et si quelqu'un rentre ?

- Personne ne rentrera Petit Cœur.

- Comment peux-tu en être sûre ?

- Car je viens de débrancher un fil électrique, et les portes ne s'ouvrent plus !

- Tu veux dire qu'on est bloqué dans l'ascenseur ?

- Je t'avais bien dit que tu serai à moi, rien qu'à moi...

Petit Rose se laissa prendre au jeu, et tous deux offrirent leur corps à l'autre dans une vague de folie, de passion, et d'amour...

*

Clémentine commença à céder à la fatigue. Citrov la porta et monta au huitième étage. Il s'enfonça dans le long couloir avant de s'arrêter devant la chambre vingt-trois, qui était la sienne avec Petit Rose. Il ouvrit la porte et entra dans ce lieu doux et calme, loin de toute agitation. Le citron vert s'approcha de son grand lit et posa la clémentine délicatement sur les beaux draps soyeux, puis alluma une légère lumière harmonieuse.

- Allonge-toi avec moi... souffla Clémentine.

- Tu as besoin de repos...

- Toi aussi ! Tu as marché à travers cette maudite forêt, tu t'es battu contre ce vampiranha pour me sauver, tu as passé trois jours à marcher et recruter du monde, tu es parti sauver Petit Rose... Et de plus, tu m'as porté dans ces escaliers. Alors, repose-toi avec moi...

Citrov répondit par un discret sourire, bien que gêné, et s'exécuta. Tous les deux étaient allongés et ne souhaitaient qu'une chose : dormir. Bien sûr... dormir dans les bras de l'autre. Le citron vert se rappela alors ce qui s'était passé dans la Forêt Furet ; les deux agrumes se seraient embrassés si la petite grappe de raisin n'était pas intervenue. Citrov fixa le regard de Clémentine :

- Pourquoi me regardes-tu comme ça, hihi ?

- La dernière fois que tu avais ce regard à la fois fatigué et magnifigue, c'était juste après t'être réveillée, après avoir été inconsciente. Et juste après... je...

- Trois est arrivé au bon moment Citrov...

La clémentine posa sa main sur la joue du citron vert :

- Même s'ils n'étaient pas arrivés, nous nous ne serions pas embrassés...

- Mais pourtant tu...

- Je sais ce que j'ai dit ! s'énerva Clémentine, commençant à pleurer.

Le citron vert posa lui aussi sa main sur la joue de la clémentine, et la caressa avec douceur :

- Je t'aime Clémentine...

La clémentine retira la main du citron vert de son visage et pleura de plus belle :

- Je suis désolée ! fit-elle en se levant du lit. Mais je ne peux pas...

- Si j'ai retenu quelque chose aujourd'hui, c'est qu'on est tous capables de choses qu'on pensait irréalisables.

- Tu ne comprends pas Citrov... Je suis déjà avec quelqu'un...

Sur ce, la belle clémentine se précipita vers la porte et sortit en courant de la chambre. Le citron vert, désemparé, se laissa glisser dans sa couverture et dans le beau monde du sommeil.

*

Maréchal Pépin et Paingeot étaient de retour au rez-de-chaussée. Le bureau du maire était recouvert de rapports, plans et dossiers en bordel. Par un vif geste bien viril, la patate fit valser tous ces papiers et nos deux compères purent voir un écran incrusté dans le bureau.

- Qu'est-ce que c'est ? demanda la baguette, curieuse.

- Il y a une caméra à chaque étage reliée à cet écran, révéla le maire en s'approchant de l'écran tactile.

Il posa son doigt dessus et le restaurant apparut sur le moniteur. Il reposa son doigt et cette fois nos amis virent la salle de cinéma. La patate recommença et nos deux aliments trouvèrent M.Groignon en train de caresser la petite Emmanite dans la salle de jeux.

- Ahh ! s'écria la patate.

Les deux aliments se précipitèrent vers l'ascenseur : toujours bloqué. Ils se dirigèrent donc vers les escaliers, direction étage trente-trois !

*

Après une bonne heure de musique, notre banane-musicienne posa la guitare sur le sol et quitta le quinzième étage (par les escaliers, évidemment). Ban'Anne croisa en chemin Maréchal Pépin et

Paingeot qui courraient à toute vitesse. Mais elle les ignora ; sa tête était ailleurs. Elle descendit les marches, descendit et descendit encore, jusqu'à se retrouver dans le bureau du maire de Panieta. Elle ouvrit la grande porte noire et s'éloigna de la Patatour.

Il faisait nuit. Le ciel était plein d'étoiles. La lune formait un cercle parfait, une couleur argentée des plus agréables. La nuit semblait être en harmonie avec la nature, le monde. Tout était rempli, sauf elle. Ban'Anne avait un manque, un creux dans le cœur. Tous ses amis s'étaient battus ces derniers jours. Tous, sauf elle. La seule fois où elle aurait pu le faire, elle avait lamentablement échoué face à Tomat.

Elle s'assit sur les marches de pierres blanches et se demanda si elle était faite pour être soldat. Elle ne vivait que pour les arts, pas pour les armes. Petit Rose était impulsif et rebelle, mais motivé. Citrov était drôle et simplet, mais motivé. Elle, était sage et loyale, mais était-elle réellement motivée ? Pourtant elle était patiente. Comme les plantes autour d'elle, elle devait fleurir. Ses pétales se développeraient une fois qu'elle se serait entraînée, et elle prendrait racine dans ce combat contre le mal qui ne devait pas pousser plus haut. Elle observa le ciel. Des milliers d'étoiles brillaient comme pour l'encourager. Et dans l'herbe... les fleurs ressemblaient étrangement aussi à des étoiles. C'était bel et bien les fleurs qui illuminaient la nature. Des étoiles de printemps, qui éclaircissaient cet uni-vert. Ban'Anne aussi serait une lumière. Elle se le devait. Éclairer son monde d'étoiles, et faire en sorte qu'il n'y ait plus aucune zone d'ombre dans celui-ci.

*

C'est totalement essoufflés que Maréchal Pépin et Paingeot pénétrèrent dans la salle de jeux. Ils s'avancèrent vers la table de billard, sur laquelle l'oignon commençaient à tripoter la jeune enfant.

- Qu'est-ce que vous faites là ??

- On joue au docteur ! rigola Emmanite.

- Non mais j'avais remarqué ! On vous cherche depuis plus d'une heure !

- On n'arrête pas de monter et descendre ces fichus escaliers ! rajouta Paingeot.

- Pourquoi vous nous cherchez ? demanda Groignon.

- Mais parce que vous êtes absents ! Aucune trace de vous !

- Bah, personne ne nous a dit qu'on devait apparaître dans ce chapitre ! Du coup on est restés ici nous... je m'étais dit que c'était le moment idéal pour faire des trucs peu moraux et peut-être un peu sale.

CHAPITRE 38

Dans un lieu sombre... très sombre...
- Merde...

Un être venait d'arriver dans le repère de son maître, un corps dans les bras...
- Maître, êtes-vous là ?

...

- Merde ! Maître Saladolf !

Une lumière tomba sur cet être à l'allure d'arme blanche... Un saucisson s'approcha de lui en courant...
- Kni ? Mais que... ?
- Il faut que je vois Saladolf immédiatement !
- Elle est occupée en ce moment.
- Merde !!
- Que se passe-t-il ?
- Je reviens à l'instant de Guêpes à Temps, Tomat est...

- Il te faut un adjectif pour terminer ta phrase, sinon ça ne veut rien dire.
- MORT espèce de con ! Tu le vois bien ?
- Mort !? Mais il faut immédiatement prévenir Saladolf !
- C'est un petit peu ce que je te dis depuis tout à l'heure...

Sobrement, le couteau posa le corps inanimé de son vieil ami sur le sol, puis suivit le saucisson à travers plusieurs galeries. Arrivé au fin fond de l'obscur chemin, Saucicon ouvrit avec force une grande porte en pierre poussiéreuse, puis laissa passer son collègue.

L'arme blanche se trouvait à présent dans un énorme endroit. Une immense grotte assez bien éclairée, malgré sa profondeur. Tout le domaine de

Saladolf était caché, protégé sous terre. Il était sur une sorte de scène, et devant lui... se trouvait l'affreuse salade.

Il marcha jusqu'à elle. Une fois à coté de la dictatrice, il comprit qu'ils se trouvaient sur une estrade pour pouvoir mieux se faire voir et entendre. En effet, devant eux, en dessous, se trouvaient des centaines et des centaines de fruits. Mais pas n'importe quels fruits : uniquement des grenades. La maîtresse des ombres était en train de finir un discours :

- Dans deux jours précisément nous sonnerons la guerre, fit-elle avec sa voix aiguë et cassée qui raisonnait dans cet affreux endroit. Je vous suis reconnaissante du sacrifice que vous êtes prêts à faire. Alors, à dans deux jours mes fiers guerriers !

Des cris de fureur se déchaînèrent sous le bonheur de Saladolf. Elle se tourna finalement vers Kni.

- Que se passe-t-il ?

- Tomat est mort...

- Je sais.

- Vous savez ?

- Oui. J'ai observé son combat. Grâce à mes pouvoirs, je peux voir tout ce qu'il se passe à PIC NIC Land.

- Pourquoi ne pas avoir sauvé Tomat dans ce cas ?

- Parce qu'il ne m'était plus d'aucune utilité. Je me suis servi de lui et à présent, je n'ai plus rien à en tirer.

- Vous vous êtes servi de lui ? Il faisait tout ça pour retrouver Tomathilde !

- Et bien voilà chose faîte ! Il est avec elle maintenant. Donc, je disais, pendant le combat, une des épines de la Ronce s'est enfoncée dans la peau de notre cher radis. Cela va avoir pour conséquence de l'infecter. Et bientôt... il sera des nôtres. Mouaahahaha !

Sur ce rire diabolique, Saladolf disparut dans les ténèbres des galeries, avec la plus grande envie de détruire, anéantir, et tuer.

CHAPITRE 39

La nuit était plongée dans un noir total ; la Patatour baignait dans une lumière absolue. Même si le danger guettait nos petits soldats, ils continuaient de faire la fête, possédés par un enthousiasme sans limite.

Dans l'ascenseur, notre radis était en plein dans... enfin... vous comprenez... Seulement, un petit problème s'imposa. Enfin... un grand problème, très gênant. Mieux vaut ne pas s'attarder sur cette scène ! Dirigeons nous vers la chambre vingt-trois. Notre citron vert s'était endormi, la tristesse au cœur, les larmes aux yeux. Décidément ce n'est pas mieux ! Espérons pour lui qu'il rêve de quelque chose de meilleur... Devant la Patatour, face à l'obscurité, notre banane fixait la danse de quelques brins d'herbe. Son regard était vide ; son esprit était loin... très loin.

Le doute planait sur elle, sur eux. En effet, Petit Rose, Citrov et Ban'Anne étaient chacun en proie à un conflit. C'est alors qu'une épaisse lumière sortant tout droit des cieux vint éblouir toute la Patatour et s'écrasa au sol en enveloppant tout l'édifice.

L'intense luminosité réveilla le citron vert. Mais, il n'était plus sur son lit ! Toute la chambre avait disparu ! Il ne savait pas où il se trouvait, mais il était entouré d'une forte lumière, dans un lieu sans objet solide. Juste une atmosphère dorée.

- Il y a quelqu'un ? demanda t-il.

Soudain, Petit Rose apparut devant lui, tout aussi inquiet.

- Citrov ! Où sommes-nous ?

- Je dois sûrement être en train de rêver...

- Je t'assure que non, dit Ban'Anne qui venait d'apparaître. Je me sens bien réelle.

Petit Rose courut loin devant, et réapparut derrière la banane.

- On ne peut pas s'enfuir d'ici !

Nos trois aliments paniquèrent quand une belle voix claire, douce et envoûtante se fit entendre :

- C'est moi...

Ban'Anne comprit à la réaction de ses compagnons de qui il s'agissait. L'agrume et le légume avaient reconnu la voix du Poulet de Lumière.

- Que se passe-t-il ? demanda le radis.

- J'ai beaucoup de choses à vous dire, et très peu de temps pour le faire. Alors retenez bien ce que je vais vous dire.

Petit Rose, Ban'Anne et Citrov concentrèrent leur attention sur les paroles de l'être divin. Ce qu'il avait à dire allait être crucial pour l'avenir de PIC NIC Land.

- J'ai puisé dans mes dernières énergies, mes dernières ressources magiques. Je ne pourrai plus vous aider, et resterai piégé dans mon Sanctuaire. A présent, ce sera l'armée de Maréchal Pépin... CONTRE l'armée de Saladolf. Je ne pourrai plus vous épauler... Vous devez sauver notre monde, sans moi.

Le cœur de Citrov se serra :

- Mais, comment allons-nous faire ?

- *Vous êtes braves, et forts !* encouragea le Poulet de Lumière. *Vous arriverez à sauver PIC NIC Land.*

Les trois soldats restèrent un moment silencieux. Que devaient-ils faire ? Avaient-ils le droit de discuter les ordres d'un dieu ?

- Ne faites-pas la moue ! Je sais que vous sortez tous les trois d'un moment embarrassant. Petit Rose, tu n'arrives pas à... Citrov, tu viens de te faire rejeter par Clémentine. Et toi Ban'Anne, tu remets en doute tes capacités.

Les trois aliments se dévisagèrent, gênés.

- Désolé pour toi mon frère... fit Petit Rose en tapotant le dos de son ami vert.

- J'suis encore plus désolé pour ce qu'il t'arrive ! jubila l'agrume.

- *Tomat était le plus faible des Trois Nazes,* révéla la divinité. *Les deux autres sont très puissants et n'hésiteront pas à vous tuer... Si vous souhaitez plus de pouvoirs, plus de savoir, alors... Nous allons devoir nous rencontrer, vous et moi !*

- Wouah ! s'écria Citrov. Rencontrer le Poulet de Lumière ? Nous ?

- Oui... Pour ce faire, vous devrez vous rendre au Jardin Dead End. Là où tout a commencé. C'est là-bas que nous nous rencontrerons... au Sanctuaire. Sur ce, je vais vous laisser... mon énergie me quitte à nouveau.

- Attendez ! cria Ban'Anne. Pourquoi nous ?

- Pourquoi vous ? Parce que... vous êtes les élus...

- Les élus ? répéta Petit Rose. Mais... et Pâté ? Nuisette ? Patateuh ?

- Vous avez tous un rôle à jouer, mais vous trois êtes les Gardiens de la Paix. Vous êtes très importants...

La voix du Poulet de Lumière commença à disparaître, et la vive lumière perdit en intensité.

- Quand vous viendrez... finit-il, *ne venez que tous les trois...*

Soudain, nos trois soldats réintégrèrent la réalité.

Citrov se retrouva sur son lit, et Ban'Anne devant la Patatour.

Petit Rose regagna l'ascenseur, sur le corps chaud et humide de Nuisette. Même position, même expression sur le visage. Comme pour tout à l'heure, cet entretien avec le dieu de PIC NIC Land n'avait pas compté dans le temps. « Les pouvoirs du Poulet de Lumière sont vraiment stupéfiants » pensa le radis.

Faisant mine de rien, il continua de s'élancer dans des délires de joie et de fantasmes avec la belle noisette, avec la certitude de ne plus avoir de blocage. Après tout, il faisait partie des élus apparemment. Et avant de pouvoir sauver PIC NIC Land, peut-être faudrait-il arriver à pique...

NIQUER !

CHAPITRE 40

Après quelques heures de fête, toute l'armée s'était couchée au huitième étage. Il y avait des centaines de chambres ; le problème des places n'avait pas raison d'être. Petit Rose s'était couché avec Citrov dans la chambre vingt-trois. Il avait voulu le soutenir dans sa profonde tristesse.

Aux premières lueurs de l'aube, les deux amis se levèrent bien avant les autres. Ils burent un bon thé et descendirent jusqu'au bureau de Maréchal Pépin. Bien évidemment il s'y trouvait, comme toujours.

- Yô ! Alors on traîne au lit ? lança Ban'Anne qui les attendait devant la grande porte noire, le sourire aux lèvres.

- Pour nous c'est un exploit de se lever si tôt ! riposta Citrov.

Petit Rose se rapprocha du maire et lui demanda s'il était au courant de ce qu'ils allaient faire.

- Ban'Anne m'a mis au parfum de votre voyage, lui dit la patate. Je suis descendu pour vous remettre une carte qui vous permettra de trouver le Jardin Dead End. Mais avant de partir, tu devrais avertir Nuisette ! Même si elle dort, réveille-là. Sinon à ton retour, crois moi, elle risque d'être casse-noisette.

- Merci beaucoup pour ce conseil !

- Héhé ! J'ai de l'expérience avec les femmes...

Le radis remonta et arriva dans la chambre de Nuisette. Il s'approcha de son lit, puis s'agenouilla près d'elle. La noisette dormait paisiblement à coté de la clémentine. Petit Rose ne voulait pas la réveiller, mais il fallait probablement suivre le conseil du maréchal. Il caressa tendrement son beau visage, et lui offrit un doux baiser.

- Tu es déjà levé ? demanda Nuisette entre deux bâillements.

- Je pars, mais je reviendrai très bientôt ! promit le radis.

Le petit couple s'embrassa un petit moment en pensant à cette superbe soirée qu'ils avaient passé tous les deux. Le chevalier caressa le corps chaud de sa belle qui se rendormit facilement. Puis, il quitta la chambre... chambre dans laquelle il aurait voulu rester toute la journée. Mais son devoir était de rejoindre le Jardin Dead End.

Il dévala d'une traite les escaliers et se précipita vers ses deux compagnons.

Sous le regard enthousiaste du président, les trois élus sortirent de la Patatour, prêts à voyager et ainsi rencontrer le Poulet de Lumière...

ACTE IV
LE JARDIN DEAD END
CHAPITRE 41

« Il y a des milliers d'années, deux humains se rendirent dans cet endroit pour faire un pique-nique. L'histoire raconte qu'un majestueux volatile les aurait chassés de son territoire, laissant le panier contenant leur repas au beau milieu de cette nature encore inexplorée. » Texte tiré de la Légende.

Lecteur... ne te demandes-tu pas ce que faisait un poulet au milieu de nulle part ?

« L'oiseau divin devint maître de cette civilisation alimentaire qui, au fil du temps, devinrent les héritiers de ce continent perdu. »

Lecteur, ne te demandes-tu pas ce que fait un poulet comme roi de toute une civilisation alimentaire ?

...

Moi non plus.

Mais il est temps de savoir réellement qui est ce poulet...

*

Ce chapitre se déroule des milliers d'années avant la naissance de PIC NIC Land...

Dans une belle et paisible vallée à la végétation dense, une grosse poule bien grasse piquait un somme sur un confortable petit tas de paille. En réalité... elle couvait des œufs. Les doux rayons chaleureux du soleil la faisaient planer dans un nuage de tranquillité. L'un de ces rayons, un peu trop lumineux pour ses sensibles yeux, la réveilla de sa petite sieste. Elle vit à quelques pas plus loin un grand coq empli de sagesse, cherchant désespérément à travers les fins brins d'herbes son repas de ce midi : un ver. Ah bah justement en voilà un ! Mince, il ne l'a pas vu...

Ce grand coq au plumage roux sombre rejoignit alors la grosse poule aux plumes blanches et scintillantes. Tout les opposait, que ce soit au niveau physique ou psychologique. Néanmoins, une chose les réunissait et ne les séparerait jamais : ils s'aimaient plus que tout au monde.

La grosse poule admira la beauté de l'élégant volatile. Elle se rappela alors le jour où ils avaient emménagés dans cette agréable vallée. Ils avaient appartenu à un poulailler, puis un jour des humains les avaient envoyés ici, dans ce magnifique endroit. Pourquoi ? Ils l'ignoraient ; mais ils étaient heureux. Déjà près de six saisons qu'ils étaient ici. Les humains ne les avaient pas ramenés dans leur poulailler. Ils seraient probablement ici pour longtemps, voir peut-être même pour toujours.

Le grand coq fixa le regard de la splendide volaille. L'amour qu'il lui portait était infini. Il avait hâte de fonder une famille avec elle. Et cette famille allait sans doute arriver bientôt ! Les œufs devaient éclore aujourd'hui.

*

La journée défila. Les sages amants dégustaient un long ver bien gras qu'ils partageaient amoureusement quand ils entendirent un « crack » ! La poule bondit et s'éloigna du nid. Il y avait deux œufs. De fines fissures se dessinaient délicatement sur les coques qui ne tarderaient pas à s'ouvrir. Le couple contempla avec émotion l'éclosion du fruit de leur union, et la femelle ne put s'empêcher de tenir l'aile de son compagnon. Une tête sortit finalement du premier œuf. La tête d'un mignon petit poussin jaune ! Ce fut ensuite le tour du deuxième œuf. Le nouveau-né n'eut aucun mal à se délivrer de la coque qu'il fit éclater en écartant ses membres d'une très grande puissance.

Les deux poussins étaient considérablement différents. L'un ne voulait pas sortir de la sphère qui lui avait donné la vie, tandis que l'autre s'était empressé de la faire éclater.

L'un était habillé d'un léger duvet doré, tandis que l'autre était bien plus ombre... presque noir.

Les nouveaux parents s'empressèrent de rejoindre leurs petits et de les recouvrir de baisers et de câlins. Le nouveau-né jaune plongea son attendrissant regard dans les yeux fatigués de son père. Il poussa un petit cri, proche d'un typique « cuicui ! ».

- Tu as entendu chérie ! s'écria le grand coq.

- Entendu quoi ?

- Il a dit « papa » !

- Il a dit « cuicui » mon amour ! répondit la nouvelle mère en riant.

- Oui bah Cuicui ce n'est pas ton prénom, alors pas la peine de rire.

Le chef de famille retourna à la chasse aux vers afin de pouvoir nourrir ses enfants. Sûrement poussé par l'immense amour qu'il éprouvait pour sa famille, il réussit à en trouver une petite dizaine en un temps record. Même un que je n'avais pas vu !

Il revint au nid et nourrit ses petits bébés avec plaisir et attention. Il se souviendrait pour toujours de ce formidable moment. Sa femme était heureuse, et ses poussins étaient magnifiques. Il profita de cette belle et paisible journée, car bientôt il ne serait plus de ce monde... Il était vieux et, dans quelques lunes, il disparaîtrait et laisserait derrière lui ses deux fils... qui deviendraient rapidement de beaux et jeunes poulets.

CHAPITRE 42

Retournons à notre époque !

Comme à son habitude, le dieu de PIC NIC Land surplomba son merveilleux monde en volant... mais n'avait pas la force de chanter. C'était sûrement la dernière fois qu'il exécutait ce rituel ; il puisait dans ses dernières forces. Il réussit tout de même à voler au dessus de toutes les villes en début de matinée, puis regagna le Sanctuaire. Le temps était frais et l'eau déversée hier par l'abondante pluie avait humidifié tout ce petit monde.

Sur un chemin entre Panieta et la vallée sacrée abritant le Jardin Dead End, un radis, Brindille à la taille, une banane, sac à la taille, et un citron vert, carte du continent dans les mains, marchaient en direction du Poulet de Lumière. Ils se trouvaient en pleine nature, une nature très abondante. Personne ne devait jamais traîner par ici... Ils parcouraient PIC NIC Land depuis heures, entraînés par une chanson des Piments Rouges du Chili que chantait Ban'Anne. Leurs vies allaient enfin prendre un sens...

- Ma vie va enfin prendre un sens ! s'écria Petit Rose en stoppant la marche.

Heu... je viens de le dire.

- Ah, excusez-moi... Donc je disais : Ma vie va enfin prendre un sens !

Oui mais je l'ai déjà dit !

- Ça devient un peu lourd là non ?

Citrov vint alors alourdir encore plus la conversation :

- Ta vie va enfin prendre un sens ?

- Tout à fait ! affirma le légume rose.

- T'en avais pas déjà cinq ?

- Cinq ?

- Bah oui les cinq sens...

Et ça c'est pas lourd ? Huhu...

Ban'Anne se sentit obligé d'expliquer la situation à l'agrume :

- Le « sens » qu'entend Petit Rose est une direction, expliqua-t-elle. Toi tu parles des cinq sens que tous les aliments possèdent, à savoir l'ouïe, la vue, l'odorat, le goût et le toucher.

- Donc Petit Rose ne peut pas avoir un autre sens ? demanda l'agrume.

- Bah non ! dit le radis. On n'est pas dans Sixième Sens.

- Sixième Sens ?

- Oui, un film avec Brousse Anis.

- Ça parle de quoi ?

- En fait c'est l'histoire d'un un petit glaçon qui voit des flantômes, et à la fin y'a une chute de fou !

- Quand tu dis une chute... j'suppose que c'est pas une chute d'eau... si ?

On s'éloigne un peu de PIC NIC Land les gars...

Nos trois aventuriers reprirent alors leur marche en suivant le tracé qu'avait dessiné Maréchal Pépin sur la carte, d'un pas déterminé. Cependant, plus ils avançaient et plus le temps se rafraîchissait. Ceci lecteur n'est pas un phénomène magique (pour une fois), mais quand on n'est pas un gland on sait que plus on monte au nord et plus on s'éloigne de l'équateur et que donc : ça se refroidit !

Les trois combattants s'approchèrent alors d'un petit cours d'eau. Petit Rose sauta par-dessus sans hésitation, suivi de son ami vert.

- Je rêve, tu as sauté ! s'étouffa le légume.

- Je n'suis plus le boulet qui n'participait jamais à rien Petit Rose. Notre vie est en train de prendre un sens ! Même si j'n'comprends pas toujours tout, je suis prêt à sauver notre monde pour pouvoir de nouveau glander tous les jours !

- Bien dit cher ami !

C'est alors que le radis et le citron vert s'aperçurent que la banane ne les suivait plus. Ban'Annne avait disparu ! Une voix les appela devant eux :

- Yô les gars ! cria la musicienne, un énorme sourire aux lèvres. Les derniers arrivés devront se battre !

Petit Rose et Citrov relevèrent le défi et nos trois héros se mirent à courir comme des dératés à travers les luxuriants bois qui se prêtaient parfaitement à ce jeu.

Quand ils terminèrent leur course, Citrov le premier, ils se demandèrent s'ils n'étaient pas finalement arrivés. Ils étaient bel et bien sortis de ces enchaînements de bois, et se trouvaient à présent dans une grande prairie encerclée d'immenses montagnes au nord, à l'est et à l'ouest. Le vent venant des nuages de ce ciel gris terne faisait danser les herbes mouillées au flux de son bruit lourd et pénible. Quelques conifères se reposaient par-ci par-là.

- Nous nous trouvons bien au Jardin Dead End ! déclara Ban'Anne en comparant le décor avec la carte du monde.

Cependant... cet endroit sauvage et préoccupant ne ressemblait en rien à un jardin.

- Je déteste ce temps ! ronchonna Citrov.

- Te plains pas, envoya Petit Rose. Nous sommes les élus je te rappelle.

- Et je suis le plus fort des élus vu que je vous ai vaincus à la course ! Donc... pour vous départager et savoir le quel est le plus fort entre vous deux... vous allez devoir vous battre les gars !

- Il remet ça... souffla Ban'Anne.

- Mauvaise joueuse, répliqua le citron vert. C'est toi qui a eu l'idée !

- Moi je dis « Pourquoi pas ? », fit le jeune radis tout excité. Il faut que l'on s'entraîne après tout !

- D'accord Petit Rose.

La banane accepta ce jeu amical, posa son sac et se plaça face à son adversaire quelques pas plus loin. Un léger sourire se dessina sur le visage du radis. « Ban'Anne est une super équipière » se dit-il. « Il est temps de savoir si je suis vraiment fait pour me battre » pensa le fruit. Mais avant de pouvoir se battre, une brume inquiétante se glissa partout dans la vallée. Cette imposante brume se transforma rapidement en un épais brouillard. Si épais que la banane ne pouvait plus voir ce rose vif qui habillait son ami. Pris de panique, Citrov, Ban'Anne et Petit Rose se rapprochèrent.

- Qu'est-ce que c'est que cette purée de pois ? s'apeura le citron.

- Il n’y a pas raison de s’inquiéter, rassura Ban'Anne. Ce n’est que du brouillard.

- C'est pas que du brouillard ! s’écria le chevalier rose en voyant son arme scintiller.

La silhouette d’un prédateur des forêts surgit subitement du brouillard et bondit sur nos héros qui s’écartèrent au bon moment.

Puis... plus rien.

L’animal avait été englouti par la brume. Petit Rose comprit que la Brindille avait en réalité rayonné pour avertir d’un danger de mort. Pendant le combat contre Tomat, à la dernière attaque, elle avait agit de la même manière. Quelle fabuleuse arme !

- Qu'est-ce que c'était que ça ? demanda Citrov, effrayé.

- La Bête du Jet Vaudou... révéla Ban'Anne, inquiète. Une créature mi-loup, mi-jesaispasquoi, capable de cracher un laser magique tuant quiconque en serait la cible. Nous ferions mieux de fuir avant qu'elle ne revienne.

« Mais où aller ? » se demanda le radis en observant les possibilités autour de lui.

Les soi-disant élus ne savaient pas ce qu’ils étaient censés faire pour trouver le Poulet de Lumière dans ce grand jardin sauvage. De plus, ce brouillard empêchait toute bonne visibilité. Notre héros rose ferma les yeux et se concentra. Il commença à entendre des bruits qu’il n’entendait pas les yeux ouverts. Des brindilles craquaient, à quelques mètres de lui ; la bête revenait.

- Préparez-vous à courir... chuchota Petit Rose.

- Par où ? demandèrent ses équipiers.

- DROIT DEVANT !

Le radis, la banane et le citron vert se mirent à courir de toute leur force droit devant eux. La course était pénible ; l’herbe était mouillée, l’air était brouillé.

- On n's’en sortira pas vivants ! cria Citrov.

- On va s’en sortir vivants ! cria Petit Rose encore plus fort, cherchant pourtant la discrétion.

Nos trois aventuriers accélérèrent le pas quand le jappage de la créature résonna dans la vallée sacrée. Soudain, à quelques pas d’eux, ils virent la brume se dégager autour d’une personne. Une personne... illuminée ! En s'approchant d'elle, ils s'arrêtèrent, et l'admirèrent.

- Bonjour... leur fit la bougie.

Nos héros restèrent bouche bée. Il était en fait très rare de rencontrer une bougie sur le contient. Presque jamais personne n'en rencontrait à tel point que leur existence était remise en cause. Les bougies... ce n'était pour nos héros qu'une légende...

- Qui es-tu ? risqua le citron vert.

La bougie, gênée, lui sourit. Elle avait l'air très jeune. Si jeune qu'on aurait dit qu'elle venait de naître. C'était une petite bougie ; elle était juste un peu plus longue que notre radis. Son corps était blanc, et sa flamme sur sa tête était tout simplement magnifique. Chaude et rassurante. Et... éclairante ! Petit Rose, Citrov et Ban'Anne pouvaient beaucoup mieux y voir.

- Je m'appelle Lumie... fit la bougie de sa jeune voix.

- Que fais-tu ici ? lui demanda Ban'Anne. Ce n'est pas prudent pour une petite fille d'être ici...

- Nous vivons ici, ma famille et moi...

Sous les regards interrogateurs des trois aliments, la bougie s'expliqua :

- Cela fait des siècles à présent que ma race s'est éloignée des autres. Nos flammes causaient tellement de dégâts... Il y a eu tant d'incendies involontaires par le passé que nous avons décidé de nous écarter de la civilisation. De plus, nous ne vivons pas longtemps, et cela aussi déréglait les manières de vivre.

- Que veux-tu dire par là ? demanda Petit Rose.

Les élus remarquèrent alors que le corps de Lumie laissait tomber quelques gouttes. Une étrange ambiance régnait ici...

- Ma flamme consume mon corps... la cire fond, et quand tout aura fondu... je disparaîtrai.

- Quand disparaîtras-tu ? demanda Ban'Anne.

- Pendant la nuit, répondit la bougie. Cette nuit.

Le cœur de la guitariste se serra.

- Il doit bien y avoir un moyen de te sauver...

- Il n'y en a pas, affirma Lumie. Nous, les bougies , vivons comme ça...

Nos élus étaient censés se trouver dans le jardin où leurs ancêtres avaient pris vit. Pourtant, la mort n'avait jamais autant planée sur eux.

Petit Rose ferma les yeux ; la Bête du Jet Vaudou allait probablement revenir. Il distingua un léger bruit de pas un peu plus loin. Le prédateur devait guetter les aliments et avancer très discrètement.

- Que fais-tu ? lui demanda Citrov.

- Tu te rappelles quand nous avons parlé des cinq sens ? En me battant contre les basilics l'autre jour, j'ai découvert qu'en fermant les yeux, mes oreilles devenaient bien plus sensibles aux bruits qui m'entouraient. J'ai pu vaincre ces monstres grâce à mon ouïe. Ce brouillard nous empêche toute bonne vision, nos yeux ne nous sont donc d'aucune utilité.

Le citron vert comprit alors où son ami voulait en venir. Il ferma les yeux et se concentra sur les sons qu'il pouvait à présent percevoir. Quelqu'un se rapprochait bien, discrètement.

- Nous allons devoir courir à nouveau, firent-ils en même temps en ouvrant les yeux.

- Pas besoin, ria la douce bougie.

Sous les yeux questionneurs des trois aliments, elle s'expliqua :

- Ce n'est pas pour rien que nous vivons ici. Cet étrange endroit est toujours humide ; je ne peux rien brûler. Il y a souvent du brouillard ; ma flamme m'éclaire. Les prédateurs veulent m'attaquer...

- Les animaux ont peur du feu ! comprit Ban'Anne.

La créature choisit ce moment précis pour bondir sur nos aventuriers.

Malgré la peur qui monta en eux, ils ne s'enfuirent pas.

La bête, en apercevant le feu, s'enfuit très rapidement en jappant de haine. Très vite, on n'entendit plus aucun bruit suspect d'un éventuel monstre. La Bête du Jet Vaudou était partie pour de bon.

- Merci pour ça ! s'exclama Citrov, épuisé et rassuré.

- Je n'y peux rien mais ravie de vous avoir aidés, répondit Lumie en riant.

C'est alors que l'épaisse brume se désépaissit. En quelques secondes seulement, l'équipe put enfin voir où ils se trouvaient. A à peu près vingt mètres d'eux il y avait, au pied d'une montagne, une immense porte en or.

Petit Rose, Citrov, Ban'Anne et Lumie s'avancèrent vers elle.

Le brouillard était maintenant entièrement dégagé. Sur la porte on pouvait voir gravée une ancienne représentation géante du Poulet de Lumière...

CHAPITRE 43

Le soleil se levait sur Panieta et illumina la Patatour. C'était la première journée de l'Histoire de PIC NIC Land qui commençait sans le chant merveilleux du Poulet de Lumière. Destiné à les réveiller, les habitants se levèrent confus. La plupart des travailleurs embauchèrent en retard, certains étudiants prirent comme excuse l'absence de réveil pour ne pas aller en cours. Même certaines fleurs ne désiraient pas s'ouvrir...

Très vite les gens parlèrent dans les rues, au travail, aux bars... mais ne parlèrent que d'une chose : de ce chant doux et fabuleux évanoui... N'ayant aucune explication et ne sachant où se trouvait le Sanctuaire, ils se dirent que le président de PIC NIC Land devait avoir les explications à leurs interrogations... De ce fait, des centaines de picniclandiens se rendirent devant la Patatour dans un vacarme ahurissant. Ne pouvant rentrer car la grande porte noire était fermée à clé, ils grondèrent encore plus fort.

Pour la première fois de l'Histoire de la Patatour, le président ne se trouvait pas au rez-de-chaussée afin d'étudier des documents. Il se trouvait... au restaurant ! Derrière le comptoir... allongé... endormi... avec une bouteille d'eau à présent remplie d'une autre substance !

Après avoir donné la carte du monde de PIC NIC Land à nos héros, Maréchal Pépin était remonté retrouver Isabelle. Il aurait aimé rester là, parmi tout le bazar causé pendant la nuit, baigné dans l'odeur de l'alcool et l'odeur de la bouteille toute la journée, mais le sort en décida autrement. Les cris affolés des habitants le réveillèrent, ainsi que la plupart des soldats. Même ceux qui ne s'étaient couchés que très tard. Au total, c'était trente-sept soldats qui descendirent au rez-de-chaussée pour savoir ce qu'il se passait.

- Soldats, attention ! s'inquiéta le maréchal de sa voix rauque, en passant devant tout le monde. Nous faisons peut-être face à une attaque...

Il s'approcha de la porte noire, la déverrouilla, et l'ouvrit ! La centaine d'aliments s'écria et des tas de questions virevoltèrent :

- Monsieur le président, que pouvez-vous nous dire du chant du Poulet de Lumière disparu ?

- Monsieur Patateuh ! Est-ce vrai que le Poulet de Lumière est mort ?

- Pourquoi n'a-t-il pas chanté ?

- Certaines personnes disent l'avoir vu voler ce matin, alors pourquoi ne nous a-t-il pas réveillés ?

- VOS GUEULES !!!!!!!!!!!!!!!!!!!!!

Maréchal Pépin s'époumona mais le résultat était là ; la ville était à nouveau dans un silence des plus détendus. Il demanda aux habitants de reculer et de descendre les marches de pierres, ainsi il serait en hauteur et pourrait voir tous les gens. Il reprit son souffle, et dit bien fort :

- En tant que président de PIC NIC Land, il serait injuste que je ne vous dise pas ce qu'il se passe...

Les soldats s'interrogèrent : Patateuh allait-il vraiment dire à la population que Saladolf était de retour ?

- Le Poulet de Lumière est...

Les yeux et les oreilles grands ouverts, les habitants de Panieta attendaient la révélation de leur président.

- Il est................... parti en vacances !

Sur ces mots, Maréchal Pépin retourna sur ses pas, rentra dans la Patatour et ferma la grande porte noire.

Un « toc toc toc » résonna alors.

- Ce n'est pas la peine de vouloir rentrer je ne vous dirai rien ! cria la pomme de terre.

- Non mais c'est moi, Groignon... vous avez fermé la porte mais j'étais dehors à côté de vous.

CHAPITRE 44

Nous sommes de retour au Jardin Dead End. Au pied d'une immense montagne surplombant la vallée se trouvait... rien du tout. Il n'y avait plus la gravure du Poulet de Lumière sur une immense porte en or. Non, tout ça avait disparu ! Pourquoi ?... Ah mais que suis-je bête ! Nous voilà à nouveau plongés dans le passé... il y a des milliers d'années...

Les deux frères poussins jouaient paisiblement sur l'herbe chaude et illuminée par ce doux soleil. Leur mère était partie un peu plus haut pour chercher des baies. Pendant ce temps les enfants, âgés déjà de quelques lunes, cherchaient des vers à manger. Le poussin noir en trouva un et le piqua de son petit bec, puis le laissa retomber par terre. Il repartit ensuite en trouver d'autres. Le jeune poussin jaune s'interposa sur son chemin :

- C'n'est pas bien de faire ça mon frère...

- Maman nous a dit de tuer quelques vers, c'est ce que je fais, alors laisse moi passer ! dit le noir en poussant son frère par terre.

Le petit être doré se releva :

- Papa nous l'avait dit : on ne doit tuer que s'il est nécessaire de tuer pour manger, ou bien pour se défendre. La mort n'apporte aucun plaisir !

- Mais papa est mort espèce de poule mouillée ! gronda le poussin sombre en picorant un autre vers.

Le jeune poussin jaune se mit à pleurer. Son frère s'approcha de lui et l'enlaça :

- Je suis désolé mon frère d'être aussi vulgaire... Mais rester dans cette vallée m'empêche de vivre ! Je ne devrais pas m'en prendre à toi, c'est maman qui m'empêche de sortir.

- Qu'y a-t-il en dehors de cet endroit qui te rende aussi curieux ?

- Je n'en sais rien. Et c'est justement ça qui me pousse à sortir d'ici !

La grosse poule blanche arriva alors et nourrit ses enfants de baies récoltées dans les hauteurs. En découvrant le goût étrange de ces végétaux, le jeune doré demanda :

- Maman, pourquoi tu nous fais manger des baies que tu vas chercher super loin alors qu'on a déjà de la nourriture ici, dans le jardin ?

La mère prit ses deux protégés entre ses ailes et leur révéla :

- Mes enfants... vous n'allez pas avoir une vie ordinaire. Votre avenir va être très important... Vous avez un destin.

Les petits poussins ne comprenaient pas tout.

- Je vous expliquerai tout au fil du temps...

Cependant, la grosse poule mourut quelques jours plus tard de vieillesse. Les deux poussins étaient comme des glands, sans parents, et sans pouvoir comprendre où leur mère avait voulu en venir...

*

Quelques saisons passèrent après la disparition de la poule... Les jeunes poussins devinrent de beaux et fiers poulets. Mais l'ennui devint très vite un fardeau pour eux. Après avoir attendu tant de temps sans partir, le poulet noir se prépara à sortir de cette vallée maudite.

- Je m'en vais, et n'essaie pas de m'en empêcher mon frère.

- Où veux-tu aller ? On ne se sait pas ce qui peut nous arriver à l'extérieur...

- Ce sera toujours mieux qu'ici...

- Et si un monstre attaque ? Tu n'sauras pas te défendre sans la brume qui se déclenche à chaque bagarre... Sans cet avantage, tu te feras manger !

- Je préfère mourir que de rester ma vie à m'ennuyer ici...

Sur ces paroles, le poulet noir s'approcha de la sortie du jardin. Leurs parents avaient bloqué le passage avec de nombreux rochers. Il battit des ailes, de plus en plus fort, et un grand courant d'air se leva. Poussé par ce vent magique, la multitude de pierres se dégagea de son passage.

- Comment as-tu fait ça ? demanda le poulet doré, apeuré.

- Je n'en sais rien... souffla le poulet sombre. Parfois il m'arrive de faire des choses insensées et extraordinaires sans pouvoir l'expliquer. Toi aussi tu dois pouvoir faire de même, mon frère.

Sur ce, le poulet noir s'engagea sur les chemins inconnus qui s'ouvraient enfin à lui...

Son frère doré s'allongea par terre. Et s'il devait laisser sa petite vie tranquille au profit de la quête de soi... et la quête du monde ? Sans avoir de réponse, il observa son frère disparaître entre les arbres. Leur mère leur avait pourtant dit de ne jamais sortir d'ici. Cette vallée apportait une protection considérable contre les prédateurs et recelait diverses nourritures. Pourquoi quitter cet endroit paisible ?

C'est alors que, contre toute attente, le père du jeune poulet se dévoila !

- Père ?? cria la volaille dorée.

- Bonjour, mon fils...

Le fils accourut dans les ailes de son père, et éclata en sanglots.

- Vous n'êtes pas mort ?? Vous allez pouvoir dire à mon frère de revenir ? Vous allez vous occuper de nous n'est-ce pas ?

- Malheureusement je suis bel et bien mort mon fils, déclara le beau coq en s'écartant de son fils afin de voir son visage si pur.

Le poulet remarqua alors que son père paraissait bien plus jeune que lors des derniers jours précédent son décès.

- Je ne comprends rien... paniqua-t-il.

- Il y a quelques secondes encore, je me trouvais à une autre époque. Une époque dans laquelle tu n'existes pas encore. J'ai le don de voyager dans le temps, fils. Et me voici dans un futur... où je n'existe plus. Mais sache qu'avant de mourir, j'aurai prévu toute ta vie. Je ne vais pas arrêter de venir te voir tu sais, alors ne t'inquiète plus, tout va bien.

La voix réconfortante du coq rassura le jeune poulet.

- Mon fils, j'ai attendu que ton frère parte dans un but. A présent il ne reviendra plus ici. Je vais m'occuper de ton destin. Quand ton initiation sera terminée, tu devras le retrouver, et le tuer.

- QUOI ?? Mais c’est mon frère !

- Fils, ce n’est pas mon premier voyage temporel. Je suis déjà allé plus loin, bien plus loin dans le futur. Ton frère va faire du mal, bien trop de mal... Tu dois le stopper avant qu’il ne détruise tout ce que tu auras créé...

- Je ne suis pas aussi puissant que vous, père...

- Tu as toutes les qualités pour l’être. Je peux voyager dans le temps... mais toi et ton frère, comme moi, avez des pouvoirs surnaturels, et ce n’est qu’une question de temps avant que vous les découvriez.

- Il a déjà commencé lui...

- Alors ne perdons pas de temps, mon fils.

CHAPITRE 45

Devant cette immense porte en or souillée par le temps au pied de l'immense montagne, Petit Rose, Citrov, Ban'Anne et Lumie admiraient la représentation de la plus grande puissance de leur monde. Mais est-ce que comme cette porte, le maître et fondateur de PIC NIC Land était-il devenu trop vieux ?

- Comment rentrer dans le Sanctuaire ? se demanda Petit Rose.

- Déjà est-ce qu'on est sûr que c'est une porte ? poursuivit Citrov.

- C'est vrai qu'il n'y a pas de poignée, constata Ban'Anne.

Soudain, cette dernière se précipita sur la porte :

- MAIS... ? Je connais ce style de dessin !

- Tu connais celui qui a fait ça ? l'interrogea Citrov, confus.

- Oui...

- Ce n'est pas possible, affirma Lumie. Cette gravure repose ici depuis des millénaires...

- Pourtant, continua Ban'Anne, je connais cette personne. Car cette personne c'est moi...

- Qu'insinues-tu ? demanda Petit Rose.

- Je t'avoue que je suis perdu. Pourtant ces formes, ce style, cette façon de... c'est exactement ma manière de dessiner. Mais... pourquoi !? Je n'y connais rien à la gravure, et je ne suis qu'une simple banane ! Pas un immortel. Comment aurais-je pu faire cela il y a des milliers d'années ?

Petit Rose et Citrov avancèrent vers leur amie, inquiets. L'agrume posa une main sur l'épaule de la banane :

- J'sais que c'est dur de ne rien comprendre...

La petite bougie se plaça entre ses nouveaux amis, et révéla :

- Cette entrée au Sanctuaire ne s'ouvre qu'au contact d'un Animal Sacré, ou bien du créateur du Jardin Dead End.

Sans se poser la question « C'est quoi un Animal Sacré ? », Petit Rose avança en direction de cette immense porte en or, puis posa sa main délicatement sur elle.

- C'est quoi un Animal Sacré ? fit Citrov. (fallait bien qu'il y en ait un qui pose la question)

Une sorte de tremblement de terre lui répondit. Au contact de la paume du radis sur la surface dorée, le sol trembla, les arbres vibrèrent, les feuilles virevoltèrent ; mais nos héros restèrent immobiles. Ils n'étaient plus les jeunes enfants sans expérience qu'ils étaient quelques semaines auparavant. Ils étaient à présent de fiers et sereins soldats ! De plus, ils devaient faire bonne figure devant le fondateur de leur civilisation.

La porte se leva périlleusement et provoqua quelques légères avalanches de petits cailloux dans son interminable ouverture. Petit Rose, Ban'Anne, Citrov et Lumie furent éblouis quand une vive lumière radieuse put être distinguée derrière la porte. Nos braves aventuriers admirèrent cette apparition du Sanctuaire et suivirent des yeux le mouvement de la porte se levant à des mètres et des mètres au dessus d'eux. Une fois le spectacle terminé ils entrèrent, confiants, dans cet étincelant éclat.

Ils étaient enfin dans le Sanctuaire !

La lumière s'évanouit et nos aliments se retrouvèrent à nouveau dans la brume. Mais une brume qui laissait quand même voir tout autour de soi... une brume dorée... une brume emplie de magie ! Ils se trouvaient dans un très beau lieu, un très grand espace. Même s'ils étaient à l'intérieur de la montagne, il y avait de l'herbe soigneusement entretenue au sol, et on ne pouvait pas voir le plafond tellement il était haut. De belles plantes phosphorescentes régnaient en cet endroit sublime. Les parois de la grotte étaient ornées de cristaux lumineux. A quelques mètres en face d'eux se trouvait une sorte de grand étang dont l'eau était d'un bleu si doux et si pur qu'on y voyait des pierres étincelantes au fin fond de celui-ci. Cette grotte semblait être un pafradis secret. Une grotte lumineuse et rayonnante... une grotte magique... le Sanctuaire !

Citrov remarqua l'absence de Lumie à leurs cotés. Il regarda derrière lui ; la bougie était restée à l'entrée de la grotte.

- Je préfère vous attendre ici ! lança-t-elle.

Les élus avancèrent dans la brume dorée... Citrov songea à sa vie qui allait enfin prendre un sens. Il était un élu, pour de vrai. Et il avait deux amis sur qui il pouvait compter, qui étaient là pour lui. Une larme de joie coula le long de sa joue... Il prit les mains de Ban'Anne et Petit Rose.

- Heu... ouais... s'inquiéta le radis.

- C'est tellement beau les gars, s'émerveilla le citron vert.

- On marche dans une grotte humide pour trouver un vieux poulet, souffla le radis. Y'a bien plus beau tu trouves pas ?

- Ouais mais, n'empêche que c'est beau.

Ils arrivèrent à la berge de l'étang. A quelques mètres en face d'eux, sur un petit îlot plein de végétations, reposait le Poulet de Lumière... Très vite, les aliments prirent l'initiative de plonger dans cette eau magnifique. Ils nagèrent, empressés, dans cette source aux reflets dorés envoyés par les pierres étincelantes qui se trouvaient à des mètres de profondeur sous eux. Plus ils s'approchaient de l'îlot et plus la brume disparaissait. Et à un certain moment ils purent enfin voir tout à fait à quoi pouvait ressembler le dieu de PIC NIC Land.

Il était très grand. Son beau plumage doré s'harmonisait parfaitement avec cet endroit qui semblait avoir été créé spécialement pour lui. Il dormait sereinement, fatigué de la vie...

Attiré par le bruit de mouvements dans l'eau, il ouvrit les yeux et vit les trois élus nager vers lui. D'un coup, il se leva, écarta ses immenses ailes et chanta très fort son merveilleux Cocorico pour les accueillir ! Si élégant, et si légendaire... On aurait dit un phénix. Le radis, la banane et le citron vert arrivèrent jusqu'à lui, trempés, puis s'agenouillèrent.

- Que faites-vous ? dit l'être divin de sa vielle, forte et douce voix.

- Vous êtes notre dieu, répondit Ban'Anne. C'est une forme de respect de notre part...

- Privez-vous en ! Nous sommes dans un roman humoristique, éloignons-nous un peu du sérieux je vous en prie.

Les trois petits aliments, ridicules en comparaison, restèrent silencieux.

Ils n'osaient rien dire...

- Je sais que vous avez des tas de questions, reprit le Poulet de Lumière. Des questions dont moi seul ai les réponses. Notre discussion va probablement durer quelques heures. Ne vous en faites pas ; je vous parlerai toute la journée si vous le désirez. Je vous révélerai tous les secrets de PIC NIC Land, et une fois notre entretien terminé...

L'être doré eut du mal à terminer cette phrase qui allait être décisive pour le monde qu'il avait créé des milliers d'années plus tôt.

- Une fois notre entretien terminé... je mourrai.

- QUOI ???? s'écrièrent Petit Rose et Citrov.

- Je suis vieux, tellement vieux... Mes forces me manquent, je n'ai même pas réussi à chanter ce matin. Je puise dans mes dernières énergies pour vous parler aujourd'hui... Ce soir je pourrai enfin partir en paix...

- Comment pouvez-vous dire ça alors que Saladolf et ses tueurs sont toujours en vie, prêts à nous attaquer ! s'énerva Petit Rose.

- Aujourd'hui vous saurez comment les vaincre, assura le Poulet de Lumière.

Nos héros, emballés et déterminés, s'assirent sur la divine herbe de l'îlot pour écouter les révélations de leur créateur qui s'assit face à eux.

- Pour commencer, avez-vous une première question à me poser ?

Excité, Citrov s'empressa de poser la première question :

- Comment pouvez-vous chanter Cocorico alors que vous n'êtes qu'un poulet et non un coq ?

CHAPITRE 46

La matinée débuta dans le calme et la bonne humeur pour les soldats restés à Panieta. Ils avaient rangé tout le restaurant et avaient rassemblé les tables afin de prendre le petit déjeuner tous ensemble. Ils se joignirent à table et Isabelle leur servit à tous de bons thés bien chauds, puis vint s'asseoir à leurs cotés, le plus loin possible de son amant caché. A coté d'elle, Pâté et Nuisette discutaient :

- Je suis si excitée d'avoir une nouvelle mission ! disait Pâté, motivé.

- Je suis toute excité en repensant à ma soirée avec Petit Rose ! s'exclamait la noisette, heureuse.

La soirée d'hier soir avait plongé toute l'équipe dans une joie des plus festives. Les discutions fleurirent entre les aliments, et aucun ne mit de mauvaise volonté. Il n'y avait, en regardant bien, pas que des jeunes. Il était plus facile de recruter des jeunes que des plus vieux, qui eux avaient construit leur vie et ne pouvaient pas la laisser. Pourtant, plusieurs adultes avaient tout de même rejoint le plat de Résistance.

Maréchal Pépin discutait avec M.Groignon et Paingeot de la déco' de la Patatour. Emmanite, Trois et d'autres nouveaux dont je me passerais bien de vous dire les noms, parlaient de jeux vidéo, et notamment de Pizza : Bread of the Waffle, qui venait récemment de sortir. Clémentine, Isabelle, Nuisette et Pâté parlaient des voyages qu'ils avaient faits dans les belles contrées de PIC NIC Land. La clémentine parla de ses racines : Poire-régal, une ville historique où même le mode de vie s'appliquait comme à des siècles auparavant.

- Emmener Citrov dans le château pour une journée romantique à Poire-régal, tu dois en avoir tellement envie ! s'exclama la noisette en songeant à son chéri rose qui lui manquait déjà.

La clémentine resta silencieuse.

- Est-ce que quelque chose s'est passé entre vous ... ?

- Poire-régal est un royaume Nuisette. Un royaume dont je suis la princesse...

- Tu es la fille du roi, réalisa Pâté.

- Je ne comprends pas le rapport, fit la noisette, confuse.

- Cela veut dire que c'est à mon père de choisir mon fiancé, reprit la clémentine. Je suis déjà promise à quelqu'un.

- C'est complètement cruel ! s'écria Nuisette.

- Qu'est-ce qui est cruel ? demanda Trois qui s'incrustait dans la conversation.

- Que les Humains prennent des cadavres pourris de tes congénères pour se bourrer la gueule ! répliqua la noisette à la grappe de raisins, changeant de sujet pour ne pas importuner la clémentine.

- Hahahaha elle n'a pas tort, jubila Pâté.

- Et toi, riposta une tête de raisin. Tu n'es même pas une boîte de pâté recyclable ! Tu te prends pour qui à pourrir la nature ?

- Hahahaha j'aime quand ça en jette ! répondit Nuisette en riant.

- Et toi vilaine noisette ! se vengea Pâté. Ta race se fait sans cesse manger par des asticots !

- Comment oses-tu ??

C'est alors qu'Emmanite arriva.

- Salut !

- Pourquoi tu n'irais pas voir Paingeot ? fit un autre raisin en voulant le virer.

- Bah, il parle de la déco' de la Patatour avec les vieux... c'est pas trop mon délire.

- T'es sûr que tu ne veux pas y aller ? insista le troisième raisin.

- Je rêve ou il y a une mauvaise ambiance ? constata le jeune champignon.

- Hé Trois ! interpella Nuisette. Tu es sûr que toi non plus tu ne veux pas y aller ?

- Ouais, jubila Pâté. Autant être débarrassé de vous quatre en même temps.

- En fait nous on venait pour savoir où étaient Petit Rose, Citrov et Ban'Anne !

- Je vais répondre à cette question, déclara le président qui avait entendu la grappe de raisin.

Toutes les discussions s'interrompirent. Tous tournèrent leur regard vers Maréchal Pépin, qui dit distinctement :

- Petit Rose, Citrov et Ban'Anne sont partis ce matin pour aller à la rencontre du Poulet de Lumière.

Un énorme « HAAAAAAAANNN ! » sortit de la bouche des soldats.

- Pourquoi eux ? demanda Clémentine.

- Et surtout… pourquoi ce matin ? s'interrogea Groignon.

Maréchal Pépin reprit :

- Le Poulet de Lumière n'en a plus pour très longtemps. Il va falloir s'y préparer… c'est la fin de son règne.

Les soldats, choqués et apeurés, plongèrent le restaurant dans une foule de discussions. Comme à son habitude, le maire leva la main et fit taire les bruits parasites de son discours :

- Petit Rose, Ban'Anne et Citrov sont allés au Jardin Dead End pour le rencontrer, afin qu'il partage son savoir avec eux… Ils sont apparemment les élus, les Gardiens de la Paix.

- Qu'est-ce que… souffla Pâté.

- Jamais personne n'a rencontré notre dieu, dit Groignon.

- Je sais, ajouta le président. Vous pouvez donc en juger la gravité de la situation.

Un long silence prit place parmi l'assemblée de soldats. Leur dieu allait-il réellement disparaître ? Leur existence était-elle possible sans lui ? Depuis des milliers de générations, tous avaient vécu sous le règne du volatile de lumière.

- Comment allons-nous vaincre Saladolf sans le Poulet de Lumière ? demanda Pâté.

- C'est une salade. Un aliment comme les autres. Pourquoi serions-nous inférieurs ? Faites disparaître le doute de vos cœurs et soyez confiants dans vos esprits. Nous pouvons mieux faire que la battre : nous pouvons la terrasser !

- Mais Saladolf contrôle la magie ! s'exclama Clémentine. Pas nous.

- Nous sommes nombreux ! Mais ce qui fait réellement notre différence ne réside ni dans notre nombre, ni dans sa magie. Ce qui nous fera vaincre, c'est que nous nous battons pour le bien !

Ce léger et puissant discours de la part du président remotiva les soldats. Pleine de courage et toujours autant excitée, Nuisette demanda :

- Quand est-ce qu'on s'entraîne ?

- J'attendais cette question, déclara Maréchal Pépin joyeusement.

*

Juste après le petit déjeuner, tous étaient montés... le plus haut possible de la Patatour ! La patate les avait fait accéder au toit de la tour, surplombant l'immensité de Panieta à des dizaines et des dizaines de mètres de hauteur. Même les plus hauts bâtiments que pouvaient admirer nos héros n'arrivaient pas à la moitié de la Patatour. Le soleil était radieux, ce qui motivait tout le monde pour s'entraîner !

Sur ce grand toit se dressaient quelques pilonnes en bois, et certains même possédaient des cibles. Sur le sol habillé de sable fin se trouvaient par-ci par-là des épées, des flèches, des arcs, des haches, plein d'armes adaptés à la petite taille de nos soldats. Ces derniers observèrent ce terrain d'entraînement avec fascination.

- Vous vouliez vous entraîner ? lança Maréchal Pépin. Voilà votre chance de devenir plus forts que nos ennemis !

Le bon vieux président avait passé ses dernières journées à étudier les armes des Humains, puis avait pris ces petites répliques aux centres scientifigues de Panieta qui étudiaient l'espèce humaine.

N'ayant aucune connaissance de la guerre, chacun des aliments prit une arme dans ses mains, arme pour laquelle il se sentait attiré.

- Ce roman prend tout de suite une dimension plus sérieuse, dit Paingeot.

- Y'a quoi de sérieux dans le fait de voir un oignon porter une hache ? ronchonna Groignon.

M.Patateuh contempla ses soldats s'armer, ému et fier. Puis il annonça :

- Maintenant, vous pouvez vous entraîner.

- Que voulez-vous qu'on fasse ? demanda une des têtes de Trois.

- On ne connaît rien à la violence nous ! ajouta Emmanite.

La patate songea à quelques exercices, hésita, puis proposa :

- Bah... heu... tapez-vous ?

CHAPITRE 47

Nos aliments commençaient enfin à s'entraîner.

Mais, des milliers d'années plus tôt, un coquelet au plumage doré creusait un profond tunnel au travers d'une montagne.

Lui aussi s'entraînait.

Selon les dires de son père, il possédait une forte puissance magique en lui. Pourtant, rien d'extraordinaire ne semblait vouloir surgir de son petit corps plumé.

Cela faisait des mois qu'il creusait ce long chemin. Il creusait, sans savoir où il allait, sans songer à ce qu'il pourrait faire de cet endroit qu'il fabriquait. Il ne prêtait aucune attention aux choses autour de lui : il ne voulait que s'endurcir.

Son père apparut alors dans le jardin. Le coq constata alors, surpris, que l'entrée du tunnel était très haute. Son fils s'entraînait durement...

- Fils ! appela joyeusement le coq.

Le jeune poulet sortit vivement du tunnel et se précipita dans les bras de son père qui le serra avec force.

- Comment allez-vous, père ?

- Je vais bien. Et toi mon fils ? Ne t'entraînes-tu pas trop ?

- Non, père, rétorqua fièrement le volatile adolescent. Il me tarde de devenir aussi puissant que vous.

Le père emmena son fils se promener dans la belle vallée en parlant et en chantant.

- Père, quand pourrais-je chanter Cocorico comme vous ?

- Je savais qu'un jour on en arriverait là...

Le duo de volailles magiques s'arrêta et l'adolescent fixa son père qui lui répondit :

- Tu ne pourras jamais chanter Cocorico.

- Quoi ? Mais que racontez-vous ?

- Ta mère t'a fait manger des baies avant sa mort.

- Quel rapport avec...

- Ce sont ces baies qui donnent à celui qui en mange des capacités. Depuis ta naissance nous avons fait en sorte que toi et ton frère en mangiez des tas et des tas. Il est évident que tu possèdes d'infinis pouvoirs.

Le poulet se tut et écouta sa figure paternelle avec attention.

- Quand nous sommes arrivés ici avec ta mère, nous avons tout de suite remarqué que cet endroit était spécial. C'est pour cette raison que nous ne sommes jamais partis de cette vallée magique et que je vous avais toujours défendu de la quitter. Ici, une étrange brume se lève pour nous protéger, il fait toujours bon, les végétaux ne fanent jamais. Et un jour, après avoir mangé une baie... que j'avais trouvé là-haut sur la montagne, je me suis découvert cette aptitude à voyager dans le temps. Un immense pouvoir réside en toi...

- Le rapport ?

- Quel rapport ?

- Bah le rapport avec Cocorico ?

- Ah oui ! Et bien l'une des baies magiques que t'a fait manger ta mère t'a rendu immortel. Tu ne grandiras plus jamais. Ton corps restera jeune et fort pour l'éternité.

- Immortel ?? Mais enfin pourquoi ? Ne ressemblerai-je donc jamais à vous père ?

- Hélas non. Mais c'est pour ton bien...

Sans que le coq ne puisse terminer pleinement sa phrase, son jeune fils courut vers le tunnel et creusa violemment, entraîné par une soudaine colère encore jamais ressentie. Il était innocent et calme de nature, mais sa destinée l'empêchait de ressembler à son père qu'il admirait tant. Emporté par cette sensation nouvelle, il creusa et creusa encore à travers la montagne en pleurant.

Le coq observa la scène avec calme. Il laissa son fils se déchaîner afin qu'il puisse expulser la magie qui sommeillait en lui et qu'il refoulait. A l'instant même où une délicate larme se déversa par terre, une explosion de lumière d'une puissance magistrale éclata au fond du tunnel. Le poulet se retrouva alors parmi des centaines de cristaux contenant chacun une lumière dorée.

Le coq rentra dans la grotte, le rejoignit, et retrouva son fils au fond, dans une grande pièce ornée de ces pierres étincelantes créée par l'explosion.

- Que suis-je ? demanda le jeune poulet.

- Tes pouvoirs commencent à sortir. Tu vas à présent pouvoir apprendre à les contrôler.

- Mais que suis-je censé faire avec ces pouvoirs ?

- Mon fils, tu es l'un des animaux les plus puissants qui soit. Un jour... tu régneras sur toute une civilisation. Alors je te conseille de montrer à tous qui tu es... Tu pourrais arranger cet endroit que tu viens de créer pour en faire ton endroit sacré...

- Et ces cristaux, père ? Qu'est-ce qu'ils font là ?

- Au fond de toi, je dirais que tu as peur d'utiliser tes pouvoirs. Tu es heureux dans la simplicité. Tu as été en colère pour la première fois, un état que tu ne maîtrises pas ; comme la magie. Les deux se sont donc mêlés et se sont expulsés.

- Le rapport ?

- Ah oui ! Tellement de puissance a été libérée que ta magie elle-même a essayé de la contenir. Le seul moyen pour elle a été de maintenir sa puissance dans des cristaux de lumière... En briser rien qu'un seul referait une explosion de même intensité.

Le poulet doré observa la grande grotte qu'il avait créé et réalisa enfin l'étendue de ses pouvoirs. Son père ajouta :

- Tu es le maître de ces cristaux lumineux, et un jour tu éclaireras toute une civilisation...

Le poulet écarta ses ailes, et déclara :

- Je suis le Poulet de Lumière ! Je suis un être immortel, rien ne m'est impossible, et un jour je chanterai Cocorico !

Le coq câlina son enfant et termina :

- Ton frère a déjà derrière lui des tas de victimes. Ton entraînement est terminé. Trouve-le, arrête-le.

- Et si je...

- Tu ne mourras pas, fils.

- Comment pouvez-vous en être sûr ?

- J'ai vu comment tu disparaîtras, crois-moi c'est dans longtemps, très longtemps...

- J'ai peur... Je ne contrôle pas encore mes capacités et...

- Calme toi. Je serai toujours près de toi. Même le jour de ta mort je serai à tes cotés...

CHAPITRE 48

Nous sommes à nouveau dans le Sanctuaire, mais des milliers d'années plus tard. Trois aliments écoutaient la réponse du poulet millénaire :

- Comment je peux chanter Cocorico ? J'ai utilisé ma magie pour modifier mes cordes vocales et ainsi chanter comme un charmant coq !

- Pourquoi n'êtes vous pas un coq ? demanda Petit Rose.

- Grâce à une baie magique que j'ai mangé, je suis devenu immortel. Mon corps reste figé à l'âge que j'avais au moment où je l'ai mangée.

- Vos autres pouvoirs viennent aussi de baies ? demanda Ban'Anne.

- En quelque sorte. Disons que toutes les baies que j'ai mangé m'ont donné des milliers de capacités. Mon pouvoir est unique.

- Mais quel est votre pouvoir au juste ?

- Je peux tout transformer, détruire, faire vivre... faire tout ce dont je veux, à la condition que mes actions soient bonnes. Je ne peux pas tuer un innocent par exemple. Des milliers de baies, des milliers de capacités !

- Et Saladolf ? reprit Petit Rose. Comment contrôle-t-elle la magie ? Pourquoi est-elle immortelle ? Comment fait-elle revivre ses tueurs ?

- Saladolf ne tient pas ses pouvoirs de moi. Il y a cinq cents ans, lors de son coup d'état, elle ne contrôlait pas la magie. Le Tartare aurait dû la retenir jusqu'à sa mort...

- Ce que vous voulez dire... c'est qu'vous n'en savez pas plus que nous ? s'étonna Citrov.

- Je connais tous les êtres vivants de mon monde. Comment sont-ils nés, que font-ils dans la vie... Saladolf est née il y a cinq cent cinquante ans, à Apérault. Elle a vécu dans une très bonne famille, dans un bonheur parfait. Elle enchaîna diplôme après diplôme, puis finit par travailler aux côtés du souverain Bouddhin, jusqu'à l'affronter pour le trône de PIC NIC Land. Mais le fait est qu'elle utilisa la violence dans mon monde et je dus intervenir en l'exilant au Tartare pour réparer la misère qu'elle avait engendrée. Cinq siècles plus tard, elle est de retour, invisible à mes pouvoirs de détection, et encore plus puissante qu'avant.

- Non mais c'est fou ça ! s'énerva Petit Rose. Nous sommes venus pour avoir des réponses et voilà que nous avons encore plus de questions !

Une voix sèche et aiguë répondit à l'oreille du légume avec une singularité effrayante :

- Je peux peut-être y répondre à vos questions...

Nos héros se retournèrent et réalisèrent qu'une gigantesque salade se trouvait parmi eux... sur le petit îlot.

- Saladolf ! souffla Petit Rose.

Soudain, elle s'envola en l'air, s'accrocha à quelques mètres de hauteur et poussa un terrifiant cri proche des plus hautes notes aiguës jamais entendues. Un cri terrible, semblable à des milliers de gens hurlants de douleur brûlés par des flammes dont même l'enfer se serait débarrassé car il ne pouvait plus contenir leur chaleur... Quoi j'en fais trop ?

- SORTEZ MES ENFANTS, ordonna le maître des lieux. Ceci est un combat entre elle et moi.

- Hors de question ! répliqua Ban'Anne.

- Nous nous battrons avec vous ! cria Citrov.

- Je suis un chevalier, fit Petit Rose en dégainant Excalibeurre. Et un chevalier, même si c'est un radis, se bat tant qu'il a une arme en main, un ennemi à vaincre, et un monde à sauver !

« Pourquoi c'est lui qui a toujours les meilleures répliques ? » se demanda Citrov.

Le Poulet de Lumière sourit :

- Bonne réponse les enfants.

L'imposante salade appuya ses longues feuilles contre la roche et s'apprêta à pousser un grand coup pour se propulser et ainsi fouetter de toutes ses forces l'être divin. Rapidement, ce dernier fit monter les trois combattants sur son aile et ils grimpèrent sur son dos.

De suite, Saladolf poussa ses membres contre la pierre et sauta en direction de nos héros. En la voyant tomber sur eux, le Poulet de Lumière ouvrit son bec et un rayon de lumière en jaillit et se dirigea ardemment sur elle.

Ce puissant jet lumineux s'abattit sur la salade. Elle s'écrasa conte le mur de pierre puis finit par tomber dans l'eau. Quand elle émergea, elle mêla son cri perçant à un rire démoniaque. Seule, elle s'esclaffait, sous les regards interrogateurs des braves soldats.

- Qu'y-a-t-il de si drôle Saladolf ? demanda Ban'Anne.

Arrêtant soudainement de rire, la salade répondit :

- Tu oses me parler ??

- Bah heu... oui.

- Moi j'n'aurais pas osé, fit Citrov.

- Moi non plus, continua Petit Rose.

- Moi non plus, renchérit le Poulet de Lumière.

L'immortelle dictatrice se propulsa de l'eau à l'aide d'un haut saut et atterrit de l'autre côté du point d'eau, à quelques mètres de l'entrée du Sanctuaire.

- Et moi qui pensais que tu étais trop vieux pour te battre, maudit poulet !

- Et moi qui pensais que tu étais trop vieille pour vivre, salle salade ! riposta l'être divin.

- Je suis immortelle, comme toi.

- Pas comme moi non...

- Si, exactement comme toi. J'AI MANGÉ UNE BAIE. Je connais tes secrets, vieux coquelet.

Soudain, deux silhouettes sortirent de la lumière du jour pour rentrer dans le Sanctuaire et se joignirent aux côtés de Saladolf. Petit Rose examina ces deux êtres et essaya de savoir qui ils étaient. Malheureusement, par le jeu du contre jour, il ne put distinguer de qui il s'agissait. Mais la forme singulière de l'un d'eux ragea notre radis : Kni se tenait là, à quelques pas de lui ! « Un jour nous nous retrouverons, et ce jour là je te tuerai » avait-il dit. Ce jour là était arrivé !

- Des tas d'autres secrets sont sur le point d'êtres révélés, déclara le couteau.

- De quoi parles-tu ? demanda Citrov, méfiant.

- Petit Rose, reprit Kni, comment se porte ta quête ? Tu sais... ce que Tomat avait faillit dévoiler avant de mourir. La réelle raison de ton introduction dans cette guerre...

Subitement possédé par une vague de colère, le radis sauta de toute sa puissance et se posa de l'autre côté de l'eau, puis s'élança vers son ennemi. Afin de parer toute offensive, Kni sauta de la même manière et atterrit sur le Poulet de Lumière aux côtés de Citrov et Ban'Anne. En un instant il bondit, se plaça horizontalement et tourna sur lui-même en faisant tournoyer son inquiétante lame. La banane et le citron vert se dégagèrent et plongèrent dans l'eau lumineuse.

Le chevalier rose examina l'apparence du troisième tueur mais, avant de bien pouvoir comprendre à quoi il ressemblait, la géante salade le frappa violemment à l'aide d'une longue feuille qui ressemblait bien plus à un fouet végétal et qui le fit valser jusqu'à ce qu'il se retrouve dans l'eau, aux cotés ses deux équipiers.

- Vous voilà piégés, annonça Saladolf. Quelle ironie ! C'est dans l'endroit du bonheur et de la lumière que votre mort surviendra et que votre sang baignera.

- Il est temps d'en finir avec vous, déclara Kni.

Sur cette froide déclaration, le couteau sauta afin de se retourner, et s'enfonça dans la chair du Poulet de Lumière en retombant. Un cri de douleur sortit de son bec et accompagna le cri de satisfaction de la salade.

Petit Rose se précipita vers le dieu doré afin de retirer la lame qui continuait de s'enfoncer en lui quand Saladolf se propulsa pour foncer dessus. Ban'Anne émergea hors de l'eau pour le protéger et le choc envoya brutalement le fruit contre un rocher. Le radis arriva alors sur le petit îlot, grimpa le plus vite qu'il put sur le dos du poulet, s'approcha du couteau, posa les deux mains sur le manche, tira d'une force impressionnante et envoya le tueur face contre terre aux pieds de son coéquipier imperceptible.

Le dieu de PIC NIC Land s'écroula lui aussi sur le sol. Le radis descendit de son dos et s'approcha de sa tête.

- Merci Petit Rose... souffla la divinité, épuisée.

Le radis jeta un œil à ses amis qui étaient en train de nager jusqu'à l'îlot. Saladolf, elle, se propulsa et monta sur le haut d'un rocher. Kni la rejoignit. Le troisième tueur quant à lui ne bougeait toujours pas. Il se contentait de rester muet.

Citrov et Ban'Anne arrivèrent enfin près du radis et du poulet.

- Que fait-on maintenant ? demanda la banane.

Les trois aliments se penchèrent sur la tête du Poulet de Lumière et remarquèrent alors qu'il avait les yeux fermés.

- C'est la fin des haricots ! cria Saladolf du haut de son rocher. Votre dieu est mort !

Petit Rose et Citrov secouèrent le corps inanimé du poulet tandis que Ban'Anne fixait la salade et le couteau se réjouir de ce qu'il se passait.

- Pff... laissa-t-elle sortir.

- Réveillez-vous ! supplia Citrov, apeuré.

Les deux ennemis descendirent de leur rocher et s'approchèrent de nos héros. Petit Rose s'apprêta à quitter le poulet pour se battre quand Citrov lui barra le chemin :

- Laisse-nous faire.

- On s'en occupe, lança Ban'Anne.

- Hors de question, rétorqua le radis. Je possède Excalibeurre, je...

- Justement, le coupa le citron vert. Tu possèdes une arme du Poulet de Lumière. Tu as en elle sa magie. Tu es le mieux placé pour réussir à le réveiller.

En un mouvement de tête, la guitariste fit comprendre au chevalier rose que tout se passerait bien.

Citrov et Ban'Anne s'interposèrent face à Saladolf et Kni tandis que Petit Rose examina la Brindille, dans l'espoir de trouver une solution.

- Vous allez voir c'que j'ai appris ! déclara l'agrume. CITRONNADE : L'ATTAQUE DU CITRON TORNADE !

Alors qu'il s'apprêtait à cogner la salade et le couteau, Ban'Anne le stoppa vivement.

- Ne fais pas ça. Si tu cours vers eux tu vas y rester. Il faut trouver un moyen d'attaquer à distance...

- Qu'est-ce qu'tu proposes ?

- Nous allons combiner ta technique et la mienne.

- ... la tienne ?

Rapidement, Ban'Anne expliqua son plan à Citrov pendant que leurs ennemis se rapprochaient. D'un coup, la banane s'allongea sur le sol et le citron vert la tira par la tige. Il commença à tourbillonner sur lui même, entraînant son équipière dans une rotation frénétique autour de lui.

- CITRONNADE : L'ATTAQUE DU CITRON TORNADE ! cria Citrov en lâchant son amie avec force et vitesse vers leurs ennemis.

- BAAMRANG : L'ATTAQUE DE LA BANANE BOOMERANG ! cria Ban'Anne en fonçant et virevoltant sur elle même, certaine de frapper ses cibles d'une puissance colossale.

Mais c'est alors que Saladolf et Kni bondirent instantanément, leur permettant d'échapper à cette attaque tout à fait soudaine et violente. Ban'Anne, de part sa forme incurvée, revint tel un réel boomerang dans les bras du soldat vert. Leur stratégie était un échec.

La plaie de l'être divin saignait et son sang, rouge et sombre, coulait jusqu'aux pieds du héros rose. Celui-ci y trempa son arme magique qui rayonna de plus belle au contact du liquide. L'étincelante lumière illumina le sang, atteignit la blessure puis, rentra à l'intérieur du corps du poulet. Instantanément, il ouvrit les yeux et inspira un grand coup.

- Nous avons besoin de vous, lui dit Petit Rose.

- Je suis trop vieux pour faire quoi que ce soit...

- Vous deviez vivre pour l'éternité !

- Je devais vivre pour l'éternité... mais l'éternité s'essouffle quand une nouvelle ère voit le jour. Le mal...

- Non ! Le mal ne dominera pas ! J'en fais la promesse. Pendant mon combat contre Tomat, j'étais désemparé. Je suis tombé par terre et je n'éprouvais plus l'envie de me battre... Et c'est là que vous m'êtes apparu ! Vous m'avez encouragé et je me suis levé, pour vous. Vous m'avez dit que chaque personne avait un point faible. Aujourd'hui les rôles sont inversés et je ferai tout ce qui est en mon pouvoir pour vous relever !

- Merci... Petit Rose...

Rassemblant le reste des forces qu'il lui restait, le Poulet de Lumière se leva en provoquant un assourdissant tremblement de terre.

- Qu'est-ce que c'est que ça ? demanda Citrov, inquiet en relâchant la banane.

- Les enfants, montez vite sur mon aile ! ordonna l'être divin.

Nos héros s'exécutèrent. Magiquement, le grand volatile fit apparaître quatre clés dans les mains de Ban'Anne.

- Mets-les dans ton sac, ma chère artiste. Vous en aurez besoin pour ramener la paix dans PIC NIC Land.

D'un coup d'aile torrentiel, les trois aliments furent balancés en dehors du Sanctuaire.

- QUE FAIT-IL ?? s'écria Saladolf.

Elle accourut près de la sortie pour les suivre quand des tas de cailloux s'écrasèrent devant elle et bouchèrent le tunnel.

- Vous voilà piégés, déclara le Poulet de Lumière.

- Tout comme toi, renvoya Kni. Tu es trop faible pour pouvoir dégager ces rochers.

- Moi je n'ai pas besoin de sortir, répliqua le dieu de PIC NIC Land.

- QU'EST-CE QU'IL DIT ?? s'égosilla la salade de sa voix aiguisée.

De l'autre coté du barrage de pierre, Petit Rose, Ban'Anne et Citrov se relevaient de leur chute. Le radis se précipita vers le tunnel quand la grande porte dorée se referma en frappant lourdement le sol, d'un son grave qui trouva son écho dans le bruit lourd du tremblement de terre qui s'accentuait.

- Il faut y retourner ! s'écria Citrov. Pourquoi nous a-t-il balancés ?

- Il s'est sacrifié... soupira le radis.

- Mais il va mourir !

- Il allait mourir de toute manière, dit la banane. Il a tout simplement évité que l'on meure aussi...

Le tremblement de terre devenait de plus en plus puissant.

- Vous sentez le sol trembler ? demanda bien fort le poulet à ses ennemis. C'est ma magie... mes dernières ressources de magie qui montent en moi. Et elles remontent exprès pour vous, pour vous écraser, et pour que plus jamais dans PIC NIC Land il n'y ait une once de tristesse !

Ouvrant grand le bec, le dieu cracha un rayon de lumière intense qui s'abattit sur un cristal et l'explosa ! Les paroles du sage coq après l'explosion restaient dans son esprit : « Tellement de puissance a été libérée que ta magie elle-même a essayé de la contenir. Le seul moyen pour elle a été de la maintenir dans des cristaux de lumière... En briser rien qu'un seul referait une explosion de même intensité »

Le temps était venu de libérer cette terrible puissance ancestrale que renfermaient ces cristaux des milliers d'années durant.

Un éclatement lumineux sortit de la pierre et se déchaîna pour atteindre les autres qui explosèrent au contact de cette incroyable puissance. La réaction en chaîne était phénoménale : chaque explosion en entraînait une autre avec elle.

- Adieu PIC NIC Land... souffla le Poulet de Lumière en laissant échapper une fière larme dorée le long de son visage.

- Tu pleures ? beugla Saladolf, écœurée.

- Oui je pleure, mais je ne me suis jamais senti aussi fort.

C'est alors qu'une voix paisible se fit entendre entre tout le vacarme des explosions :

- Je suis fier de toi, mon fils...

Le poulet, la salade et le couteau tournèrent leur regard vers cette voix qui sortait en fait du bec d'un élégant coq.

- Père !

- Oui c'est moi... Mon fils, je t'avais bien dit que je serai avec toi le jour de ta mort. Je suis là pour toi. Tout se passera bien ne t'en fais pas...

- Le jour de sa mort ???? hurla la salade. MAIS ON VA VRAIMENT CREVER !!!!!

Le plus vite qu'ils purent, Saladolf et Kni cherchèrent une issue qui leur permettrait de survivre. IL N'Y EN AVAIT PAS.

Le phénix divin écarta les ailes et déclara :

- Saladolf, il est temps d'exécuter ce qu'il m'était impossible de faire avant : TE TUER.

- Mon fils, tu te sacrifies pour sauver ce monde que tu chéris. Ton pouvoir n'a d'égal que ton dévouement...

- Je vous aime père.

- Je t'aime aussi fils.

Le Poulet de Lumière pouvait enfin détruire ses opposants. Ce n'était pas lui qui les tuait, mais bel et bien cette série d'explosions qui n'était que la conséquence de sa première attaque.

Chaque détonation devenait plus puissante que la précédente. Les explosions gagnaient rapidement en intensité, et il arriva un moment où il n'était plus possible d'éviter quoi que ce soit.

Kni fut piégé entre deux cristaux qui éclatèrent au même instant. Saladolf grimpa le plus haut possible de la grotte pour échapper à cet enfer qui surgissait pourtant du bienfaiteur du monde, quand elle se rendit compte que des centaines de cristaux se trouvaient en hauteur. Ces centaines d'explosions la projetèrent par terre et provoquèrent une avalanche qui s'effondra finalement sur elle.

Le coq paternel se téléporta pour retourner à son époque et la divinité se laissa déchiqueter par son inexorable énergie qui se déchaînait dans le Sanctuaire.

Il y avait en ce lieu des milliers et des milliers de cristaux lumineux.

Tous ravagèrent la montagne de leur déflagration...

CHAPITRE 49

- Il faut y retourner ! Pourquoi nous a-t-il balancés ?

- Il s'est sacrifié... soupira le radis.

- Mais il va mourir !

- Il allait mourir de toute manière, dit la banane. Il a tout simplement évité que l'on meure aussi...

Le tremblement de terre devenait de plus en plus puissant. Citrov leva les yeux au ciel et constata que la journée était passée très rapidement. Mais elle ne pouvait pas se finir de cette manière !

- Citrov, Ban'Anne ! appela Petit Rose en voyant son arme s'illuminer comme jamais. Il faut dégager d'ici ! ET VITE !

Le plus rapidement possible, les trois élus s'éloignèrent du Sanctuaire et se retrouvèrent sur le chemin pour quitter le Jardin Dead End.

Un terrible fracas raisonna alors en ce lieu mythique...

En se retournant, ils virent la montagne légendaire s'effondrer.

Le Sanctuaire n'existait plus, tout comme son fondateur...

*

Les heures passèrent et le crépuscule habilla le ciel de manière époustouflante. Ce coucher du soleil était tout simplement sublime. Nos trois héros admirèrent la nuit tomber en songeant à leur futur incertain. Saladolf et ses tueurs étaient-ils morts pour de bon ? Qui allait veiller sur leur monde maintenant que son protecteur n'était plus là ? Et surtout... à quoi allaient servir les clés qu'il avait transmis aux Gardiens de la Paix ?

Ces questions donnèrent le tournis au citron vert qui s'écroula par terre, épuisé. Ses deux compères le rejoignirent sur l'herbe fraîche, et tous les trois bavardèrent à propos de cette journée harassante.

Quand on ne distingua plus que quelques légers rayons du soleil entre les montagnes, la banane prit l'initiative de faire un feu. Les trois aliments réunirent quelques bouts de bois et se demandèrent finalement comment ils pouvaient faire une flamme.

- Je peux vous aider ?

Le doute laissa place à la joie quand ils aperçurent Lumie à leurs cotés. Ban'Anne se leva et la serra dans ses bras. Un sentiment de soulagement se propagea en elle. Elle ne voulait pas voir une autre personne s'en aller. En se défaisant de ce tendre câlin, l'artiste remarqua qu'elle était couverte de cire. Elle avait beau ne pas vouloir le voir, la jeune bougie fondait.

- Je suis désolé Ban'Anne...

- Ce n'est rien, ce n'est rien !

Le fruit s'étala par terre et se lava de cette chaude substance contre l'herbe mouillée. Elle proposa ensuite à Lumie de se joindre à eux.

- Où étais-tu passée ? s'inquiéta Citrov.

De sa jeune voix, la bougie répondit :

- Quand vous êtes rentrés dans le Sanctuaire, je suis restée devant quelques temps quand un couteau est arrivé. Il m'a ordonné de partir d'ici et de ne plus revenir, sous peine de mourir. Voyant sa lame... j'ai eu peur et je me suis enfuie. Je vous prie de bien vouloir me pardonner, je...

- Ne t'excuse pas, la rassura Petit Rose. C'est normal qui tu aies eu peur. Tout le monde aurait réagi comme toi.

Gênée, Lumie répondit d'un sourire discret. Quelques criquets chantaient et se joignirent aux chants des hiboux. La nuit était tombée. C'était une nuit noire... la lune ne comptait pas se défaire des obscurs nuages.

- Bon, on ne devait pas faire un feu ? demanda l'agrume, sentant la fraîcheur devenir très... fraîche.

- Je pourrai bien l'allumer grâce à ma flamme, proposa la bougie, mais les branches sont trop mouillées...

Une idée traversa alors l'esprit du radis ! Il sortit Excalibeurre et se concentra sur elle. Soudain, l'arme s'illumina. Petit Rose concentra toute son attention ainsi que son énergie en elle et elle rayonna énormément. Les rayons chauds de l'arme de lumière évaporèrent toute trace d'humidité dans le tas de bois.

- Et voilà ! lança le chevalier rose en éteignant la Brindille.

- Excellent, fit Ban'Anne. Il ne reste plus qu'à allumer un feu.

Lumie s'approcha des bouts de bois et se pencha pour que sa flamme les atteigne. Le bois brûla instantanément et en quelques minutes, un grand feu était là pour les éclairer et les réchauffer.

- Au moins j'aurais servi à quelque chose durant mon existence...

- Arrête ! répondit Ban'Anne, attristée. Sans toi nous aurions été dévorés par la Bête du Jet Vaudou ce matin !

- Ban'Anne a raison, certifia Citrov.

- Tu nous as beaucoup aidés aujourd'hui, ajouta Petit Rose.

La jeune bougie fondait à vue d'œil. Elle n'avait pas envie de disparaître ; elle voulait rester avec ses nouveaux amis...

- Je veux vous aider encore ! Je sais qu'il ne me reste plus beaucoup de temps... mais je vais faire mon possible pour...

- Non ! l'interrompit une nouvelle fois la banane en la regardant dans les yeux. Nous allons passer cette nuit dans le calme, la bonne humeur... Je veux que tu partes en paix Lumie.

- Tu ne comprends pas Ban'Anne... nous, les bougies, renfermons un lourd secret... Le Poulet de Lumière nous transmet cette information à chaque nouvelle génération de bougies. Nous devons prévenir les gens que...

Avant de finir sa phrase, des dizaines de petites flammes apparurent autour de nos héros, réalisant qu'ils étaient entourés de bougies, donnant à la nuit une douce clarté.

- Qui sont-ils ? demanda Petit Rose, sur ses gardes.

- Ma famille, répondit Lumie.

- Ce n'sont que des enfants, réalisa Citrov.

« Et ils vont tous mourir ce soir... » pensa Ban'Anne.

Notre bougie alla rejoindre ses semblables et tous se serrèrent avec tristesse. Ils allaient faire face à la mort cette nuit, tous ensemble. Tous ces enfants mourraient de peur et ne souhaitaient qu'une seule chose : VIVRE. La vie était là, mais bientôt elle leur serait ôtée.

Une ambiance étrange régnait... Petit Rose et Ban'Anne restèrent silencieux face à cette atmosphère déconcertante.

- Je n'comprends pas comment fonctionne votre mode de vie, avoua l'agrume.

- Si tu me permets Citrov, commença Lumie, je vais commencer par le commencement.

- D'accord.

- Il y a des milliers d'années, quand la foudre s'est abattue sur le pique-nique...

- Quand tu dis le commencement... c'est vraiment le commencement !

- Oui... Quand la foudre s'est abattue sur le pique-nique, les aliments se sont mis à vivre. Mais le lendemain de cette historique journée, toutes les bougies avaient fondu. Le Poulet de Lumière, en nous voyant, utilisa ses pouvoirs magiques pour rassembler toute la cire qui était répandue dans la vallée. Il recréa alors la vie. Il reconstitua une nouvelle génération de bougie. Et cette génération fondit le jour suivant... Le dieu de la vie se prêta à ce rituel de renaissance chaque matin... Et chaque matin de nouvelles vies voyaient le jour.

- Et maintenant qu'il n'est plus là, les bougies n'existeront plus jamais... comprit Citrov.

- Il doit y avoir une solution ! tonna Ban'Anne en se levant.

Ses deux amis se levèrent avec elle et tous les trois se sentirent mal à l'aise.

- Le Poulet de Lumière partageait donc avec notre race un lien particulier, continua Lumie. Il nous apprit plein de choses, et nous révéla un lourd secret. Un secret à dévoiler le jour où il disparaîtrait...

- On s'en fiche de ça !! gronda l'artiste en laissant échapper quelques larmes.

D'un pas déterminé, elle courut jusqu'à la bougie.

- Ban'Anne, il ne me reste plus beaucoup de temps. Je dois vous dire ce dernier message...

- Il y a tant de souffrances ! Des gens sont blessés, des gens sont morts. La plus grande puissance de ce monde est morte. Je refuse de perdre à nouveau quelqu'un ! Je suis là pour sauver PIC NIC Land, je dois te sauver ! Si je n'arrive pas à te sauver cela voudra vraiment dire que je ne suis pas faite pour être un soldat...

Lumie se réfugia dans les bras de sa protectrice et sanglota. Toutes les bougies se mirent alors à pleurer, et toutes se prirent dans les bras.

Petit Rose et Citrov observèrent la scène émouvante avec compassion quand ils se mirent eux aussi à larmoyer, fatigués de ce voyage douloureux. Les deux meilleurs amis s'enlacèrent avec force, les larmes coulant le long de leurs corps. Le Jardin Dead End baigna dans un profond chagrin.

- Ban'Anne... souffla Lumie. Je n'ai plus de forces, je me sens si épuisée...

En quelques secondes, les bougies fondirent totalement et leur cire liquide se répandit sur l'herbe froide, lâchant la vie et s'étalant par terre à tout jamais.

La nuit perdit de sa chaleur et redevint sombre.

Avant de disparaître pour toujours, notre petite bougie révéla :

- Il existe d'autres animaux sacrés, aussi puissants que le poulet...

Puis, dans les bras de la banane, elle se liquéfia. Lumie coula le long des bras de Ban'Anne, qui fondit en larmes...

Son ami rose posa la main sur son épaule et les trois équipiers se joignirent pour un dernier câlin.

- Les gars c'est trop dur pour moi, pleura la musicienne.

- Chaque guerre à ses victimes, dit le radis en tentant de la raisonner.

Malgré ses efforts pour masquer sa tristesse, notre chevalier replongea dans d'abondantes larmes. Cette journée s'était montrée éprouvante, et le citron vert se laissa partir lui aussi en sanglots auprès de ses équipiers.

Tout ce qu'ils souhaitaient à présent c'était rester au calme.

Mais le destin en décida autrement.

Au contact des larmes versées sur l'arme divine, une éblouissante lumière sortant d'Excalibeurre aveugla nos trois héros et les fit disparaître de la vallée sacrée...

CHAPITRE 50

Des milliers d'années auparavant, le tout jeune Poulet de Lumière quittait son cher jardin et partait à la recherche de son sombre frère. En pénétrant dans les bois encore inexplorés, il crut que la peur allait le paralyser, mais rien de tout ça ne se produisit. Au contraire, il était déterminé à découvrir ce monde qui s'ouvrait à lui et à arrêter son frère !

Il se mit alors à explorer ces lieux qu'il ne connaissait pas quand il tomba sur des empreintes récentes écrasant la terre humide. Il identifia son frère en comparant sa patte avec celles-ci. Il ne devait pas être loin. Il suivit les traces et tomba sur un être inconnu et blessé :

- Aidez-moi... supplia l'animal, allongé par terre.

- Qui êtes-vous ? voulut savoir le poulet en essayant de relever ce rongeur des forêts.

- Je suis un écureuil... quelqu'un de ton espèce tue tout le monde dans la forêt. Il est trop fort pour nous. Si tu es aussi puissant que lui, sauve-nous ! Toi seul peux le vaincre.

Le Poulet de Lumière allongea le rongeur contre un rocher puis se précipita entre les arbres afin de trouver son frère malfaisant.

Il constata avec chagrin qu'il y avait de nombreux blessés sur son chemin, de diverses espèces animales, et il ne put s'empêcher alors de détester son égal.

Il se retrouva finalement dans un petit pré. A quelques pas de lui se trouvait... le poulet noir.

Le jeune volatile doré l'observa. Il répétait une action bien singulière : il sautait le plus haut qu'il pouvait en battant des ailes frénétiquement. Mais que diable essayait de faire cette volaille démoniaque ? Décidant finalement d'aller à sa rencontre, notre être illuminé s'approcha de son frère. Quand leur regard se croisèrent, les deux poulets devinrent figés. Muets.

Des lunes s'étaient écoulés depuis leur séparation. Depuis, notre jeune Poulet de Lumière avait appris à contrôler sa magie, et le plus important : il avait appris qu'il devait arrêter son frère pour l'empêcher de nuire. Le nombre de blessés dans la forêt confirmait son inquiétude : son sombre frère était malintentionné. Comment allait-il lui dire ça ?

Ils restèrent immobiles quelques secondes quand un grand sourire se figura sur le bec du poulet noir :

- Mon frère ! cria-t-il sur un ton des plus joyeux. Tu t'es enfin décidé à sortir du jardin !

La réaction heureuse de son frangin prit par surprise le poulet jaune. Il ne se décida pourtant pas à bouger. Ni à parler. Comment lui dire qu'il était venu uniquement pour l'arrêter de faire le mal ? Non. Il n'avait pas à se poser cette question. Il se moquait royalement de le blesser par ses paroles ! Ce poulet noir tuait les animaux de la forêt. Mais il restait quand même son frère...

- Tu ne parles pas... ?

- Mon frère, commença le gentil poulet dans un élan de courage. Je suis venu pour t'arrêter.

Le poulet noir s'approcha de son frère et lui dit :

- Sais-tu ce que j'essayais de faire avant ta venue ?

Le sage poulet répondit par un hochement de la tête négatif.

- J'essayais de voler ! Mais genre... vraiment voler ! Explorer les cieux. Logiquement, notre race en est incapable. Mais en voyant tout ce dont nous sommes capables, je me suis dit que rien ne nous est impossible.

La volaille noire serra son frère dans ses ailes :

- Nous sommes plus puissants que n'importe qui.

- Ce n'est pas une raison pour semer la terreur.

- Les gens doivent savoir qui nous sommes !

- Dans quel but ?

- Dans le but de régner sur le monde !

Alors c'était ça qu'il recherchait.

Le Poulet de Lumière réalisa bien qu'il était à présent impossible de faire marche arrière ; son sombre frère avait des idées ancrées dans la tête. Il comprit qu'ils allaient devoir se battre. Il allait devoir vaincre son frère afin de l'empêcher de faire régner le malheur.

Il prit l'exemple de son reflet et le prit dans ses ailes. Il profita de cet instant et savoura chaque seconde de cet ultime câlin. Il fixa son frère... Oui, c'était son reflet. Mais un reflet contraire. Lui, était jaune, doré, amenait la paix et était le Poulet de Lumière. Son frère était noir, obscur, imposait la guerre... et était le Poulet des Ténèbres.

Celui-ci essaya de bouger quand son frère se retira de ses ailes, mais ne réussit pas.

Une deuxième tentative certifia ses craintes : il était paralysé.

- Que m'as-tu fait mon frère ?

- Je ne peux pas te laisser détruire ce beau monde.

- Laisse-moi bouger !!!

- Tu resteras immobile jusqu'à la fin des temps. Mes pouvoirs fonctionnent à condition que le bien soit opéré. La magie a jugé bon de me laisser faire, donc te laisser ici est considérée comme une bonne action.

- Tu ne peux pas me laisser mourir ici, je suis ton frère...

- Je suis désolé, mais père m'a raconté ce que tu allais faire dans l'avenir. Je ne peux pas te laisser faire.

- Père est mort...

- Il semblerait que plus tard je devienne le maître de toute une civilisation. Et que tu détruises tout ce que j'ai créé.

- Si tu me défais de cette paralysie je te promets que je ne ferais plus rien de mauvais sur cette terre !

- Je regrette, mon frère...

Là-dessus, le Poulet de Lumière tourna le dos à l'être sombre et s'éloigna.

- Malheureusement pour toi, déclara le Poulet des Ténèbres, mes pouvoirs fonctionnent exactement comme les tiens ; à une exception près. Tout m'est possible, dès lors que mes actions engendrent la douleur ! ET JE VAIS TE MONTRER CE QU'EST LA DOULEUR !

Le Poulet de Lumière se retourna quand son opposé se défit de son sortilège. Écartant les ailes, le sombre frère ouvrit le bec et un rayon de magie noire ténébreuse en sortit et chargea vers son adversaire. Voulant contrer cette attaque, le poulet doré l'imita et créa un jet de magie blanche étincelante qui percuta le sort adverse. Une explosion expulsa soudainement les deux ennemis dans les airs. Le noir se heurta au sol en retombant. Vite, il se remit sur ses pattes. Son adversaire fraternel avait disparu. Il regarda autour de lui, sur les cotés, devant lui, derrière lui : rien. Il leva son regard et l'aperçut dans le ciel, battant des ailes pour voler.

- Il faut croire que tu avais raison, lança-t-il. Nous pouvons voler !

- Joins-toi à moi mon frère, tenta le poulet maléfique. Tu es trop puissant pour ne pas régner à mes cotés.

- Rends-toi. Je suis trop puissant pour ne pas te tuer aujourd'hui.

- JAMAIS ! Je sais maintenant que nous sommes faits pour nous battre. Alors je me battrai, aussi longtemps que je vivrai ! Je ne sais pas ce que père t'a raconté, mais il a bien raison. Nous sommes en guerre toi et moi ! Et si nous sommes si forts que nous ne pouvons nous tuer, alors crois moi, je vais m'entourer de guerriers pour te vaincre, toi et ta future civilisation. Et quelque soit cette civilisation dont tu deviens le roi, si tu règnes sur les animaux, alors je prendrais le lion le plus sauvage et cruel pour te tuer ! Si tu règnes sur les Humains, alors je prendrais le dictateur le plus ambitieux et le plus violent plus pour te tuer ! Même si tu règnes sur des insectes, je prendrais l'araignée la plus vénéneuse pour te tuer ! Et si tu règnes sur de la bouffe, aussi débile que cela puisse paraître, je prendrais la salade la plus grosse, la plus laide et la plus dégueulasse pour te tuer !!!!

Sentant la force qui l'animait au fin fond de lui, le Poulet de Lumière fonça vers son ennemi, le saisit par les pattes et reprit son envol.

Au même moment, à des mètres en dessous d'eux, deux humains se tenant la main se promenaient dans l'agréable vallée, et pénétraient dans le jardin. L'un était un homme, l'autre une femme. Ils s'installèrent dans l'herbe et, entre deux baisers, préparèrent leur gigantesque pique-nique sur la belle herbe verte. Le garçon alluma quelques bougies et les disposa autour d'eux. C'était un pique-nique en amoureux...

Élevé à des mètres de hauteur, le poulet doré arrêta de prendre de l'altitude.

- Que fais-tu ?? demanda le sombre poulet.

Les nuages commencèrent à se rassembler et à s'assombrir d'une façon menaçante.

- Je vais rassembler toute ma magie en un éclair. La foudre va te faire disparaître pour toujours, mon frère !

- Nous sommes aussi puissants ! Nous ne pouvons pas nous tuer ! Qui te dit que je disparaîtrai ? Je possède des tas et des tas de pouvoirs. Je pourrai très bien me guérir de mes blessures après l'orage...

- Tais-toi. L'éclair te tuera en un seul coup : on ne peut pas guérir si l'on est déjà mort.

Un magistral orage prit possession du ciel. C'est alors que le Poulet des Ténèbres se mit à ricaner.

- Je ne peux plus bouger, paniqua le volatile jaune.

- Tu m'as montré comment faire tout à l'heure pour paralyser une personne. Tu vois, moi aussi je sais faire.

- Je suis peut-être bloqué, mais rien ne m'empêche de faire abattre la foudre sur toi !

- Regarde donc en bas !

Notre bon poulet jeta un coup d'œil sous ses pattes et remarqua la présence des Humains.

- Si un éclair descend pour m'atteindre, il atteindra aussi ce pauvre couple innocent... Alors ? Comptes-tu toujours me foudroyer ? Tu ne peux plus bouger. Sacrifieras-tu des...

- JE T'AI DIT DE TE TAIRE !!!! tonna le Poulet de Lumière en déchaînant son incroyable puissance.

Comme si la foudre était dressée au son de sa voix, le poulet doré lança le Poulet des Ténèbres vers les nuages et elle fendit du ciel pour l'électrocuter. Délivré de l'emprise magique, le poulet lumineux fendit l'air encore plus vite que l'éclair, atteignit la vitesse de la lumière et s'envola très loin en prenant les deux humains par les pattes.

L'éclair de sa magie bienveillante foudroya finalement le panier qui contenait le pique-nique ainsi que toutes les bougies qui se trouvaient autour.

Le Poulet de Lumière déposa les amoureux à quelques kilomètres pour les empêcher de retourner trop près du danger. Il reprit ensuite la route du ciel et regagna le jardin. Les légers nuages clairs et le soleil étaient à nouveau à l'ordre du jour.

Le combat était terminé.

Il s'approcha du panier...
et ce qu'il vit était magnifique.

Les aliments bougeaient !

C'était ça, ce qu'il avait créé !

La civilisation dont parlait le vieux coq, c'était ces fruits, ces légumes et ces couverts.

Le phénix observa les alentours :
son frère avait disparu.

Il s'allongea, épuisé, et contempla ces petits êtres.

Sa magie résidait en eux.

Si la foudre ôtait la vie aux êtres qui ne la méritaient pas, elle la donnait à ceux qui n'en possédaient pas.

ACTE V
LES CAROTTES SONT CUITES
CHAPITRE 51

Les villages du sud furent les premiers à ressentir la vive chaleur qui allait se propager les jours suivants dans le reste du continent perdu.

Petit Rose, Ban'Anne et Citrov venaient de disparaître magiquement du Jardin Dead End.

Pendant ce temps, la Terre poursuivait son cycle naturel indépendamment de notre histoire. Le soleil commençait à se lever, et il promettait une météo radieuse pour les prochaines journées.

Le printemps s'envola et laissa fleurir la nouvelle saison qui devait lui succéder. Telle est la loi des étoiles. L'été épanouira des temps plus ardents.

Sous le poids de la chaleur, les hauts monts des Montagnes de Sorbets se découvrirent de leur manteau de blanc en neige. Sous les splendides rayons de l'astre de vie, la Forêt Furet s'élança dans des éclosions de bourgeons et des danses de pétales. Le Dessert Sablé perdit ses mille feuilles qui étouffaient pour laisser régner les caketus, sur ses immenses étendues sèches qui allaient cuire à point.

Yolo, une pizza quatre saisons, sortit de sa station météorologique et commença à annoncer la nouvelle un peu partout...

PIC NIC Land entamait une saison chaude, pleine de brûlantes péripéties.

CHAPITRE 52

Blanc. Tout était blanc.

Comme s'il était aveugle. Sauf qu'au lieu de sombrer dans l'ombre infini, il baignait dans une constante lumière.

Silence. Aucun son ne parvenait à ses oreilles.

Comme s'il était sourd. Sauf qu'au lieu d'être isolé des autres, il se sentait connecté à tous ceux qu'il aimait.

Cette force qu'il sentait au fond de lui était très apaisante. Et inquiétante finalement ! Où se trouvait-il ? Et, comment s'était-il retrouvé là ? Citrov et Ban'Anne étaient-ils avec lui ? Non... pourtant il sentait leur présence. Mais comment expliquait-il qu'il la sentait à des kilomètres de son corps ?

- Petit Rose...

Cette voix il l'entendait ! Et il la connaissait. En dirigeant son regard vers le son de cette voix, il constata que cette vive couleur blanche persistait. Il frotta ses doigts contre ses paupières.

- Ne t'en fais pas pour tes yeux, lui conseilla la voix familière.

- Qui es-tu ? tenta le radis.

- Tu sais très bien qui je suis.

OUI, il le savait. MAIS comment était-ce possible ?

- Pourquoi ne vois-je rien ?

- Excalibeurre a été trempée dans le sang magique du Poulet de Lumière. Tes larmes ont activé un pouvoir qui résidait dedans...

- Quel est ce pouvoir ?

- T'amener là où tu le souhaitais.

- Je ne souhaitais pas te revoir.

- Inconsciemment tu le voulais, on dirait. Ton arme magique t'a donc amené ici, au Pafradis... là où reposent les aliments comme moi. Les aliments périmés.

Ce flou blanchâtre qui occupait la vision de notre chevalier radis s'atténua jusqu'à disparaître complètement. Devant lui. Oui, c'était bien lui.

- Tomat...

*

Les dernières pensées de notre citron vert étaient dirigées vers sa douce clémentine. Et quelle fut sa surprise de se retrouver près d'elle quand sa vision lui permit de voir ce qu'il se passait autour de lui !

Il se trouvait au sommet de la Patatour, sur le sable fin du terrain d'entraînement. Le soleil brillait, il faisait frais : c'était le matin. A quelques mètres de lui, Clémentine était assise sur le rebord du toit, les pieds suspendus dans le vide, aux cotés de Nuisette, Pâté et Groignon.

- Ça fait déjà une journée qu'ils sont partis... s'attrista Clémentine.

- Une journée ce n'est rien, rassura Pâté. Il faut du temps pour se rendre au Jardin Dead End, et pareil au retour.

- Ils se sont probablement arrêtés pour la nuit, continua Nuisette qui cachait son inquiétude pour son chéri rose.

Il vint alors l'idée à Groignon de rapporter une anecdote sur cet endroit :

- Dans le Jardin Dead End se trouve, au pied d'une montagne, une énorme porte en or. C'est derrière cette porte que repose le Poulet de Lumière, dans le Sanctuaire. Saladolf a passé des années à essayer de l'ouvrir, sans succès. Je pense que, à présent, elle doit vraiment avoir envie de se venger de notre dieu qui l'a exilé et, étant donné qu'elle était incapable d'ouvrir cette porte, elle a sûrement du suivre Petit Rose, Citrov et Ban'Anne jusqu'au Sanctuaire. Ils doivent probablement être morts...

Clémentine éclata en sanglot.

- Ah bah c'est malin ! explosa Pâté.

- Je ne suis pas doué pour consoler les gens, ronchonna l'oignon en se levant. Je vous laisse.

En se retournant, il tomba nez à nez avec son ancien élève vert. Il poussa un cri ardent en reculant brutalement et faillit tomber du haut de la Patatour quand Pâté le rattrapa au dernier moment. Les filles se tournèrent alors pour savoir ce qui avait pu le mettre dans cet état quand Clémentine vit que Citrov était là, sur le toit. Elle se précipita vers lui puis l'étreignit avec force, ce qui les empêcha à chacun de respirer pendant quelques instants. Une fois le souffle repris, ils ne purent s'empêcher de penser qu'ils respiraient chacun l'un pour l'autre. Ouais, c'est beau hein.

- Que fais-tu là ? empressa de demander Pâté.

- J'n'sais rien pour tout vous dire, soupira Citrov.

- Tu as l'air fatigué, lui dit Clémentine en caressant sa joue.

- J'ai passé une journée éprouvante...

- Saladolf vous a attaqué ? tenta Groignon.

- Oui.

Le cœur de la belle noisette se serra. Citrov était revenu seul.

- Petit Rose et Ban'Anne vont bien, dit-t-il en devinant la profonde inquiétude de son amie. Mais... le... le Poulet de Lumière n'a pas survécu.

- Tu veux dire que Saladolf l'a tué ?? s'étouffa Groignon.

La panique s'empara des soldats qui se sentirent tétanisés...

- Non. Il a donné sa vie pour nous protéger. Il est mort en emportant Saladolf et ses tueurs avec lui.

La peur qu'ils ressentaient s'apaisa, bien que la mort de leur dieu continuait de les chambouler.

- Et Petit Rose ? se tracassa Nuisette. Et Ban'Anne ? Où sont-ils ?

- J'n'en sais rien, murmura le citron vert.

Il retourna se blottir contre sa belle clémentine, qui accepta joyeusement un autre câlin.

*

Les yeux du chevalier radis s'étaient enfin remis de l'éclat flamboyant de son arme divine qui avait failli lui griller les yeux.

Il se trouvait debout, sur une élégante colline qui surplombait de multiples plaines qui paraissaient irréelles. Il n'avait encore jamais vu pareil endroit. Les arbres comme les fleurs qui peuplaient ce merveilleux endroit ne semblaient pas connaître la laideur, et s'harmonisaient parfaitement avec ce ciel dont je ne saurais vous décrire la couleur. La lumière était intense, le vent n'avait jamais été aussi doux... Ce lieu était d'une magnificence absolue.

Il était bien au Pafradis. Cet endroit avait été créé par le Poulet de Lumière. C'était en fait le paradis des aliments décédés. Après chaque mort, l'âme se sépare du corps et rejoint ce fantastique lieu où tout est possible, tout existe, et où le malheur n'ose même pas se montrer. Cet endroit fut appelé comme ça car l'histoire raconte que le premier aliment ayant perdu la vie était un radis, et que celui-ci s'était fait écrasé par un ailéflan, splendide créature géante que l'on retrouve dans plusieurs anciennes légendes alimentaires.

- Suis-je mort ? demande Petit Rose.

- Non, imbécile. Excalibeurre t'a emmené ici pour une raison. Tu voulais me voir pour me dire quelque chose. Tu repartiras quand tu seras en paix avec toi-même.

- Et tu es quoi toi là ? Mon psy ?

- Quelque chose comme ça.

- J'ai rien à te dire.

- Moi je pense que si, sinon on ne va pas avancer.

- J'ai rien à recevoir de quelqu'un qui est mort !

- Tu es ici au Pafradis. Fais le vide en toi, sens-toi en ce lieu connecté à tous ceux que tu aimes, à ton monde. Fais la paix avec toi-même, Petit Rose.

- Mais je suis en paix avec moi-même !

- Non, sinon tu ne gronderais pas.

- Mais c'est avec toi que je ne suis pas en paix !

Petit Rose observa le fabuleux paysage pour se calmer. Tomat lui posa la main sur l'épaule et lui sourit :

- On avance.

*

Quand Ban'Anne se réveilla, elle se retrouva dans un lit ; du moins c'est ce qu'elle devina. En effet, comme ses deux amis à leur réveil, ses yeux ne distinguaient que cette lueur blanchâtre qui occupait toute sa vision. Très vite, sa vue redevint correcte et elle put observer la pièce dans laquelle elle se trouvait. C'était une toute petite maison où chambres, cuisine et salon ne faisaient qu'un. Le sol, comme le plafond, étaient faits de bois.

Elle se leva du lit et jeta un coup d'œil par une fenêtre. A son grand étonnement, elle se trouvait à des mètres du sol, dans ce qu'elle devina être une cabane perchée dans un arbre. La porte de la singulière maison s'ouvrit et une famille de fenouils entra.

- Papa ! appela le plus petit.

- L'inconnue s'est réveillée ! fit sa sœur.

Ce qui semblait être le père de famille enlaça ses enfants et leur chuchota :

- Allez jouer dehors. Je vous appellerai quand ce sera l'heure de déjeuner.

Le fenouil paternel donna à chacun de ses enfants une petite tape sur la tête et tous deux regagnèrent la porte qu'ils refermèrent avec soin une fois dehors.

- Des enfants bien élevés, sourit Ban'Anne.

- Ils tiennent leur douceur de leur mère, rigola le légume en s'asseyant sur un tabouret en bois. Comment allez-vous ?

Le fruit retourna dans le lit, épuisé par sa dernière journée :

- Je vais bien, bien qu'un peu perturbée. Que fais-je ici ?

- Ma femme vous a retrouvé tôt ce matin, dans le bois, inconsciente. On vous a donc ramenée dans notre maison.

- Vous êtes une famille très accueillante. Merci monsieur...

- Appelez-moi James !

- James ?

- Ça pose un problème ?

- Bah, heu... où est le rapport avec votre race ?

- Bah y'en a pas. Ma femme s'appelle Monique.

- Des noms pas originaux j'en ai entendus, mais alors ceux-là...

Ban'Anne se remémora alors ses derniers instants avant de s'être réveillée ici. La Brindille de son ami rose s'était mise à briller très fort. Ses pouvoirs avaient du l'amener ici... mais pourquoi ?

- Que faisiez-vous dans notre bois chère banane... ?

- Appelez-moi Ban'Anne !

- Et ça c'est original ?

La combattante jaune se rappela qu'elle devait mentir aux habitants de PIC NIC Land ; Maréchal Pépin ne les avait pas prévenus du retour de Saladolf. Elle ne devait en aucun cas dire qu'elle était un soldat et que l'arme du Poulet de Lumière l'avait amenée ici.

- Je... je randonnais. Je me suis arrêtée hier soir et je me suis endormie.

- Dans nos bois ?

- Comment ça « vos » bois ?

- Et bien vous êtes à Braises-des-Bois. Les bois sont notre village.

Tout prenait enfin un sens ! Ban'Anne se trouvait à Braises-des-Bois, le village des bois... et du bois ! Ce lieu était réputé pour ne faire qu'un avec les forêts qui l'entouraient. Les maisons, les magasins... tout se trouvait dans les arbres. Et tout était fabriqué avec le bois des arbres ! On surnommait aussi cet endroit Baises-des-Bois, car c'est ici que l'on pouvait apercevoir des cerfs s'accoupler, mais aussi y trouver du bois bandé, un puissant aphrodisiaque. Elle se trouvait donc ici. Maintenant elle devait comprendre pourquoi.

- Mon amour ! s'affola Monique, tout juste rentrée. Comment se porte notre protégée ?

Le gros fenouil maternel se précipita sur le lit et vérifia la santé de la banane en posant la main sur son front :

- Comment vous sentez-vous ? Voulez-vous une infusion de camomille ? Voulez-vous que je prévienne quelqu'un de votre arrivée ici ?

- Ça va très bien, la rassura Ban'Anne en s'asseyant. Je campais juste.

La mère, bien crémeuse, se sentit ridicule, mais sa bonté n'allait pas s'arrêter là. Elle accourut jusqu'à un placard et en sortit un sac banane.

- J'ai trouvé ça à coté de vous avant de vous ramener à la maison.

Le fruit s'empara du sac que lui tendais le fenouil et n'attendit pas plus longtemps pour l'ouvrir. Ban'Anne vérifia que tout était à l'intérieur. De l'eau, une carte, et surtout : Les clés du Poulet de Lumière.

- Il ne vous manque rien ? s'inquiéta Monique.

- Rien de rien, répondit la banane. Merci beaucoup.

- Si on peut faire quoi que ce soit pour vous...

- Chérie, laisse-la donc respirer un peu ! lança James, plein de bon sens.

Monique s'écarta de notre héroïne et s'assit aux cotés de son mari. Elle aurait du s'arrêter là, mais sa curiosité prit le dessus :

- Je n'ai pu m'empêcher de regarder votre tracé sur la carte. Vous êtes donc de Panieta ?

L'insistance du fenouil fit rire Ban'Anne qui répondit amicalement :

- Je commençais en effet ma randonnée à Panieta.

- Et, toujours par rapport à votre tracé, j'ai pu remarquer que votre point d'arrivé était la vallée où se trouverait le Jardin Dead End. Alors comment avez-vous atterri dans nos bois, qui se trouvent à des kilomètres ?

L'amusement de la musicienne disparut à peine la question de Monique terminée. Et si sa curiosité allait trop loin ? Elle ne devait absolument pas trahir la confiance de Maréchal Pépin.

- Je... Et bien l'orientation n'est pas trop mon fort il faut croire.

- Et comment se fait-il que vous ne vous soyez pas réveillée quand je vous ai portée jusqu'ici ? continua-t-elle. On aurait vraiment dit que vous aviez perdu connaissance... Et quand j'ai vu vos blessures sur votre peau...

Ban'Anne paniqua. Tomat et Saladolf avaient causé ces blessures. Et la Brindille était responsable de son inconscience. « Comment vais-je répondre à cette question ?? »

- Arrête avec tes questions, ria James, toujours aussi attendri par les défauts de sa bien aimée. Elle était tout simplement épuisée par son éprouvante marche ! Et si on mangeait ?

Ban'Anne se leva et accompagna sa sauveuse chercher les enfants pendant que son mari préparait la table. Elle avait échappé belle.

« Après le repas, je mets les voiles »

*

Maréchal Pépin, éternellement au rez-de-chaussée de la Patatour, remplissait ses dossiers de missions. Il composait en fait les équipes et les tâches qu'elles établiraient dans la journée. Le bruit des portes de l'ascenseur ne l'interpella même pas, et se fut la main de l'agrume verdâtre sur son épaule qui le sortit de ses écrits.

- Mon dieu ! s'écria t-il en se retournant d'un sursaut de peur. Citrov ? Mais, je ne t'ai même pas vu rentrer...

- Excalibeurre m'a téléporté sur le toit monsieur. Je suis venu vous annoncer mon retour.

- Formidable ! Aller, raconte-moi tout.

*

Le paysage était si apaisant... Mais l'esprit de Petit Rose était submergé par un sentiment inverse.

Il s'assit sur la belle verdure de la colline, perdu.

- Dis-moi ce que tu as sur le cœur, tenta Tomat en imitant son ancien rival.

Petit Rose fit le vide en lui et finit par se calmer...

- Je m'en veux... de t'avoir tué. Tu n'étais qu'un soldat, juste comme moi.

- Alors ta façon d'agir était tout à fait justifiée.

- Non ! J'aurais pu te faire rejoindre mon équipe. Nous aurions pu au moins parler au lieu de nous entre-tuer...

- Je t'ai forcé la main, Petit Rose. Ne t'en veux pas pour tes actes. Tu as voulu protéger PIC NIC

Land, et c'est ce que les gens retiennent. Ce que je retiens. Fais-en autant.

- Je ne voulais pas que tu finisses ici... tu méritais la vie. Tu obéissais à Saladolf uniquement pour l'amour.

- L'amour que j'ai retrouvé ! Cinq cents ans que ma chère Tomathilde m'attendait ici. Je repose enfin avec elle dans ces collines illuminées.

- Pourquoi n'es-tu pas avec elle en ce moment même alors ?

- Pour aider un ami.

Le chevalier examina la fière allure de l'ancien tueur qui se relevait. Lui, avait l'air en paix avec lui-même, et avec le monde. Même envers celui qui l'avait tué.

Il imita son... ami.

Il se leva.

Nos deux personnages s'observèrent, un lien inexplicable naissant entre eux. Tomat posa la main sur l'épaule de Petit Rose et annonça :

- Nous allons nous affronter, à nouveau.

- Pourquoi accepterais-je ce combat ?

- Pour trois raisons.

Le radis écouta avec attention l'ancien membre des Trois Nazes.

- La première est qu'en me battant tu te délivreras de tes remords. De plus, si tu perds, je ferais en sorte que tu restes ici à tout jamais, et tu ne pourras sauver PIC NIC Land.

- Saladolf est morte, de quoi devrais-je sauver PIC NIC Land ?

- Ce qui m'amène à la troisième raison. Je vais te révéler des choses à propos du monde, des tueurs, de Saladolf, et de tes prochains ennemis...

- Mes prochains ennemis ?

- La guerre est loin d'être terminée Petit Rose...

CHAPITRE 53

Sous la terre... dans une grotte sombre et mystérieuse, très sombre...

- Saucicon ! criait l'être non identifié par Petit Rose ; celui-ci ayant eu le temps de fuir avant l'explosion du Sanctuaire.

Dans l'inquiétante pénombre, le saucisson accourut vers celui qui l'interpellait.

- Que fais-tu seul ?

La silhouette énigmatique cramponna le saucisson et le plaqua contre un mur de pierre :

- Tu n'as pas à me tutoyer. C'est compris ?

- Pourquoi est-ce que je t'obéirais ? répliqua le saucisson. Tu ne fais pas partie des Trois Nazes, c'est toi qui me doit le respect.

- Pourquoi devrais-je respecter trois cons qui ne savent pas se battre ? Trois cons qui perdent leurs combats, même avec un repos de cinq siècles !

- Tu veux dire que Kni est mort lui aussi !? Il ne reste plus qu'un tueur... moi...

Soudainement, le corps de Saucicon s'enflamma. Le tueur se désintégra rapidement sous la chaleur en expulsant un chaud cri de douleur.

- Et zéro tueur ! ricana cet être effroyable en regardant le saucisson grillé s'abattre par terre.

Motivé par un élan de terreur, il s'enfonça dans les profondes galeries de l'ancienne dictatrice et arriva dans la grotte aux grenades.

Toute l'armée qu'avait préparé Saladolf était là. Les centaines de fruits rouges attendaient l'ordre de leur maître pour attaquer PIC NIC Land. Notre nouveau personnage monta sur un grand rocher en surplomb, là où la salade dictatrice donnait habituellement ses ordres :

- Bonjour à tous !

Toutes les grenades se tournèrent vers la scène et écoutèrent le discours de cette personne qu'elles ne connaissaient pas.

- Je suis votre nouveau chef ! SALADOLF EST MORTE ! Elle, et ses trois andouilles qui la suivaient ! Bon... c'est un peu triste, parce que voilà, y'a tout le coté « J'aurais pu les aider dans le Sanctuaire mais je les ai regardé mourir » ou encore « Je m'en veux d'avoir tué l'un des Trois Nazes juste à l'instant » mais nous valons mieux que ça ! Cette vielle salade voulait que vous attaquiez Poire-régal aujourd'hui. Pour honorer sa mémoire, nous allons faire ce qu'elle souhaitait ! Et nous ne nous laisserons pas arrêter par des gosses employés par une pauvre patate !

C'est alors que des feux s'allumèrent tout autour des soldats.

- Détruisez Poire-régal !!!

Là-dessus, les grenades poussèrent un cri de guerre, et le reflet des flammes naissant de nulle part jaillirent dans le regard vif de ce nouvel ennemi... Qui se révéla être une cigarette...

CHAPITRE 54

Petit Rose fixait son adversaire avec confusion. Il était arrivé au paradis des aliments, mais allait devoir se faire violence en ce lieu mythique. Comme si cela n'était déjà pas suffisant comme raison pour ne pas se battre, il allait redevoir battre un tueur, qui était devenu son ami, et qui la première fois avait été dur à vaincre. Ce nouveau défi était des plus... originaux !

La Brindille apparut dans la main de notre chevalier. La tomate fit apparaître elle aussi une brindille qu'elle empoigna. « Alors c'est vrai » pensa Petit Rose. Tout était possible ici, même la création d'une arme aussi puissante qu' Excalibeurre.

- Commençons, lança Tomat.

Petit Rose se décida ; s'il voulait que son adversaire le sorte d'ici, il fallait le battre. Bien que fatigué de sa dernière journée, il fonça droit sur lui en brandissant son arme quand Tomat esquiva le coup, faisant preuve d'une vitesse étonnante. Comme il l'avait appris, il ne fallait jamais abandonner. Espérant encore, il courut vers le fruit en voulant le toucher : la tomate se montra à nouveau intouchable.

Le radis s'arrêta quelques secondes, puis regarda l'ancien tueur rigoler. C'était un jeu, pas un combat.

- Si tu parviens à m'atteindre, je te donne une information, déclara-t-il.

Oui, c'était bien un jeu. Mais à quoi voulait jouer Tomat ? Petit Rose fonça droit sur lui, concentrant toute sa force dans la rapidité de ses jambes, mais une fois de plus la tomate esquiva. Comment Tomat pouvait-il se déplacer si rapidement ? Il semblait plus agile encore que la dernière fois !

Petit Rose devait absolument obtenir le savoir de l'ancien tueur. Pour cela, il devait réussir à le toucher. Mais les choses se répétaient, comme lors de leur ancien combat... Une fois encore il n'arrivait pas à atteindre cette maudite tomate ! Cette fois-ci il devait se battre sans l'aide du Poulet de Lumière. De toute manière, il ne pourrait intervenir.

- Touche-moi, envoya Tomat.

- C'est impossible, fit Petit Rose en laissant apparaître un rictus.

Oui, il riait. Était-ce une défense pour montrer qu'au fond de lui il doutait à nouveau ? Ou simplement se moquait-il de sa propre situation ?

- Tout est encore possible !

Petit Rose ne voyait pas comment. Il s'imagina à nouveau courir après la tomate sans pouvoir l'attraper... il allait tout simplement s'épuiser, comme le voulait la stratégie de Tomat. « Le seul moyen de le frapper serait qu'il soit enchaîné. Et là, oui, tout serait possible. A moins que... »

- Mais bien sûr ! réalisa le radis.

Pour une fois, c'était son esprit et non la Brindille qui s'était illuminé.

- Tout est possible ! Tout est faisable au Pafradis !

Alors, une chaîne métallique sortit du sol et s'enroula autour de la jambe de Tomat, l'immobilisant pour de bon. Petit Rose s'avança vers lui et lui porta enfin un coup !

- Enfin tu as compris, sourit l'ancien tueur.

- Je suis un soldat, pas un intellectuel !

- Ne crois pas que les deux soient incompatibles Petit Rose. En mourant, le Poulet de Lumière a enseigné une leçon.

- Une leçon ?

- Le Poulet de Lumière s'est servi des cristaux qui se trouvaient dans la grotte pour combattre Saladolf. Il a utilisé son terrain comme arme. Tu devrais t'en inspirer.

- Ouais... enfin tout ça pour apprendre ça.

- Mais ne t'en fais pas ! Je vais t'en dire des « révélations » ! Mais avant... tu vas devoir me retoucher !

Soudain, la chaîne se dématérialisa !

- Non mais c'est pas vrai ! ronchonna notre chevalier, harassé.

- C'est mon devoir de t'entraîner, envoya la tomate, toujours cette envie de jouer dans les yeux.

Je veux que tu sauves PIC NIC Land ! C'est ma manière de me rattraper... pour tout le mal que j'ai fait. Ceci est ma rédemption.

Sur ces paroles, le tueur s'élança vers notre héros et lui envoya un coup de brindille qu'il répliqua à l'aide de la vraie Brindille. Ils se prêtèrent alors à une succession de passes, frappant les armes en bois avec force et agilité sous de multiples entrechoquements.

Le radis voulu refaire apparaître une chaîne métallique mais elle fut dissoute en quelques secondes. Entre quelques coups de Brindille, il essaya de matérialiser un mur entre lui et son adversaire. Il s'écroula de suite. Le chevalier battit en retraite pour pouvoir réfléchir un peu. Chaque création se détruisait. Tomat devait probablement penser à la dissolution de chaque matérialisation. De ce fait, tout ce que créait Petit Rose ne pouvait tenir très longtemps.

- Tu pensais m'avoir ? provoqua-t-il, un plan dans la tête. Il suffit que je pense que tu ne puisses rien dématérialiser ! Et vu que tout est possible, ça arrivera !

Sur de lui, il fonça vers son cible qu'il rata.

- Quoi ?? Mais ça m'agave ton jeu là !

- Haha ! Un peu de ...

- Courage ?

- Simplement d'humour.

Énervé, l'être rose s'imagina parfaitement qu'il allait atteindre la tomate. Il se dit : « Tomat ne pourra rien éviter. RIEN ». Il s'élança, épuisé, sauta, et atterrit sur la tomate en la frappant d'un gracieux coup. Enfin !

- Et bien voilà ! lança-t-elle.

- C'est pas évident de se battre ici !

- Tu rigoles ?

- Ah non !

- Tu aurais pu te dire depuis le début que je ne pouvais rien éviter. Ça aurait été plus rapide !

- On aurait pu faire un combat normal aussi. Ça, ça aurait été plus rapide !

- Un combat normal ça aurait ennuyé le lecteur.

- Et cette discussion tu ne crois pas qu'elle l'ennuie ?

La tomate reprit alors son air solennel.

- Tu as raison Petit Rose. Il est temps de tout te dévoiler.

C'était pas trop tôt. Notre chevalier rose allait enfin savoir ce que Tomat avait voulu dire quand il parla de nouveaux ennemis. L'ancien tueur annonça alors :

- Mince, j'ai mal à la gorge.

- Mais c'est pas vrai !!

- Bon, cette fois promis je te dis tout !

- J'espère.

- Donc, quand Saladolf m'a recruté...

- T'es obligé d'aller aussi loin ?

- Mais quoi encore !?

- Là on est encore partis pour un paragraphe de deux pages !

- Sans ça tu ne comprendras pas !

- D'ACCORD !

- Quand Saladolf m'a recruté, Kni était déjà à ses cotés. Il avait toujours été son conseiller, son bras droit et son garde du corps en quelque sorte, depuis qu'elle était devenue une personnalité politique importante. Saucicon, lui, avait été engagé quelques jours avant moi. C'était soi-disant un grand homme politique mais un peu attardé. Il était surtout attardé. Ses idéaux rejoignaient ceux de Saladolf. « Le monde ne peut pas bien fonctionner sans dictature. Sans un chef suprême imposant un monde dans lequel chaque individu lui doit obéissance ». Moi, j'étais l'un des disciples de Bouddhin, entraîné à répandre la paix, tout comme Saladolf. Une fois devenue très proche de Bouddhin, celui-ci la nomma digne héritière du trône, qui lui succéderait à sa mort. Elle en profita pour lui ôter la vie dans un grand combat qu'elle avait provoqué. Elle se proclama donc reine de PIC NIC Land, et nous, qu'elle nomma les « Trois Nazes », devions faire régner la terreur. Elle s'était entouré de trois personnes qui ne pouvaient pas la trahir. Car, chacun de nous trois gagnait quelque chose. Kni pouvait, grâce à sa haute place, devenir puissant et vivre luxueusement comme il le rêvait. Saucicon pouvait enfin réaliser ses fantasmes les plus sadiques envers le monde, et faire régner la tyrannie. Quand à moi, Saladolf prétendait pouvoir redonner vie à ma tendre chérie... Mais au bout de quelques jours, le Poulet de Lumière intervint et nous détruisit pour sauver son monde. Il exila Saladolf au Tartare pour la punir de ses actes. Et de toute manière... il était incapable de la détruire. Quelque chose la protégeait... quelqu'un la guidait. Voilà pourquoi il l'a exilée. Parce qu'il ne pouvait pas la tuer. C'est ce qu'elle nous a révélés quand cinq cents ans plus tard elle nous réveilla. Elle était au service d'une personne maléfique. Une personne qui lui avait permis de rester en vie durant toutes ces années. Un être qui lui avait confié un peu de ses pouvoirs, comme sortir du Tartare, ou bien de passer inaperçu aux pouvoirs du Poulet de Lumière, ou encore de nous ressusciter. Nous nous sommes alors rendus à Panieta, pour reprendre là où nous nous étions arrêtés. Une immense tour avait été bâtie au centre de la ville : la Patatour. Les règnes s'étaient enchaînés et c'était à présent une vielle patate, habitant dans ce pseudo paradis des loisirs, qui se prétendait roi. Cela ragea Saladolf qui, prise de colère, voulut rentrer à l'intérieur. Un homme se présenta alors à nous... UNE CIGARETTE. Il nous empêcha de rentrer. C'était apparemment le maître de Saladolf qui l'avait envoyé pour nous aider. Il était surtout là pour s'assurer que cette fois-ci on ne foire pas tout. Il était le bourreau de cet être à l'infinie puissance du mal que seuls lui et Saladolf avaient déjà vu. La cigarette répondait au nom de Mal Bourreau.... C'est lui qui élabora les plans depuis. C'est lui qui dressa la selamandre et le vampiranha qui vous ont attaqués. Lui qui m'a dit d'attaquer Ban'Anne à Guêpes à Temps. Mais... très vite les relations entre Saladolf et lui se dégradèrent. Presque tous les jours ils s'engueulaient, les deux ne voulant pas se faire commander par l'autre. Soudain, toi et tes amis avez ouvert le Sanctuaire. Saladolf, Mal Bourreau et Kni y sont alors allés. Le Poulet de Lumière terrassa la salade et son tueur, tandis que la cigarette les regardait mourir... Du moins c'est ce qu'il pensait...

- Ne me dis pas que...

- Si. Saladolf est encore en vie Petit Rose... Et ton nouvel ennemi, c'est Mal Bourreau.

- Attends un peu. Comment peux-tu affirmer que Saladolf n'est pas morte ?

- Chaque âme après sa mort s'envole au Pafradis pour savoir si elle mérite sa place ici. Saladolf n'est jamais venue. Elle est forcément vivante.

- Et Kni ?

- Il n'est pas là non plus...

Le désespoir habilla l'âme du radis, exténué. « Le Poulet de Lumière se serait-il sacrifié pour rien ? »

- En fait, tu m'annonces que nos ennemis ne sont pas morts, et qu'ils sont maintenant plus nombreux.

- J'en ai bien peur.

- Même pas une bonne nouvelle ?

Soudain, Saucicon les rejoignit en haut de la belle et imposante colline.

- Salut Tomat ! fit-il, soulagé de le trouver ici.

- Mais que fais-tu là ?

- Mal Bourreau m'a tué. A l'instant ! Apparemment je vais passer devant un conseil céleste pour savoir si je mérite ma place ici.

- La voilà ta bonne nouvelle, envoya finalement la tomate au chevalier. Un ennemi de moins !

Subitement, Excalibeurre s'illumina à nouveau et ramena Petit Rose à sa place : dans le monde des vivants.

Il réapparut là où il avait été téléporté la première fois : dans le Jardin Dead End. Son arme divine faisait vraiment partie intégrante de lui. Il avait à présent, grâce à elle, des réponses. Et, surtout, il avait retrouvé la paix en lui. Les carottes étaient loin d'être cuites.

Tomat était bien, là-haut. Un jour il le rejoindrait, et se livrerait avec lui dans un réel combat. Mais avant cela il devait débarrasser PIC NIC Land de Kni, Saladolf, Mal Bourreau, et de ce mystérieux maître qui se cachait dans l'ombre.

CHAPITRE 55

Entre les grands arbres de Braises-des-Bois, un petit groupe d'aliments sales et fatigués arrivait au bout de son trajet. Ils n'étaient pas d'ici. Il y avait une pomme, un poireau, ainsi que deux bouteilles de bière. « Voilà les ouvriers » cria un habitant du village du haut de sa cabane. Un autre groupe se joignit à eux. Ces aliments là étaient en revanche de Braises-des-Bois. Il y avait une pêche, deux choux, ainsi qu'un fenouil.

- Que voulez-vous ? engagea l'un des choux.

- Du bois, qu'est-ce qu'on viendrait faire sinon dans ce coin perdu ? rétorqua une bière.

- Mais du bois, on vous en a pas vendu y'a quelques jours ? demanda la pêche.

- Nous avons tout utilisé pour fabriquer des armes, annonça la pomme.

- Des armes !? s'étouffa le fenouil.

- C'était une demande de M.Patateuh, révéla le poireau.

En haut d'un arbre, perché dans une cabane, Ban'Anne, Monique et les deux enfants observaient la scène.

- Que fait votre mari ? questionna la banane.

- James est bûcheron, lui répondit Monique. Lui et ses collègues coupent régulièrement du bois pour les besoins de Castle Roll.

« Des armes pour M.Patateuh ! » réalisa Ban'Anne. Il s'agissait sûrement des répliques d'Excalibeurre que Groignon et Emmanite étaient allés commander.

- S'ils viennent de Castle Roll, ils vont pouvoir m'indiquer la route pour retourner à Panieta !

Le fruit descendit de la cabane puis se dirigea vers les bûcherons et les ouvriers. Leur affaire était réglée ; James et ses collègues allaient couper quelques arbres. Le groupe de la ville minière commença à partir quand Ban'Anne les rejoignit.

- Yô les gars !

- T'es qui toi ? rétorqua une bière en arrêtant le groupe.

- Je m'appelle Ban'Anne. Je viens de Panieta, et j'ai perdu mon chemin. Pourrais-je vous suivre puisque Panieta ne se trouve pas très loin de Castle Roll ?

- On va po s'trimbaler un môme avec nous, râla la pomme.

- Tu vas nous ralentir gamine, poursuivit l'autre bière.

Les ouvriers reprirent leur marche, alors la jeune banane dut improviser :

- Je travaille pour M.Patateuh. Si vous ne m'aidez pas, ça pourrait ne pas trop bien se passer pour vous...

- Elle s'défend bien l'avortone ! lança le poireau.

Tout en continuant d'avancer, la pomme déclara :

- On va faire un tour au bar, le temps que notre bois soit coupé. Rejoins-nous ici dans une heure.

Le groupe disparut entre les arbres et Ban'Anne se retrouva seule au milieu de ce village naturel. Qu'allait-elle faire pendant une heure ? Elle n'eut pas le temps de se poser la question. Avant de pouvoir s'ennuyer, une mystérieuse merise sortant de nulle part s'approcha lentement de notre fruit, de manière inquiétante.

- Par la barbe à papa... mais qui êtes-vous ?

- Et vous ?

- Votre humble servante, fit le fruit rouge en s'agenouillant.

- Relevez-vous ! lui dit la banane, confuse et surtout gênée.

- Vous avez sur vous la Clé de la Terre... J'attends votre venue depuis de nombreuses années... Enfin vous voilà.

- En fait ce n'était pas prévu...

- Pourquoi êtes-vous ici alors ?

Ban'Anne songea à la Brindille de son ami rose. L'avait-elle amenée ici pour une raison ? La merise, vêtue d'une cape et d'un long bâton, avança son visage près de celui du fruit et écarquilla ses imposants et mystérieux yeux sombres.

- Tu es ici parce que le destin t'y a menée. Il t'a menée à Braises-des-Bois... et t'a amenée à moi.

Le mystérieux personnage tendit un bras à Ban'Anne.

- Je suis Merlise l'enchanteresse, mage de la destinée, druidesse des temps anciens, magicienne de l'instant et sorcière à ses temps perdus.

- Ravie de vous rencontrer Merlise, sourit Ban'Anne en lui serrant la main, intriguée par cette amusante confusion.

- Allez, il faut y aller !

Toujours main dans la main, l'enchanteresse partit en courant vers les infinis arbres en entraînant la jeune artiste.

- Mais où est-ce que vous m'emmenez ?

- Vers une porte fermée à clé depuis des millénaires !

- Ah quoi ça sert d'y aller alors ??

- Tu as la clé permettant de l'ouvrir, sombre glande !

Ban'Anne décida de ne pas répondre. Trop d'événements survenaient d'un coup, et tous s'enchaînaient bien trop rapidement. Dans quoi se fourrait-elle encore comme aventure ? Elle n'en avait pas la moindre idée. Elle savait juste qu'elle devait durer moins d'une heure, sinon elle ne pourrait rentrer à Panieta. Elle élança ses jambes pour courir aussi vite que la merise, mais celle-ci était bien plus rapide. Ban'Anne écarta les doigts : aucun moyen de se retirer. Elle devait résister et continuer à courir.

Merlise s'arrêta enfin dans un petit pré ou aucun arbre ne semblait vouloir pousser. Ban'Anne reprit son souffle et identifia ce qui semblait être une grande plaque en fer sous ses pieds. La magicienne s'agenouilla près d'une trappe.

- Personne ne sait d'où vient cette trappe, ni où elle mène.

- A part vous, je suppose ?

- Évidemment. Et tu le sauras toi aussi dès que tu l'auras ouverte.

Ban'Anne sortit de son sac les quatre clés que le Poulet de Lumière lui avait léguées, puis s'approcha de la trappe. En les examinant attentivement, on remarquait deux choses : premièrement, elles correspondaient toutes à la serrure ici présente. Néanmoins, on pouvait voir une différence de couleur sur chacune d'entre elles. L'une était rouge vive, une autre verdâtre, la troisième présentait une nuance de blanc tandis que la dernière était habillée de bleu.

- Laquelle permet d'ouvrir cette trappe ?

- La verte.

Ban'Anne prit ladite clé et l'inséra dans la serrure qui activa soudainement la disparition de la porte souterraine. La magie avait opéré ; rien d'étonnant quand on savait que les clés avaient appartenu au Poulet de Lumière.

- Qu'est-ce qu'on fait alors... on descend ?

- Bah, à moins que tu veuilles rester planter là jusqu'à la nuit des temps...

- Non mais alors, excusez-moi de commencer tout juste à connaître ce monde et de ne pas être sûre de ce qu'il faut faire ! Excusez-moi de ne pas être sorcière de la destinée hein !

- Ho mais calme toi ma jeune amie. Et c'est mage de la destinée. Allez, on descend !

La banane et la merise s'agrippèrent à une très vielle corde qui amenait à plusieurs mètres sous la terre. Malgré la peur qu'elle cède sous le poids des fruits et le poids des années, elles descendirent sans encombre et avancèrent ensuite dans un étroit tunnel où seule la clarté des rares rayons du soleil atteignant l'endroit pouvait les guider.

- Où est-ce qu'on va ?

- Tu t'inquiètes ?

- Normal ?

- Faut pas que tu t'inquiètes.

- Nous sommes dans un tunnel, dans le noir, à des mètres de profondeur, et personne n'y a jamais été...

- Tu t'inquiète pour rien.

Merlise était calme et marchait avec beaucoup de charisme. Elle présentait une fière allure et cela allait très bien avec sa fonction : mage.

Un mage, quel qu'il soit dans n'importe quelle œuvre, est un sage qui contrôle la magie. Même dans PIC NIC Land. Le chevalier, lui, n'est qu'un soldat.

Ban'Anne se sentit un peu honteuse à coté de ce nouveau personnage, surtout qu'elle doutait encore de ses capacités de combattante, et ce depuis sa défaite face à Tomat. Elle avait un peu peur... Pourtant, elle était l'un des seuls personnages un minimum censés de notre histoire. Mais sa peur était compréhensible : où diable allait-elle ?

Un cornichon l'arracha alors de ses profondes pensées en la bousculant. Sous le cri de peur de Ban'Anne, l'enchanteresse se lança sur cet inconnu, ayant pour mission la protection de notre héroïne. Une fois à terre, Merlise posa la main sur son corps(nichon).

On aurait dit qu'elle était en train de le vider de son énergie. Quelle magie époustouflante ! Elle était mage après tout. Toutefois, le cornichon commença à agoniser. « Arrêtez... je vous en prie » suppliait-il. Mais Merlise semblait insensible à la souffrance de ce nouveau personnage, et persistait dans son drainage d'énergie. Elle était en train de le vider de sa vie.

- Vous devriez arrêter ! tonna Ban'Anne, compatissante.

- Il le mérite, soutint la mage. Il n'avait rien à faire ici.

- Vous...

- Je suis maîtresse de la magie ! Obéis moi : ne bouge pas !

Voyant la douleur du pauvre aliment s'intensifier, Ban'Anne n'hésita pas une seconde : elle fonça sur Merlise et la bouscula. Le cornichon prit une bonne bouffée d'air ; le sortilège avait pris fin. La sauveuse se pencha sur la pauvre victime et vérifia son état. En concluant un bilan positif, elle l'aida à se relever et s'approcha de la merise, en colère :

- Vous alliez le tuer !

Merlise ne répondit que d'un énorme sourire. Ban'Anne rapprocha son visage du sien :

- Dîtes quelque chose bon sang !

- J'attendais cette réaction, à vrai dire...

- C'est ça.

- Quiconque rentre dans un Domaine Sacré doit être pur.

- Vous êtes pure vous ?

- Mais oh ! Le cornichon était payé pour cette mise en scène ! C'était un test, pour savoir si tu allais le sauver. En définitive : TU ES PURE.

- Ouais et bien j'espère qu'il a été bien payé pour souffrir.

- Mais il n'a pas souffert ! C'était de la MISE-EN-SCENE.

- Vous voulez dire que vous n'avez aucun pouvoir ?

- ... tais-toi donc !

Reprenant une fière allure, Merlise continua la marche vers les fins fonds du tunnel. Ban'Anne la suivit, accompagné du cornichon.

*

Finalement, après d'éternelles minutes dans le silence et l'obscurité la plus profonde, les trois aliments arrivèrent à un cul-de-sac. Un cul-de-sac qu'ils purent entièrement distinguer grâce à une douce lumière qu'émanait à présent le bâton magique de la magicienne.

- Vous ne pouviez pas nous éclairer avant ?

- Où serait passé le coté aventure ?

Elle s'assit, sereine, près du mur de terre qui se dressait devant-eux. Le cornichon fit de même. Se questionnant sur à peu près chaque chose qui se passait, et n'ayant jamais aucune explication, Ban'Anne tenta de parler quand Merlise posa sa main sur ses lèvres, signe qu'elle comprit très bien.

Enfin non. Elle ne comprenait pas.

Pourquoi fallait-il rester silencieux ?

Elle s'arma de patience et attendit.

Longtemps.

Très longtemps.

Très très longtemps.

Jamais la banane n’avait entendu un tel rien. Enfin du coup elle n'entendait rien quoi.

Et surtout, jamais elle ne s’était autant ennuyée.

Je pouvais en dire autant pour moi.

…

- Qu’est-ce qu’on attend ? demanda enfin Ban'Anne, prête à s’emporter.

- Le Dieu de ce Domaine Sacré, répondit la mage.

- Et... quand arrive-t-il ?

- Patience. Il ne sait peut-être pas qu'on est là.

- Alors pourquoi doit-on rester silencieux ?

- Quand on a à faire avec un dieu, on se montre respectueux, c'est tout. Une règle de politesse que je vais devoir t'enseigner.

- Mais en restant silencieux, il risque pas d'arriver votre dieu !!

- Et bien voilà ! On gueule là ! T'es contente ?

Interpellé par le bazar des deux fruits, la tête d'un ver surgit de par le mur de terre, laissant le long de son corps luisant dans cette épaisse couverture qu'il creusait pour se frayer un chemin. A la vue de ce visage gluant sortant du mur, la dispute se stoppa.

- Oh, qu'est-ce qui vous prend ? fit le ver de sa drôle de voix.

- Qui êtes-vous ? demanda Ban'Anne en examinant du regard l'étrange animal.

- Tu oses venir ici sans savoir qui je suis...

- J'ignorais l'existence même de cet endroit il y a trente minutes !

Le ver sortit de la terre et offrit un spectacle des plus impressionnants. Il descendit son long corps humide cylindrique et allongé, puis l'avança en direction de la banane en rampant sur le sol.

- Bienvenue dans le Domaine Sacré de la Terre, jeune fruit. Je suis le gardien de cet endroit. Notre bon poulet n'étant plus, il est de notre devoir, aux quatre élémentaires, de te guider, toi et tes amis, vers la victoire.

CHAPITRE 56

- Le Feu, la Terre, l'Air et l'Eau. Ces quatre composants sont la condition même de la création du monde. Du moins le nôtre. On les appelle les Éléments. La magie est l'essence même de PIC NIC Land, et celle-ci se répartie en ces quatre fractions. Chaque pouvoir, chaque sortilège, chaque forme de magie même la plus insignifiante, appartient à l'un des Éléments. Le Poulet de Lumière était capable de manipuler ces quatre grandes énergies. Il pouvait voler grâce à l'Air, qu'il manipulait à sa guise. Il pouvait chanter Cocorico en modifiant sa voix grâce à la Terre, qui nous a créés. Le Feu lui a permis, par exemple, de créer le Lac de Lave pour cesser la Vie Ta Mine. Mais, il avait...

- Bah et l'Eau ? le coupa Merlise. Tu donnes pas d'exemple ?

- C'est-à-dire que... je n'ai aucune anecdote là-dessus, dit le ver sacré.

- Ah bah voilà ! Comment elle va faire notre banane pour comprendre maintenant ?

- Je comprends très bien... soupira Ban'Anne, les bras croisés témoignant de son sérieux, contrairement à la mage qui semblait un peu folle sur les bords.

La guitariste n'avait pas envie de rire. Bien au contraire, elle était absorbée par cette fameuse explication. Enfin on clarifiait les choses, et son esprit n'attendait que d'autres éclaircissements, d'autres renseignements qui lui permettraient de mieux percer à jour ces zones d'ombres dans l'Histoire des picniclandiens. Le ver, ébloui par le vif et brûlant regard du fruit qui lui suppliait de continuer son histoire, le nourrit encore de savoir en reprenant son discours.

- Le Poulet de Lumière savait maîtriser le Feu comme la Terre, tout comme l'Air et ainsi que l'Eau. Mais, il avait aussi un autre pouvoir, qui ne régissait pas aux règles citées précédemment. Il réussit à créer une énergie bien supérieure à chacun des éléments, et cela en combinant ces quatre forces. Car le Poulet de Lumière pouvait contrôler des milliers de capacités, un nouvel élément fut créé, élément qui nous donna vie... élément qui donna au poulet son surnom...

- La Lumière... comprit Ban'Anne.

- En effet, continua le ver. Et le Poulet de Lumière, avec cette puissance quasi-illimitée, était donc le plus qualifié pour être notre dieu. Mais ces énormes pouvoirs n'étaient pas sans prix. A force de les utiliser pour vous, il devint faible, car chaque capacité utilisée lui aspirait un peu de sa force. Voyant sa vie s'épuiser avec la quantité de magie utilisée lors de la résolution de la dictature de Saladolf il y a cinq siècles, le Poulet de Lumière s'envola vers le Tartare en laissant tomber quatre plumes dorées dans notre monde. Chacune des plumes était imprégnée d'un Élément. A leur écrasement dans PIC NIC Land, leur impact surnaturel créa magiquement quatre nouveaux Sanctuaires, les Domaines Sacrés, avec chacun un gardien qui devait savoir contrôler parfaitement l'élément que représentait son sanctuaire. Tu es ici, jeune fruit, dans le Domaine Sacré de la Terre. Nous étions censés, moi et les trois élémentaires, faire régner la paix dans PIC NIC Land une fois le Poulet de Lumière disparu...

- Voilà pourquoi il nous a laissé quatre clés, conclut Ban'Anne. Quatre clés permettant chacune d'ouvrir un Domaine Sacré. Une clé par élément.

- Tout à fait, approuva l'élémentaire. Je suis le Ver de Terre. Ta mission est de...

- J'ai compris. Ma mission est de vous sortir du Domaine Sacré et de réunir tous les élémentaires afin qu'ensemble, vous gouverniez sur PIC NIC Land.

- Heu... non, rétorqua Merlise.

- Les quatre élémentaires ne sont pas des guerriers. Nous ne savons pas nous battre.

- Je ne vous demande pas de vous battre ! Simplement de guider notre monde comme le Poulet de Lumière l'a fait durant des milliers d'années.

- Oui, mais comment faire respecter la paix sans se battre en période de guerre ?

- La guerre est terminée ! Saladolf a été vaincue !

La mage explosa de rire, manquant de s'étouffer.

- AHAHAH ! Tu l'entends ? Terminée ?? Haha ! Hahahaha ! La guerre n'est pas terminée !

Confus, Ban'Anne perdit son calme et s'emporta, ne mesurant pas ses mots face à la mage et au maître de la Terre :

- MAIS VOUS SERVEZ A QUOI VOUS DEUX !??

- On se le demande, fit le cornichon.

- Par la barbe à papa !! cria Merlise. On va vite se calmer là !

- Ton questionnement est justifié, répondit calmement le ver. Je vais te donner une réponse, qui j'espère te satisfera. Un jour, le Poulet de Lumière est venu dans le Domaine Sacré de la Terre et a demandé à l'un de mes ancêtres élémentaires de la Terre de créer une arme. Mais une arme magique, dans laquelle toute notre énergie tellurique serait canalisée. Ne connaissant rien aux armes, le poulet lui compta les récits de chevalerie du moyen-âge humain. Les hommes se battaient avec des épées. Nous les avons donc imités avec de modestes brindilles... mais des brindilles extraordinairement puissantes. Chacun des quatre élémentaires s'occupa de son arme et chacun l'imprégna par des moyens ancestraux de ses pouvoirs. Ils donnèrent leurs Brindilles à leurs descendants et les armes défilèrent au rythme des générations, qui à chaque époque les amélioraient. Voilà à quoi servent les élémentaires : créer, protéger et améliorer les Brindilles Sacrées, en attendant l'élu, être choisi par le Poulet de Lumière.

- Le Ver de Terre m'a formé, continua Merlise. Il m'a appris à utiliser la magie, et l'un de mes pouvoirs consiste à repérer la Clé de Terre, qui serait posséder par l'élu. Voilà pourquoi je t'ai amenée ici.

- Tu es l'élue de Duriandal, Brindille de Terre... révéla le ver en tournant son regard vers une brindille calée dans le mur.

Oui, une nouvelle Brindille se tenait ici, fixée à moitié dans la paroi de terre. La partie de l'arme qui n'était pas retenue était la garde.

Ban'Anne fut comme soudainement attirée par une force inexplicable se dégageant de cet objet légendaire.

Elle s'avança et posa ses deux mains sur l'instrument de combat. De combat. Pas de musique. Pour la première fois de son existence, l'artiste ne vouait pas une profonde admiration pour une chanson ou une peinture, mais bel et bien pour une arme.

- Tu es l'élue de la Terre, reprit le ver. Cette Brindille a été créée pour toi.

N'écoutant que son cœur qui lui disait qu'il était de son devoir de protéger une nouvelle fois PIC NIC Land, la banane retira l'arme prisonnière depuis tant d'années dans la façade de terre et détint dans ses paumes toute la magie tellurique canalisée depuis ce jour.

- Ah bah enfin ! Une heure qu'on attendait ça, râla Merlise en coupant ce moment solennel.

- UNE HEURE ? réalisa Ban'Anne.

D'un empressement radical, elle rangea sa nouvelle trouvaille dans son sac et accourut vers la sortie du Domaine Sacré. Cet épique épisode lui avait fait oublier son rendez-vous avec les ouvriers de Castle Roll. Devant cette attitude, la mage râla de plus belle :

- Mais c'est quoi le problème ? On lui révèle qu'elle est l'élue, elle est face au Ver de Terre quand même, elle s'empare de notre arme ultra-puissante MAIS elle s'en va. Comme ça ! Même pas un « merci ». Et le TRUC infâme: Elle range Duriandal dans SON SAC.

- Elle ne la garde pas dans sa main car elle est sage, révéla le ver. Elle ne se servira de notre arme que pour défendre son monde et non pour des actes personnels. Si elle part, c'est probablement pour une mission qu'elle va s'empresser d'accomplir. Elle est l'élue de la Terre...

- ... vous êtes sûr de ça ?

CHAPITRE 57

Tant de révélations bouleversaient considérablement l'ordre des choses dans ce monde si heureux quelques semaines plus tôt. Saladolf était revenue. La guerre avait commencé. Le dieu de lumière était mort. Petit Rose, Citrov et Ban'Anne ne voulaient qu'annoncer la fin de la guerre à leurs frères d'armes. Mais les révélations de Tomat et Merlise faisaient bien entendre qu'elle n'était pas terminée.

Armé de la Brindille de Lumière érigé par le Poulet de Lumière, Petit Rose avançait à travers l'abondante nature de PIC NIC Land pour retrouver le chemin de Panieta, quand soudain... un oiseau lumineux sortit de l'arme divine...

A des kilomètres de lui, Ban'Anne et sa Brindille de Terre conçue par le Ver de Terre suivaient le groupe d'ouvriers, dans le but de rejoindre aussi la Patatour.

Quant à notre troisième élu, il attendait patiemment le retour de ses deux amis auprès de Maréchal Pépin. Le citron se devait, en tant que bon soldat, faire le rapport de son voyage à son patron. C'est comme ça qu'il lui expliqua la rencontre avec le Poulet de Lumière, ses révélations, et surtout le combat qui les opposa à Saladolf. La mort du dieu illuminé attrista fortement le bon vieux président, qui décida de se séparer de ses soldats un petit moment.

Il monta à l'étage neuf cent quatre-vingt-dix-neuf et pénétra dans une grande pièce harmonieuse.

Chaque lecteur l'imaginera comme il l'entendra.

Il est temps de prendre un moment de repos.

Maréchal Pépin s'assit et s'enfouit dans une profonde méditation.

Il était temps de prendre pour chacun un moment de répit.

La guerre allait à nouveau éclater, et nous devons à présent tous reprendre des forces.

C'est là-dessus que je termine mon chapitre, épuisé de raconter cette histoire.

CHAPITRE 58

Non mais je suis vraiment fatigué là.
Laissez-moi au moins un chapitre de repos.

Merci.

CHAPITRE 59

Maréchal Pépin avait commis une terrible erreur en gardant la guerre secrète. Comment son monde pourrait-il s'y préparer dans cette obscure ignorance ? Tant de jours qu'il essayait de comprendre tous ces mystères qui se plaçaient devant lui. Il savait mieux que quiconque comment l'ignorance pouvait semer doute et confusion. Il était temps. Son peuple était prêt à savoir. Il le devait. En sortant de sa transe, la pomme de terre possédait une déterminante conviction de tout avouer, dans une heure, sur la grande place.

Citrov approuva l'attitude du bon maire et parcourut les nombreuses rues de Panieta avec l'aide de ses frères d'armes, en portant la nouvelle. Rapidement, l'information des soldats de la Patatour fit le tour de la ville et tous les paniétiens se réunirent sur la grande place au centre de la ville.

Au cœur de ce grand espace se trouvait une très haute statue représentant le Poulet de Lumière. Elle avait été édifiée il y a cinq cents ans en l'honneur du dieu plumé qui envola Saladolf loin de PIC NIC Land et délivra ses habitants. La reine Georgette Bush, une bouchée à la reine, élue par le peuple au lendemain de la guerre, fit construire ce monument pour remercier le poulet de les avoir sauvés.

C'était à ses pattes que, cinq siècles plus tard, Maréchal Pépin décidait de révéler sa disparition aux habitants de PIC NIC Land.

- Bonjour, commença-t-il.

Devant lui s'étaient réunis des centaines et des centaines d'aliments, tous prêts à écouter le nouveau discours de la patate. Des journalistes s'étaient déplacés, prêts à le filmer pour que son discours passe en direct sur Baie et Fun Thé Vert.

- Le Poulet de Lumière est mort ! déclara-t-il intelligiblement.

Des cris surgirent de la foule, provoquant un pénible vacarme.

- Il n'pouvait pas dire ça plus subtilement ? désespéra Citrov.

- C'est Patateuh quoi... souffla Nuisette. Tu t'attendais à quoi ?

- Le Poulet de Lumière nous pensait dans un monde serein et pacifique, reprit le président, que les paniétiens écoutèrent apeurés. Mais il n'en est point. Derrière notre utopie paradisiaque, nous dissimulions des souffrances. La peine existe. La douleur existe. La mort, existe... Nous vivons dans un monde bien réel. Le poulet incarnait la lumière. La lumière du jour qu'il nous révélait avec son cocorico tous les matin. A présent... il n'est plus là, pourtant le soleil rayonne toujours. Nous rayonnons. Nous pouvons vivre sans lui. Ensemble, nous pouvons faire rayonner PIC NIC Land !

...

- VOILA ! termina le président.

La foule se déchaîna dans un bazar sonore des plus dérangeants. Les soldats restèrent calmes et patientèrent jusqu'au retour du silence... qui n'arriva pas.

- On fait quoi là ? demanda le citron vert à ses confrères.

- On retourne à la Patatour ? proposa Groignon.

- Bah, et ces pauvres gens ? s'inquiéta Clémentine. Il faudrait faire quelque chose...

- On est pas là pour les mettre aux petits oignons, reprit le professeur.

Discrètement, les soldats de la Patatour filèrent hors de la foule.

- Ne m'abandonnez pas ! s'écria Maréchal Pépin.

- Venez avec nous ! lui envoya Nuisette.

Retissant à l'idée de laisser sa ville dans cet état, le vieux président hésita.

- Allons-nous entraîner ! lui envoya Pâté. On a besoin de vous nous !

M.Patateuh, sous l'argument convainquant de Pâté, fuit alors la foule en délire. C'est alors qu'un aliment se matérialisa magiquement à la place où la patate se trouvait quelques instants plus tôt. Cet être énigmatique n'était autre que... Merlise. Interpellés par l'étrange fruit rouge vêtu de sa sombre cape et tenant son mystérieux bâton, nos héros retournèrent à leur place. Qui était-il donc ?

- Maréchal Pépin ! commença la magicienne, aux côtés du président.

- ... oui ? répondit-il, confus.

- Mon nom est Merlise. Je contrôle la magie, je lui parle... Surtout, elle me parle. J'ai en effet une affinité particulière avec la... attendez, on s'en fou de ça ! Si je suis venue c'est pour vous dire que vous devez absolument vous rendre à Poire-régal. La guerre va éclater !

- POIRE-REGAL VA ÊTRE ATTAQUÉ ?? s'étouffa la patate.

- D'un instant à l'autre ! répondit Merlise.

- Nous allons nous battre aujourd'hui ? demanda Citrov.

- Sans Petit Rose et Ban'Anne ? s'inquiéta Nuisette.

- Ban'Anne est sur le chemin du retour, révéla la merise. Ne vous inquiétez pas pour elle, ne perdez pas de temps.

En quatrième vitesse, les soldats de la Patatour coururent vers leur QG et s'équipèrent des armes avec lesquelles ils s'étaient entraînés. De retour dans son bureau, Maréchal Pépin appuya sur un vieux bouton d'alarme sur lequel était marqué « TAXI ». Quand les soldats furent prêts, des dizaines de baguettes de pain les attendaient en bas du petit escalier de pierres. Rapidement, les combattants les dévalèrent et bondirent sur les pains. Encore plus rapidement, les taxis filèrent en amenèrent l'armée jusqu'à Poire-régal...

CHAPITRE 60

Si rapidement qu'il n'aurait presque pas fallut changer de chapitre pour que je les décrive arrivés à destination.

Rendus à Poire-régal, les soldats se rendirent bien compte qu'ils étaient très loin de Panieta. Un climat plus chaud régnait dans l'atmosphère, dans cette ville de tout temps ensoleillée. De taille moyenne, Poire-régal était une douce ville agréable en bord de mer, habitée par des gens que le temps ne rattrapait jamais. En effet, il semblait figé, et ce depuis le moyen-âge alimentaire. La ville était très en retard par rapport au reste du monde, mais cela était voulu par les habitants, de peur que la technologie trop évoluée ne les pervertisse. Ils vivaient donc dans les conditions de l'époque, à savoir pas d'eau dans les maisons, pas d'électricité ou encore de chauffage moderne. Au nord de Poire-régal se trouvait, en haut d'une colline, un grand château. La demeure de notre clémentine...

- C'est là-bas qu'on doit se rendre, dit Clémentine en pointant du doigt l'imposant bâtiment de pierres.

Les trente-sept soldats venaient de débarquer dans Poire-régal, chevauchant sur leurs baguettes.

- Y'a quoi là-bas ? demanda Emmanite.

- Le roi et la reine, lui expliqua Groignon. Allons les prévenir que leur ville va être attaquée.

Soudain, des cris venant du ciel se firent entendre. Des fruits rouges étaient en train de chuter et criaient de peur en voyant le sol se rapprocher d'eux. Au moment de l'impact, des explosions se créèrent aux endroits où leurs corps s'étaient écrasés. C'était des grenades.

- Je crois qu'ils le savent maintenant, firent les têtes de Trois.

Les villageois hurlèrent de frayeur et fuirent dans tous les sens. Les grenades tombaient sans discontinuer telles d'infinies météorites. La ville de Poire-régal ne resta calme et plaisante que très peu de temps, car c'était à présent l'anarchie totale.

- Papa, maman, tonton, cousine, sœurette ! cria Paingeot à sa famille de baguettes. Vous êtes taxis et non des soldats. Partez ! Je ne veux pas vous retrouver en miettes !

Dans ce grand désordre, les baguettes s'en allèrent en laissant derrière elles l'armée de la Patatour, armée et prête à se battre.

- Qu'est-ce qu'on fait maintenant ? demanda une carotte.

- Citrov va nous le dire, dit la belle noisette en lui donnant un coup de coude.

- Moi ? Pourquoi moi ??

- Tu étais là avant nous tous. Tu es le plus proche de Maréchal Pépin.

- Je...

- Et tu m'as sauvée dans la Forêt Furet ! l'encouragea la clémentine. Tu sais prendre les bonnes décisions quand il le faut, hihi !

- Sois notre chef s'il te plaît, lui demanda Pâté en lui tapotant le bras.

- D'accord...

Citrov avança et se tourna, hésitant, vers ses compagnons. Jamais depuis sa naissance il n'avait eu autant de responsabilités.

- Et beh...

Entendant les explosions autour de lui ainsi que les cris des villageois, le citron vert se concentra et devint réellement sérieux pour la première fois de sa vie.

- Nous allons nous diviser. Il faut que nous soyons partout sur le territoire de Poire-régal pour protéger ses habitants. Il faudrait un petit groupe qui se rende au château pour savoir si le roi et la reine sont sains et saufs, mais aussi pour qu'ils nous expliquent ce qu'il se passe ici. Je ferai partie de cette équipe, avec... Clémentine, Pâté et Nuisette. Les autres, essayez de limiter les dégâts.

Les trois amis de l'agrume, sous son ordre, se joignirent à lui.

Ensemble, ils coururent entre les explosions en direction du château qui se trouvait à un bon kilomètre.

- Il se débrouille bien pour une première fois, lança une pomme.

- Héhé ! ricana Groignon. Et c'est moi qui l'ai éduqué !

- Chapeau, fit le champignon.

- Que fait-on ? demanda une saucisse.

- On va aider les habitants ! s'écria Paingeot en fonçant vers une petite fraise qui, sans son intervention, aurait été engloutie sous une maison qui s'écroulait.

Les grenades faisaient beaucoup de dégâts ; il fallait sauver la cité avant qu'elle ne soit totalement anéantie.

Imitant leur équipier qui venait de sauver cette jeune civile, tous les soldats se dispersèrent aux quatre coins de l'antique ville dans le but de protéger ses habitants.

ACTE VI
EXPLOSIONS DE GRENADES
CHAPITRE 61

Emmanite, qui suivait un petit groupe de soldats, s'arrêta près d'une grille de plusieurs mètres étendue par terre. Elle couvrait une sorte de fosse qui semblait continuer en profondeur.

- Qu'est-ce que c'est ? se demanda la jeune enfant.

- Nous n'avons pas le temps pour ça, lui rappela un poisson panné.

- C'est un trou et il y en a plusieurs dans le village, renseigna un ananas. Ils ont été creusés au cas où un raz-de-marée surgirait, pour que toute l'eau coule dans ces grandes cavités.

- J'ai une idée ! s'écria Emmanite. Nous allons nous servir de ce trou comme abri.

- Il nous faudrait pouvoir descendre...

- Trouvez une échelle ! commanda une patate musclée. Moi, je m'occupe de soulever cette grille.

*

Trois, un jambon et deux haricots se précipitèrent dans une rue étroite en entendant les pleurs d'une mère de famille de grains de maïs.

- Nous sommes venus vous sauver, la rassura le jambon enroulé.

La mère éclata en sanglot dans les bras du bout de viande. Trois remarqua alors qu'une dizaine de grains de maïs se trouvaient dans la ruelle. Tous cherchaient quelque chose.

- Venez avec nous, leur proposa Trois1.

- Attends, je crois que nous pouvons les aider, fit Trois2.

- Mon fils a disparu ! cria la mère.

- Et tout ça alors ? demanda l'un des haricots.

- Ce sont mes fils. Mais il en manque un !!

- Et bien, je ne sais pas comment vous faîtes pour vous différencier. Vous vous ressemblez tous !

- Madame, la pria Trois3. Vous devriez sortir de cette rue, vous écarter des bâtiments.

L'autre haricot alla consoler les enfants et leur dit de rejoindre leur mère.

- Notre frère est encore dans notre maison ! cria un grain.

- Nous devons aller le sauver ! cria un autre.

Voyant ladite maison renfermer de terribles flammes qui tentaient de fuir par les fenêtres et sur le point de brûler totalement, le haricot vert éloigna les enfants de leur foyer, puis la grappe les accompagna jusqu'à leur mère.

- On se tire ? proposa la charcuterie, qui ne voulait surtout pas finir en jambon fumé.

Un cri surgit alors d'entre les flammes.

- Allez-y, ordonna le légume vert à ses frères d'armes. Je vais sauver le petit grain de maïs manquant.

- Tu es sûr Harry ? lui demanda son acolyte de même race, apeuré.

- Nous devons sauver les habitants de Poire-régal. Tous.

*

En effet, TOUS devaient être sauvés. Et les soldats de la Patatour ne l'ignoraient pas.

Le carnage continuait. Les grenades explosaient encore et encore et faisaient de nombreux blessés dans le village. Différents groupes s'étaient créés, aidant le plus de civils qu'ils pouvaient.

Poire-régal était une très grande ville ; peut-être n'arriveraient-ils pas à sauver tout le monde.

« Ce n'est pas ce qu'il faut se dire » pensa Paingeot qui, entre les décombres, ramassait les aliments blessés sur son dos. Tout autour de lui, ses compagnons venaient au secours des villageois. Tandis que certains soulevaient des débris de bâtiments pour aider les habitants coincés sous les décombres, que d'autres les sortaient des maisons et des flammes, certains restaient près de ceux qui étaient dehors pour éviter d'autres accidents. Seulement que pouvaient-ils réellement faire ? Cette question ne se posa plus quand l'ananas, la patate musclée et le champignon firent circuler l'information qu'une planque souterraine avait été découverte.

Tous les soldats se devaient alors de : Premièrement, sauver les habitants. Deuxièmement, les amener dans la fosse pour se réfugier.

*

Au même moment, Citrov, Clémentine, Nuisette et Pâté continuaient leur course au beau milieu de ce carnage, évitant les bombes qui tombaient et explosaient sur leur chemin pour arriver au château.

Ils traversèrent enfin tout Poire-régal et grimpèrent en haut de la colline qui surplombait tout le paysage littoral, franchirent le pont-levis puis arrivèrent aux pieds de grandes portes antiques. A leur venue, elles s'ouvrirent et nos héros accédèrent à la cour de la forteresse. Au centre de celle-ci se trouvait une clémentine, habillée d'une légère tunique blanche et de bracelets dorés.

- Clément... souffla Clémentine.

- Sois la bienvenue chez toi ma chérie, fit-il.

« Alors c'est vrai » comprit Citrov. Clémentine était bel et bien promise à un autre. Sa tristesse et sa faiblesse l'empêchèrent d'un coup de faire quoi que ce soit, si bien qu'il ne fit rien, malgré son devoir de retrouver le roi et la reine.

- T'es qui, toi ? demanda Pâté, énervé en voyant le chagrin revenir sur le visage de son ami vert.

Clément n'eut pas le temps de répondre que des grenades déferlèrent fougueusement dans la cour et détruisirent les murs qui l'encerclaient. Les centaines de pierres s'écroulèrent sur les cinq protagonistes sans que personne ne puisse venir à leur secours, les enterrant sous des milliers de roches. De toute manière, personne n'aurait pu ; cet imposant tas de cailloux bloquait à présent totalement l'entrée du château.

- Clémentine !! cria le citron vert, piégé entre les pierres.

- Citrov ! Où es-tu ?

- L'avalanche nous a tous séparés, cria Nuisette encore plus fort, voulant se faire entendre par ses amis malgré l'épaisseur des murs de gravats qui les divisaient.

- Pas tous ! cria Pâté. Nous sommes ensemble avec Clémentine.

- Et je suis avec Clément… continua Citrov.

- Je suis toute seule !! cria de plus belle la noisette.

- C'n'est pas grave, tenta de rassurer le citron vert. Personne n'est blessé ?

- Juste un peu sonné, fit la boîte.

- Il n'y a aucun moyen de se rejoindre, constata Clémentine en essayant de suivre le son de la voix de ses amis.

- J'ai peur ! cria Nuisette en essayant de dégager les masses de pierres sans résultat.

- N'vous inquiétez pas, dit Citrov en apercevant une sorte d'étroit passage devant lui. Il va falloir avancer. Si vous n'y arrivez pas, essayez d'vous frayer un chemin vers le château. Une fois sortis, assurez-vous de la santé du roi et de la reine. Ils passent en priorité. Nous pouvons nous délivrer de ces pierres. On s'en sortira vivants !

Nuisette, Pâté et Clémentine reprirent confiance en eux grâce à ce petit discours de la part de leur ami. Ils ne se laisseraient pas écraser par cette guerre. La bataille commençait réellement, et ils se devaient de vaincre l'ennemi.

- Mais t'es qui toi, au juste ? grommela Clément. Notre chef ?

- Aujourd'hui, oui.

CHAPITRE 62

- Vous m'entendez ? cria Nuisette.
- Oui ! lui cria Pâté de la même puissance.
- Mais je t'entends de moins en moins !
- C'est normal, on avance !
- Mais je n'y arrive pas moi ! Ni couloirs, ni lumière, ni...

Soudain, une grenade éclata juste au-dessus d'eux.

- Heu... en fait je suis bien là-dessous, à l'abri...

- Vous m'entendez encore ??

*

La cour du château était immense. Si elle avait été totalement engloutie sous ses murs, alors Citrov et ses compagnons devaient se trouver dans un véritable labyrinthe. Notre héros vert avançait lentement dans ces infinis couloirs qu'avaient créés la pluie de grenades, et la pluie de pierres.

- Sais-tu où on va ? ronchonna le prince, derrière lui.
- Nan.
- Et tu avances, comme ça ?
- T'as un autre plan ?
- Sauver Clémentine. Elle est ma promise.
- Le seul moyen d'la sauver est de sortir d'ici et d'appeler des renforts. Je tiens à elle moi aussi, ne crois pas l'contraire.

Clément empêcha Citrov d'avancer :

- Que dis-tu là ?
- Je l'aime.
- Mais elle ne t'est pas destinée.
- Est-ce que tu l'aimes toi ?

- Évidemment que je l'aime. Elle représente tout pour moi. J'ai vécu tellement de choses avec elle.

- J'ai aussi des souvenirs très forts avec Clémentine tu sais...

- Tss'. Arrête-toi là pauvre citron. Tu n'as aucun espoir avec quelqu'un de son rang. Ses parents, le roi et la reine de Poire-régal, ont passé un accord avec les miens pour que leur fils soit le futur roi, à condition bien évidemment d'épouser Clémentine et ainsi d'en faire sa reine. Je suis ce fils. Et je suis le prochain souverain de Poire-régal ! Sur ce, laisse-moi prendre les devants.

Clément écarta Citrov de son chemin et continua la route dans ce satané labyrinthe. Le citron le suivit, n'ayant pas d'autres alternatives.

*

- Est-ce que ça va ? demanda Pâté à la clémentine, inquiet.

- Pourquoi tu me demandes ça ?

- Ta ville est en train de se faire détruire et tes deux amours sont réunis, dans la cour de ton château dévasté...

- Citrov n'est pas mon amour...

- Pourtant tu l'aimes. Tout le monde peut le voir. Tu rigoles à ses blagues qui sont, si je puis dire, les plus nulles que j'ai jamais entendues. Vous êtes inséparables. Mignons. Et l'absence de ton petit agrume te rend totalement triste. Ne dis pas que tu n'as rien ressenti quand il t'a serré dans ses bras à son retour du Sanctuaire !

- Je dois fidélité à Clément... Il est l'amour de ma vie.

- Uniquement parce que tu as ancré les valeurs de ton royaume dans ta tête, à tel point que tu ne peux en sortir. Pour toi, rompre avec Clément serait comme rompre avec Poire-régal.

- Je suis la future reine. Il est normal que je fasse tout pour mon royaume.

- Et... tu ne pourrais pas faire de Citrov ton prince ?

- Non, un accord a été passé quand j'étais encore une enfant. J'appartiens à Clément.

Voyant que cette conversation menait à une impasse, Pâté et Clémentine s'engagèrent dans un étroit couloir dans l'espoir que lui, les amènerait quelque part.

*

Nuisette, quant à elle, ne pouvait avancer dans le labyrinthe. Elle était bloquée dans un espace confiné qui ne lui permettait presque pas de respirer. Comment allait-elle pouvoir faire quelque chose dans ce chapitre ?

- Non mais passe à autre chose... je vais rester comme ça longtemps. Parle donc de Citrov, c'est plus important ! Et surtout plus intéressant. Rah ces narrateurs ! A toujours vouloir remplir des pages et des pages.

*

Le citron vert et le prince progressaient à travers la multitude de tunnels dans l'espoir de trouver enfin une sortie. Au détour d'un couloir, la décision de continuer à gauche ou à droite s'impliqua. Le château se trouvant logiquement tout droit, les deux aliments se trouvaient face à un choix hasardeux. Le prince poursuivit le chemin vers la gauche tandis que le soldat trancha pour la droite.

- Qu'est-ce que tu fais ? demanda la clémentine. Tu ne me suis pas ?

- La voie de droite me semble plus attirante, répondit le citron vert, impassible. Et je n'te dois aucune obéissance.

- Toute personne est censée protéger le futur roi, au péril de sa vie !

- Je n'fais pas partie de ta cour.

Sans se retourner, Citrov poursuivit sa marche vers le couloir de droite. Seul, Clément commença à paniquer. Toute sa vie on avait pris soin de lui et on l'avait placé au centre du monde. La rancœur que lui portait le fruit le fit douter de lui. Tremblant, il continua vers la voie qu'il avait choisie. Il marcha, marcha, et marcha encore dans ce labyrinthe qui l'avait séparé de son château et de sa promise.

Il aperçut alors de la lumière au fin fond de cette longue galerie ! La confiance revint en lui aussi vite qu'il se mit à courir vers la clarté du jour. Clément se réjouit à l'idée que Citrov avait eu tort de prendre la direction opposée. C'était lui, qui avait eu raison.

Cependant, à des mètres de la sortie de ce tas de gravats, notre héros vert tomba sur ses deux compagnons.

- Clémentine ! Pâté ! se réjouit-il.

- Comment vas-tu ? lui demanda Pâté.

- Bien. Un peu sale, dit-il en tapotant de ses mains son corps habillé de poussière.

- Nous sommes tous dans cet état, lui sourit Clémentine.

- Des nouvelles de Nuisette ? demandèrent en même temps le citron et la boîte.

Comprenant qu'aucun ne savait où elle se trouvait, nos deux personnages s'attristèrent.

- Où est Clément ? s'inquiéta la clémentine.

Un énorme cri optimiste lui répondit, à des mètres d'elle :

- J'AI TROUVÉ LA SORTIE !!

Identifiant la voix de son prince, la clémentine se rua vers le son de sa voix. Citrov et Pâté la suivirent aussi vite. Vivement, ils la rattrapèrent et retrouvèrent le futur monarque, à quelques pas de la sortie. Clémentine sauta au cou de leur sauveur, qui l'embrassa.

- Je t'aime, ma bien-aimée.

Soudain, une grenade s'écrasa sur le toit fait d'une immense pierre qui reposait sur un équilibre incertain. Le cœur de Citrov se brisa en même temps que le rocher, et l'explosion provoqua la chute du gigantesque caillou sur nos quatre protagonistes qui le retinrent de justesse.

Leur force ne leur permettrait pas de tenir bien longtemps ainsi. La pierre était lourde ; leurs petits bras allaient céder d'une seconde à l'autre.

- Je ne vais pouvoir tenir longtemps comme ça, souffla Clément.

- Si on lâche, on se fait écraser ! tonna Pâté, effrayé.

- La sortie est juste à quelques pas ! cria Clémentine.

- C’est quand même trop loin. Si on lâche, on n'y arrivera pas vivants !

- Qu’est-ce qu’on fait alors ??

- Quelqu’un doit rester... déclara Citrov.

- Qu’est-ce que tu dis ? s’énerva Pâté. Il est hors de question que l’un d’entre nous se sacrifie !

- Citrov... fit la princesse, commençant à pleurer.

- C’est lui que tu aimes. Je n'pourrai vivre sans toi Clémentine... alors laisse-moi partir en compote, en vrai héros.

Les larmes de la clémentine appelèrent automatiquement celles de Pâté, qui ne put se retenir. Il ne dit rien, réduit au silence par la peur de mourir. Citrov avait raison, l’un d’entre eux devait rester.

- Partez... leur demanda le citron vert.

- Citrov... il doit y avoir une solution...

- Ne vous sentez pas coupables. Je comprends très bien que vous ne pouvez rester ici. La mort est ce qu’il y a de plus terrifiant... mais ce n’est rien comparé à vivre sans toi, Clémentine. Autant en finir maintenant.

Sur cette dernière parole, l’agrume poussa Pâté qui trébucha sur Clémentine. Le poids de la pierre s’intensifia et Citrov dut faire un effort prodigieux pour ne pas hurler de douleur. Ses bras allaient céder.

- DEGAGEZ !!!

Voyant le toit se rapprocher du sol, Pâté et Clémentine se relevèrent sous l’ordre de leur ami et sortirent enfin du labyrinthe, terrorisés. Notre héros éclata en sanglots.

- Citrov... commença le prince, ne sachant que dire.

- T'es toujours là toi ?

- Pourquoi fais-tu ça ?

Citrov sécha ses larmes et dit fièrement :

- Toute personne est censée protéger le futur roi, au péril de sa vie.

Là-dessus, il poussa Clément et porta la lourde pierre par sa propre force.

- Tu as intérêt à bien t’occuper d’elle.

- Je le ferai.

- Merci.

- Merci à toi...

- Dîtes à Petit Rose que j'lui fais confiance et que je sais qu'il sauvera PIC NIC Land.

- Nous lui dirons, je te le promets.

- J'te serrerais bien la main, mais j'ai un peu les mains prises. Et elles commencent à fatiguer. ALORS BOUGE !!

De peur que le toit ne tombe sur lui, Clément fila vers la lumière du jour que Citrov ne reverrait plus jamais.

Il s'assura du regard que ses trois compères étaient bien sortis...

...puis il lâcha prise.

L'imposante pierre s'effondra et s'écrasa finalement sur son petit corps vert.

CHAPITRE 63

La pluie de grenades ne cessait pas.

Le soleil ardent appelait les flammes à accroître et évoluer dans la cité.

La bataille était loin d'être terminée.

Nuisette et Citrov étaient restés dans ce labyrinthe englouti, mais Pâté, Clémentine et Clément se devaient malgré leur tristesse de se rendre au château. Ils marchèrent à travers les débris de roches de la cour jusqu'à la porte de l'ancienne demeure de la princesse. Ils pénétrèrent à l'intérieur de la forteresse et arrivèrent dans un grand hall orné de décorations telles des statues, des tableaux, des motifs gravés au sol et aux murs, des guirlandes de fleurs. Plusieurs escaliers commençaient et donnaient accès à des centaines de couloirs, de salles.

Les corps évanouis sur le sol de plusieurs membres de la cour ainsi que de servants, habillés de draps de soie, ne présageaient rien de bon. Rapidement, Pâté et Clément vérifièrent l'état des aliments. Ils étaient juste inconscients.

- Qui a fait une chose pareille ? s'énerva le prince.

- C'est moi ! fit une voix au fond du hall.

Clément fonça plein de colère vers l'être qui lui avait parlé. Pâté tenta de le suivre quand il remarqua que la princesse restait devant la porte du château, tétanisée.

- Clémentine... viens avec nous.

- Je ne peux pas... pleura-t-elle.

La boîte de pâté s'approcha de la clémentine et lui offrit un tendre câlin.

- Citrov aurait voulu qu'on continue, lui murmura-t-il.

Clémentine étreignit avec force son ami en reprenant du courage. Elle se battrait et elle le ferait pour son héros vert. Finalement, il n'avait fait que de s'occuper d'elle depuis leur rencontre. L'aider à

Nectaruine, lui faire reprendre connaissance dans la Forêt Furet, la monter dans sa chambre lors de la soirée de la Patatour, ne pas la laisser sans lui au centre de Poire-régal, puis se sacrifier pour la laisser sortir du labyrinthe. Elle se libéra des bras réconfortants de Pâté et avança avec la conviction de pouvoir sauver son citron vert une fois la bataille terminée. Ensemble, ils se mirent à courir et rattrapèrent le prince qui était face au responsable de toute cette souffrance.

- C'est tout ce que Patateuh a trouvé pour m'arrêter ? demanda la cigarette. Pf

Mal Bourreau était serein et surtout fier d'avoir semer la discorde dans ce beau royaume. A ses côtés, prisonnier par un sortilège maléfique, se trouvait le roi de Poire-régal.

- Père ! s'écria la princesse.

- Clémentine ! Mais que fais-tu là ? Cet être est trop puissant, fuyez ! Fuyez sinon...

- La ferme ! tonna Mal Bourreau en levant le bras, ce qui eut par conséquence d'étrangler magiquement le monarque.

- M.Patateuh a fondé une armée pour préserver la paix sur le continent. Je viens vous protéger !

Furieuse, la princesse dégaina son épée et chargea vers la cigarette qui lâcha un puissant pouvoir magique. Celui-ci l'expulsa à une longue distance et elle atterrit devant la porte du château.

Dans les bras de Petit Rose.

- On commence à se battre sans moi ? lança-t-il, tout juste arrivé.

- PETIT ROSE !! s'écria la clémentine en se redressant.

- Où étais-tu ?? lui demanda Pâté.

- Loin. Je suis revenu à la Patatour et Maréchal Pépin m'a expliqué ce qui se passait. Je suis venu vous aider !

- Tu es venu aussi vite ?

- Sur le chemin j'ai découvert un super pouvoir que renfermait Excalibeurre ! Vous allez voir : c'est énorme !

- PF' ! lâcha Mal Bourreau. C'est super tout ça mais… moi aussi j'ai des supers pouvoirs.

Le chevalier et la princesse rejoignirent leurs compagnons au centre du hall ; ce qu'ils n'auraient dû faire. La cigarette leva les bras et des flammes surgirent instantanément partout autour d'eux. Le château brûlait et ce serait bientôt le cas de nos quatre personnages s'ils n'arrivaient pas à sortir d'ici rapidement.

Mal Bourreau utilisa ses pouvoirs pour bondir loin du sol et profita de sa vitesse pour détruire chaque pierre de l'édifice qui se trouvait sur son passage. Il arriva en haut d'une des quatre tours de la forteresse. D'ici, il put contempler la pluie de météorites qui s'abattait sur la ville presque dévastée.

- Mon règne commence…

Derrière lui, le radis apparut alors sur le dos d'un petit oiseau doré qui volait vers la cigarette. Sous l'ordre du chevalier, le volatile fonça vers l'ennemi qui esquiva.

- Ho ho ! Qu'est-ce que tu nous apportes-là ?

- Voici mon super pouvoir !

Petit Rose chevauchait une sorte de silhouette illuminée semblable à un oiseau lumineux. Ce n'était pas un animal et ce ne semblait pas être un être de chair et de sang. C'était une sorte d'aura, une énergie spirituelle qui avait pris la forme d'un volatile magique, qui montrait une totale symbiose et une totale obéissance à son maître : le possesseur de la Brindille de Lumière. Le Poulet de Lumière était avec lui ; c'était comme si une partie de lui renaissait en ce phénix étincelant.

- Tu comptes vraiment m'affronter ? Pf'

- Tu crois que je n'arriverai pas à te vaincre ?

- Personne n'a pu m'arrêter en bas. Je ne pense pas qu'un petit radis puisse le faire, seul.

- Je ne suis pas seul, j'ai Cuicui !

- Cuuuiii ! fit l'oiseau, affirmatif.

- Si seulement c'était suffisant.

Mal Bourreau lança à nouveau son sort qu'il avait utilisé quelques minutes plus tôt contre Clémentine et projeta le duo dans les airs ; les airs que Cuicui contrôlait parfaitement.

Le choc magique ne les amena pas loin et ils revinrent rapidement à leur place.

- C'est amplement suffisant, répliqua Petit Rose. J'ai vaincu l'un des Trois Nazes, SEUL. Cette fois-ci nous sommes deux. Mesure un peu tes chances.

- Oh mais je les mesure. Tu as mis des chapitres et des chapitres à le battre. Moi, j'ai tué l'un des Trois Nazes en à peine quelques lignes.

- Battons nous enfin ! JE VAIS TE PASSER À TABAC !

- Entreprendre ce combat a été ta plus grande erreur Petit Rose. Mais ne t'inquiète pas, après celle-ci, tu ne pourras plus en commettre.

N'écoutant déjà plus les paroles de la cigarette, le radis et son partenaire foncèrent à nouveau vers leur ennemi, la Brindille de Lumière brandie et dans la position idéale pour porter un coup. Contre toute attente, l'arme atteignit sa cible.

- Tu m'as touché... pf

« Il ne doit pas être doué au combat au corps à corps. Il ne se sert que de la magie » pensa Petit Rose, se rappelant que chaque personne avait un point faible. Soudain, Mal Bourreau leva les bras au ciel puis dirigea des grenades plongeante vers notre héros rose et son oiseau magique.

- Cuicui, je crois que nous l'avons énervé...

Une partie des bombes tombant du ciel s'orientèrent vers le sommet de la tour. Voyant ce léger problème approcher, Petit Rose donna l'ordre à son oiseau d'éviter chacune des grenades qui tentait de s'écraser sur eux. La vague de fruit rouge déferla et notre héros rose esquiva de justesse les grenades qui fonçaient sur lui. Mais ça ne s'arrêtait pas là ! Les bombes tombaient à l'infini. Comment allait-il pouvoir se battre en évitant les explosions chaque seconde ? Il remarqua alors que la cigarette manipulait les grenades à l'aide de mouvements bien précis ; il devait l'empêcher de les effectuer.

- Cuicui, on s'envole au-dessus de cette infecte cigarette !

Esquivant la pluie de feu qui s'abattait sur lui, le mini phénix prit de la hauteur et se positionna à quelques mètres en haut de Mal Bourreau.

Petit Rose sauta et plongea sur son adversaire. A bonne distance de lui, il le frappa de toute sa force à l'aide d'Excalibeurre. Malheureusement, un sort de protection le défendait et l'arme se heurta à un bouclier invisible. Voyant l'inutilité de son action, le radis, une fois au sol, concentra son énergie dans l'arme divine qui par sa volonté s'illumina. Un puissant rayon lumineux en jaillit et brisa le bouclier de Mal Bourreau. Une grenade s'apprêta alors à exploser notre chevalier quand son fidèle oiseau l'emporta sur lui au dernier moment.

- Merci Cuicui, lui dit-il en caressant sa crinière enflammée.

- Cuiiiiiii !

Mal Bourreau stoppa la déviation des grenades et les laissa poursuivre la destruction de Poire-régal, maintenant qu'il se trouvait sans défense.

- Pas mal pour un gosse, avoua-t-il.

- A ce qui paraît je suis un élu, alors attends-toi à ce que j'arrête cette guerre. Que je gagne cette guerre d'ailleurs !

- Pf'... n'en sois pas si sûr.

La cigarette se prépara à utiliser un nouveau pouvoir.

- Tu sais comment j'ai tué Saucicon ? Il m'a suffi de l'enflammer. Et c'est justement de la même manière que tu vas mourir.

- Alors vas-y, enflamme-nous !

Mais rien ne se produisit.

Mal Bourreau retenta d'embraser ses ennemis : sans résultat.

- Tu n'y arrives pas ? demanda Petit Rose.

- Nom d'une pipe, lâche la cigarette.

- Cuicui est un phénix, un oiseau de flammes. Il brûle déjà. La magie de ses flammes de lumière me protège, si bien que tu ne peux nous atteindre avec ton pouvoir.

Alors c'était lui, Petit Rose.

Ce combattant que le Poulet de Lumière avait choisi pour lui transmettre son arme légendaire.

Mal Bourreau n'avait pas voulu croire son sombre maître quand il lui parlait de l'énorme puissance que contenait Excalibeurre, la Brindille de Lumière.

Il n'y croyait toujours pas.

Ce petit légume ne pouvait le battre !

Enragée, la cigarette chargea toute son énergie dans un puissant jet de flammes écarlates qui déferla tel un tourbillonnement vertical sur le radis et son compagnon volant.

A l'achèvement de l'infernal sortilège, Petit Rose et Cuicui ne semblèrent en aucun cas blessés. Essoufflé, l'ennemi se rendit compte de son erreur.

- Le feu attise le feu, déclara le chevalier. Cuicui ressort grossi de ton tourbillon.

- Cuiiiii !

Ayant canalisé toute la flambée qui s'était déchaînée sur lui, l'oiseau magique cracha un énorme gouffre de flammèches dans lequel son opposant se noya.

Mal Bourreau ne pourrait contre-attaquer.

CHAPITRE 64

Au milieu de ce désordre infernal, au centre du village, le professeur Groignon observait le ciel. Mais d'où pouvaient venir ces centaines de fruits rouges qui s'écrasaient autour de lui ? En observant méticuleusement le point d'origine des grenades, ses yeux insistants face aux rayons éblouissants du soleil, il découvrit une silhouette volante là-haut, dans le ciel, qui lâchait les bombes pendant sa danse céleste. Soudain, la silhouette aviaire s'arrêta et repartit en un éclair dans le bleu infini du ciel. Un biscuit s'approcha de l'oignon :

- Monsieur... vous allez bien ?

- Il y avait quelque chose dans le ciel... quelque chose volait.

- Un oiseau ?

- Non... ce n'était pas un oiseau. Ça ressemblait au Poulet de Lumière... mais en plus... sombre.

- Est-ce que... vous avez reçu un coup ?

- Il y avait quelque chose dans le ciel...

- Vous êtes sonné. Vous devriez pénétrer dans dans le trou d'Emmanite.

- Quoi ???

- C'est un abri souterrain qu'Emmanite a découvert tout à l'heure.

- Ah ! Et de quoi veux-tu te protéger ?

Le biscuit réalisa alors que les explosions venaient de cesser. Groignon rapprocha cela avec la disparition de l'être volant. « Qu'était-ce donc ? »

Les soldats devraient répondre à cette interrogation s'ils voulaient enfin en finir avec cette guerre. Cependant, la question à l'ordre du jour était la suivante : les habitants de Poire-régal survivront-ils ? L'oignon, de par son devoir, dut se rendre au trou pour s'assurer de la santé des villageois.

Il leur annonça, arrivé à la cachette, que les grenades ne tombaient plus. Les aliments sortirent de la cavité et constatèrent avec effroi que plus de la moitié de leur belle ville avait été détruite. Des cendres à leurs pieds, du feu autour d'eux, de la fumée à l'horizon, telle était devenue l'antique cité. En revanche, tous les habitants étaient vivants.

- Les grenades faisaient partie du plan de Saladolf, déclara le professeur. Nous savons par ses écrits qu'il y a cinq cents ans, elle disposait d'une armée capable de détruire toute une ville. Il semble qu'elle a su la retrouver. La guerre n'est pas terminée...

- Ni cette bataille, cria une pastèque parmi la foule.

En effet, des dizaines de grenades marchaient telle une véritable armée coordonnée en direction des soldats et des villageois.

- Il est temps de montrer ce que nous avons appris ! cria une tête de Trois entre les cris de guerrier de ses frères, chacun des raisins dégainant une épée.

Ils foncèrent vers leurs ennemis, suivis de leurs frères d'armes, quand Groignon hurla un énorme « STOOOOOOOP ». Au son de sa voix, tous les aliments s'arrêtèrent.

- Aucune arme ne doit entrer en contact avec ces fruits, révéla l'oignon. Un seul toucher leur suffirait pour exploser et ainsi vous éclater en mille morceaux.

Les grenades, elles, continuaient d'avancer telles des machines à tuer.

- Comment va-t-on faire pour les éliminer ? demanda Emmanite.

- En les attaquant de loin ! comprit Groignon en observant les armes que portaient certains soldats. Les archers, nous avons besoin de vous !

Il y avait six archets. Emmanite en faisait partie.

- Je tire ! dit-elle en visant une grenade avec son arc.

- NON ! s'écria l'oignon. Une flèche ferait exploser l'une de ces maudites grenades et entraînerait une réaction en chaîne avec le reste de l'armada, supprimant ainsi toute la ville de la carte. Nous ne pouvons pas nous permettre cela.

- Il va donc falloir les amener à se séparer, en conclut une poire.

- Tout le monde retourne dans le trou d'Emmanite ! ordonna Paingeot en voyant l'armée adverse prendre du terrain.

Les soldats qui ne possédaient pas d'arc descendirent dans la fosse, suivis de tous les villageois. Une fois qu'il ne resta plus que les six archers à la surface, ils se séparèrent et chacun se positionna à un point éloigné autour des ennemis.

Ils formaient à présent un large hexagone qui entourait parfaitement les grenades. En voyant leurs cibles se diviser, les bombes en fit autant et six petits groupes se créèrent. Chaque groupe marcha en direction d'une des six cibles et quand chacun fut à distance convenable, Emmanite et les autres archers tirèrent puis lâchèrent les cordes qui retenaient leurs flèches.

Les projectiles transpercèrent d'un coup les grenades qui explosèrent au même instant. Les six groupes étant assez éloignés, aucun dégât trop important ne fut causé par la détonation.

- Vous pouvez sortir, déclara Emmanite du haut de la cachette.

CHAPITRE 65

Du haut du château, Petit Rose constata avec soulagement la fin de l'averse de grenades. « Bravo, mes amis » se dit-il en songeant à ses frères d'armes. Son ennemi était à terre et ne ressemblait plus qu'à un vulgaire mégot.

- A force de jouer avec le feu, on se brûle ! lança fièrement le radis.

- Tue-moi qu'on en finisse, au lieu de réciter des proverbes.

Mal Bourreau était en piteux état. La grande totalité de son corps avait été fumé. « Il ne fera plus aucun mal » pensa Petit Rose. Son entrevue avec Tomat lui avait rappelé que tuer était inutile, et pouvait s'avérer au contraire être dévastateur pour celui qui a achevé son ennemi ; il ne tuerait plus jamais un adversaire.

- Je ne me rabaisserai pas à votre niveau.

- « Votre » ?

- Oui ! Toi, Saladolf, ses tueurs et tous ceux qui tuent quand bon vous semble ! Bien que l'envie brûle en moi de t'ôter la vie, je resterai fidèle à des valeurs qui me sont chères.

- Comme ?

- Ne pas détruire la vie. Tu vas vivre. Et tu vas te racheter.

L'appel au secours de ses amis rappela au chevalier qu'il devait les secourir face à l'incendie qui se répandait dans le hall du château. Il ordonna à Cuicui de se rendre vers eux, laissant leur adversaire agoniser en haut de la tour, et ils arrivèrent en quelques battements d'ailes dans le hall en passant par l'étroite cavité que Mal Bourreau avait créée. Tous les partisans de la cour avaient repris connaissance, et tous s'étaient réunis au centre de la grande pièce par peur de griller. Petit Rose les rejoignit et retrouva Pâté et Clémentine.

- Comment allez-vous ? leur demanda-t-il.

- Tu tiens vraiment à ce qu'on réponde ? lui répondit Pâté, très inquiet de leur sort.

- Cuicui, prends le plus de gens sur ton dos et amène les loin du château !

L'oiseau de lumière se posa entre les gens et certains, sous les ordres du chevalier, s'apprêtèrent à monter dessus. Au contact des flammes magiques, les aliments se brûlèrent. Il était impossible pour eux de monter le phénix !

- Montez ! leur envoya Petit Rose.

- Nous ne pouvons pas, lui répondit une fraise.

- Toi seul semble immunisé face à ces flammes magiques, comprit Pâté.

Voyant le feu gagner du terrain, les aliments paniquèrent et le chevalier ne sut comment les sortir de là. Ils allaient cuire comme de véritables aliments. Ils allaient mourir.

Le héros rose aperçut alors une alliée derrière ce mur de flammes.

Oui, c'était bien elle...

- BAN'ANNE !! cria Petit Rose.

- Yô ! Mais que se passe-t-il ici ?

- Trouve un moyen de nous sortir de là !

Ban'Anne réfléchit. Comment à elle seule pouvait-elle les libérer de ce puissant incendie ? Elle examina les alentours, ne tombant sur aucun objet susceptible de l'aider. Par la grande porte, elle examina le paysage. Des gravats. Plus loin, de l'herbe, des arbres. Encore plus loin, LA MER !

- J'ai peut-être une idée ! Mais je ne suis pas sûre...

- VAS-Y !!! supplia Pâté.

- Il faudrait pour ça que tous les habitants de Poire-régal soient en sécurité. Qu'ils grimpent en haut des bâtiments.

Petit Rose n'avait pas besoin d'explication. Il faisait confiance au soldat jaune. De toute manière, il n'avait pas le temps de lui demander des explications. Les flammes se rapprochaient de ses amis. Il bondit sur Cuicui qui prit son envol :

- Je vais les prévenir !

L'oiseau battit des ailes hâtivement, ressentant l'angoisse de son maître.

Il se posa au centre du village où tous les habitants sortaient tout juste des fosses.

- Petit Rose ! crièrent les soldats, soulagés de le voir sain et sauf.

- Faîtes monter tous les villageois sur les toits des maisons, des boutiques…

- Que se passe-t-il ? demanda un surimi.

- J'en sais rien…

- Ça commence à m'agaver, râla Groignon. Monter, descendre, monter descendre, ça s'arrête quand ?

Après s'être assuré que tout le monde était en sécurité, le radis revint à la forteresse. Ses amis allaient brûler d'une seconde à l'autre.

Ban'Anne décampa du hall et se retrouva dans la végétation côtière faite d'arbres et de buissons adaptés à ce milieu sec et chaud. Elle était au milieu de la nature. Au milieu de la Terre.

Ne comprenant pas où la banane était allée, Petit Rose la rejoignit et se demanda ce qu'il se passait. Ses questions devinrent plus nombreuses encore quand celle-ci sortit une arme de son sac étrangement semblable à la sienne. Il n'avait pas le temps de lui demander ce qu'elle comptait faire, mais il espérait que son équipière lui expliquerait tout une fois la bataille de Poire-régal résolue.

Sous le regard intrigué de son ami, Ban'Anne planta Duriandal dans le sol du littoral et concentra ses pensées et toute son énergie dans l'objet magique. Un léger tremblement de terre secoua les côtes et une énorme vague se créa dans l'océan, prête à dévaler dans la cité. Le sauvage tsunami chargea sur le château et le pouvoir de l'eau éteignit le feu qui commençait à consumer nos pauvres personnages. Le raz de marée se déversa ensuite dans le reste de Poire-régal et les incendies créées par les grenades périrent dans les flots qui finirent leur course dans les fosses prévues à cet effet. Le système des villageois avait marché ! L'eau regagna finalement l'infini océan par les cavités creusées par les habitants.

La bataille de Poire-régal était terminée.

Les centaines d’aliments se réunirent tous au château, l’un des seuls bâtiments encore debout. Soldats, villageois, famille royale et sujets se retrouvèrent, soulagés. Ban'Anne s’écroula par terre, ayant amplement utilisé sa nouvelle énergie. Petit Rose s’assura de sa santé et reprit le chemin du palais, seul, ne voulant pas amener son amie dans la foule. Elle avait besoin de reprendre des forces.

Il retrouva ses frères d’arme et prit Pâté et Clémentine dans ses bras, content de les voir sains et saufs. Ses pensées se dirigèrent alors vers son ami vert et sa belle noisette. Il scruta les environs mais ne tomba ni sur l’un, ni sur l’autre.

- Où est Citrov ? demanda-t-il à la clémentine.

- Il est mort, lâcha-t-elle en pleurant et en se cramponnant à son ami rose.

CHAPITRE 66

Voyant que tout le monde l'avait laissé pour mort, Mal Bourreau se releva, malgré ses graves blessures. Il sauta du haut de sa tour et s'enfonça dans le tas de pierres qu'était devenue la grande cour. S'apprêtant à repartir, il entendit une voix crier en dessous de lui.

- Quelqu'un ! Venez m'aider !!

Le mégot souleva magiquement les gravats qui séparaient Nuisette du reste du monde, puis la cogna d'un robuste point avant même qu'elle eut le temps de réaliser quoi que ce soit. « Cette fille pourrait être précieuse » pensa-t-il. La noisette tomba dans les pommes et Mal Bourreau la tira. Suivant le chemin, il la traîna à travers tout le village, admirant les destructions qu'il avait engendré.

Non loin de là, dans une petite maison, Harry le haricot découvrait enfin le petit grain de maïs qu'il avait pour mission de retrouver. L'enfant était coincé sous une large poutre, et il était impossible pour lui de se dégager. Harry s'avança et souleva le lourd bout de bois.

- Merci monsieur... pleura le grain.

Le jeune enfant était gravement blessé. Il ne pouvait se déplacer. Il était devenu un légume... enfin je veux dire...

- Tu es paralysé, constata sombrement le haricot vert.

- Aidez-moi monsieur...

Pris de pitié pour le jeune grain, le soldat lâcha la poutre sur le petit corps accidenté, qui suffoqua quand le lourd bois s'abattit sur lui. Harry plaça ses mains dessus et abrégea les souffrances de l'enfant en écrasant la poutre sur lui, le pressant de toutes ses forces. Le grain de maïs cria à l'agonie et il fut totalement broyé en un court instant.

Quittant les lieux du crime, le légume vert se retrouva dans une rue où il tomba sur Mal Bourreau, traînant Nuisette derrière lui.

- Qu'est-ce que tu fou là ? tonna le mégot.

- J'avais envie de tuer... je ne pouvais plus attendre...

Harry tremblait comme un drogué en manque.

- Tu dois rester avec l'armée de Patateuh ! Je n'ai pas été assez clair sur ce point ?

- Laisse-moi tuer au moins cette noisette ! Je t'en supplie !

- Elle nous sera utile. Alors lâche-moi, et pars au château !

Harry reprit son chemin et demanda finalement :

- Où est-ce que tu vas, toi ?

- J'EN AI MARRE QU'ON ME TUTOIE !!!

Déchaînant sa colère, Mal Bourreau embrasa de ses flammèches magiques le haricot vert. Ce dernier hurla de douleur et brama entre les flammes :

- Tu auras besoin de moi !!

Là-dessus, l'ancienne cigarette stoppa son sortilège et son acolyte tomba à genoux.

- Tu es censé avoir tout essayé pour sauver l'être que tu as tué. Ce sera plus crédible si on te voit à moitié brûlé.

- Je suis censé dire « merci » ? agonisa Harry.

- Je pars pour le Dessert Sablé. Je reviendrai une fois rétabli.

- Au Dessert Sablé ? Dans cet état ?

- Là-bas, il y a tout ce qu'il me faut pour guérir. Exécute ta mission à bien pendant mon absence.

Brûlés, Mal Bourreau et Harry se séparèrent sous l'œil maléfique d'un grand rapace noir, perché en haut d'un bâtiment antique qui avait résisté à l'assaut de son armée de grenades.

Saladolf et ses trois tueurs avaient échoué.
Mal Bourreau et ses kamikazes rouges aussi.

PIC NIC Land continuait de lui résister, même après la chute de son défunt frère. Il reprit son envol et espéra que Harry mènerait sa mission à bien.

CHAPITRE 67

Emboîtant le pas précipité de Clémentine, Petit Rose arriva dans la cour enfouie sous ses murs brisés. Certains de pouvoir retrouver et guérir leur allié, les deux aliments fouillèrent les débris, chassant les cailloux à leurs cotés. Le chevalier, envahi par la colère, balançait tout ce qui se trouvait sur son passage. Il ne pouvait pas perdre son meilleur ami. Il devait être là, dans cette zone que la clémentine lui avait indiqué. Pâté les rejoignit et appela ses compagnons. La quarantaine de soldats cherchèrent alors le citron vert dans la cour. C'était grâce à son plan qu'ils avaient sauvé la cité. Les membres de la cour et les villageois vinrent aussi leur prêter main forte. Même le roi et la reine. Des tas de villageois aidaient à présent leurs sauveurs, et tous s'entraidaient pour retrouver Citrov.

- C'est ici ! s'écria Clémentine, reconnaissant l'immense pierre qui s'était effondrée quand elle fut sortie du labyrinthe.

- Elle a raison, affirma Pâté. C'était bien ici qu'il...

Sous une pulsion d'agressivité qui s'éveilla en lui sous cette injustice, Petit Rose se hâta vers la lourde pierre et tenta de la soulever ; en vain.

- Cette pierre est trop volumineuse, lui dit tristement Trois2.

Abandonnant face au poids, le radis relâcha ses muscles et ses larmes.

- Nous allons tous la soulever, déclara bien fort le roi Clémentin.

Sous l'influente voix du souverain, tous les aliments se réunirent autour de la pierre et chacun se prépara à la lever, même le jeune prince. Le citron vert lui avait sauvé la vie, il lui devait bien ça. Petit Rose sécha ses larmes puis rassura Clémentine et Pâté, eux aussi à bout de nerf.

- On soulève à trois, parla bien fort Clémentin, qui s'était positionné à coté de sa fille et de ses deux amis.

- Un... commença le radis.

- Deux... poursuivit la boîte de pâté.

- Trois ! lança la clémentine.

Sous la puissance de la voix de la princesse, chacun utilisa sa propre force pour soulever cette maudite pierre et la dégager plus loin. Ils découvrirent tous Citrov, inanimé par terre. Les soldats bloquèrent les gens qui tentaient de s'approcher ; seuls Petit Rose et Clémentine devaient s'approcher, au cas où il aurait besoin d'air... où bien... s'il était mort.

- Il EST VIVANT ! cria la clémentine, passant son bras derrière sa nuque.

- Citrov, est-ce que tu m'entends ? tenta son ami rose.

Il serra la main de l'agrume qui ne répondait pas. Il était inconscient.

- Citrov !

- Qu'est-ce qu'on peut faire ? demanda Clémentine, l'état de son amour secret lui brisant le cœur.

- A boire ! cria Petit Rose. Apportez-nous à boire !

Des serviteurs partirent dans les cuisines du château et revinrent très vite avec une gourde d'eau qu'ils donnèrent à Petit Rose. Il la transmit à la clémentine. Elle versa le liquide aux lèvres du citron, qui ne bougea pas.

Cet instant lui rappela le triste épisode de la Forêt Furet. Il y a quelques jours, c'était elle que Citrov essayait de ranimer. Il avait réussi. Elle devait en faire autant. Sous le silence d'attente des aliments inquiets pour la vie du soldat, elle éloigna délicatement les lèvres de Citrov et déposa la gourde une nouvelle fois dans sa bouche. Cette deuxième tentative ne fut pas plus réussie.

- Réveille toi... lui souffla la princesse.

Petit Rose pria pour que son ami reprenne connaissance. Mais prier qui ? Leur dieu n'existait plus. A quoi bon implorer le ciel d'avoir pitié de lui si aucune puissance divine ne pouvait l'aider ?

Une vague de colère émergea alors en lui. Il devait se contrôler. Pendant une fraction de seconde, sa peau sembla s'être teintée de noir. Son rythme cardiaque s'accélérait. Que lui arrivait-il donc ? Il reprit son calme et examina la situation. Clémentine se penchait vers son amour.

- Je t'aime, murmura-t-elle au citron vert, juste avant de l'embrasser.

Les lèvres de Citrov évacuèrent un léger souffle de vie et il ouvrit les yeux. Il garda les lèvres de sa bien-aimée proche des siennes, puis l'embrassa à son tour.

- Je t'aime aussi...

Les centaines de personnes autour sautèrent et crièrent de joie. Enfin, pas toutes. Bien que très heureux pour le soldat vert, le roi Clémentin et la reine Clémie se questionnèrent face à cet étrange événement. Qu'avait donc fait leur fille ? Elle risquait de mettre en péril leur accord passé avec les autres seigneurs clémentines. Voyant les agrumes continuer de s'embrasser, Clément partit vers le château, furieux.

- Est-ce qu'il y a moyen de serrer mon frère dans les bras ? rigola Petit Rose, soulagé.

- Toi aussi tu veux m'embrasser ? lui envoya Citrov.

Pâté les rejoignit, ainsi que Paingeot, Emmanite, Trois et Groignon. Tous se serrèrent avec force et leurs frères d'armes les rejoignirent dans leurs tendres câlins.

- Et dire que je te détestais, envoya l'ancien professeur au citron vert. Je me suis trop inquiété !

Il fallait trouver Nuisette à présent. Pâté dit à Petit Rose qu'ils l'avaient laissée dans le labyrinthe, mais qu'elle allait très bien. Tous se mirent à chercher la noisette dans les décombres de la cour. Malheureusement, les minutes passaient et personne ne tombait dessus. « Pourquoi ne nous parle-t-elle pas ? » s'inquiéta le radis.

- Elle n'est plus là, révéla Harry, tout juste revenu.

- Qu'est-ce que tu dis !? gronda le chevalier.

- Mal Bourreau était sur la route pour sortir de Poire-régal. Il traînait Nuisette avec lui.

Petit Rose se rua vers le village quand le haricot vert annonça :

- Tu ne peux rien faire. Il s'est dématérialisé au moment même où je l'ai vu. Il pourrait être n'importe où.

Citrov se leva, exténué :

- Nous allons tous sauver Nuisette !

- Non... Harry a raison, soupira le légume rose... pas très rose.

Sa peau recommença à noircir et il hurla, affligé.

Il frappa brutalement les pierres à ses cotés qui se brisèrent sous le choc de sa puissance. Pâté, plus que sensible à la tristesse de ses amis, intervint en arrêtant la douleur que s'infligeait Petit Rose, qui relâcha une fois de plus ses larmes dans la chaleur réconfortante de son frère d'arme. Sa peau reprit son aspect normal, sous l'œil intrigué de ses camarades.

Clémentin apaisa tout le monde et déclara :

- Vous nous avez sauvés, soldats de la Patatour. Pour vous remercier, une grande fête sera célébrée dans mon château, ce soir !!

...

- Oups. Ce n'est peut-être pas le bon moment...

CONVOCATION

Je convoque M.Groignon avant que ne commence le prochain chapitre.

- Heu'... on est où là ? Et vous êtes qui vous ?

- Nous sommes nulle part. Et je suis le narrateur. Je voulais te dire un mot avant que ce roman ne touche à sa fin.

- Ouais... qu'est-ce que vous me voulez ?

- Et bien voilà... on peut rire de tout. Mais ta relation avec Emmanite dépasse les limites du tolérable.

- Qu'est-ce que vous voulez dire ?

- Ce que je veux dire, c'est que je ne peux pas continuer à intégrer un pédophile dans mes personnages principaux.

- Pourquoi avez-vous commencé alors ?

- Désolé Groignon. Mais je pensais que tu aurais évoluer. Je te demande de quitter l'armée par toi-même ou sinon... je me verrais obliger de ne plus décrire ton personnage.

- NON S'IL VOUS PLAIT ! J'ai participé à toute cette aventure. J'ai vaincu la selamandre, j'ai été à Castle Roll, et j'ai été plus qu'utile à la bataille d'aujourd'hui ! Et puis, comment feront Petit Rose et les autres sans mes connaissances ??

- Emmanite n'est qu'une enfant. Et une soirée se prépare... on sait ce que tu vas encore faire dans le prochain chapitre !

- MAIS JE L'AIME !

- Quitte l'armée Groignon. Pars faire des thérapies, cherche un traitement.

- Un traitement pour la pédophilie ?? Vous vous foutez de moi ?

- Je ne sais plus quoi faire de ton personnage !

- Je n'ai jamais forcé Emmanite ! Elle m'aime aussi, je vous le jure ! C'est elle qui me chauffe !

- Désolé Groignon. Si tu ne quittes pas l'armée dans le prochain chapitre... ton personnage disparaît.

CHAPITRE 68

Le soleil commençait à quitter les terres de PIC NIC Land et un chaud crépuscule habilla le ciel de Poire-régal. Petit Rose n'avait pas prononcé un mot depuis la disparition de Nuisette. Il avait installé Ban'Anne dans un des nombreux appartements du château, et avait pris soin d'elle le restant de la journée. Les serviteurs s'occupèrent de préparer la soirée. Tous les villageois ainsi que toute l'armée de la Patatour y étaient conviés. Tandis que certains profitèrent de la chaleur et de l'océan sur les plages de l'antique ville, d'autres préférèrent faire le bilan des destructions. Certaines personnes étaient blessées, mais elles s'en sortiraient. Harry annonça à la mère de famille de grains de maïs le décès de son fils, bien évidement en gardant pour lui la réelle version des faits. De nombreux habitants se retrouvaient sans habitation. Beaucoup de réparations allaient devoir être effectuées. Mais rien ne pourrait faire revivre le petit grain de maïs... Les soldats ignoraient qu'un traître se dissimulait parmi eux. Harry allait effectuer sa mission dans les jours à venir. Finalement, sous un superbe coucher du soleil, le roi Clémentin déclara la soirée officiellement commencée.

Du mobilier luxueux avait été sorti dans le hall en proie aux flammes quelques heures plus tôt. Des tables, des chaises, de la vaisselle : tout brillait de mille feux. Des centaines de boissons étaient disposées un peu partout, offrant une multitude de saveurs du coin. Le monarque annonça à ses invités qu'il fallait oublier les désastres commis aujourd'hui et que tout rentrerait dans l'ordre d'ici peu. Nos soldats s'étaient d'ailleurs proposer d'aider à rebâtir la ville les jours suivant. Seulement, quelqu'un se devait d'avertir Maréchal Pépin qu'ils resteraient à Poire-régal pour quelques temps. Ce fut Paingeot qui se dévoua, alors il repartit pour Panieta.

Le château fut très vite rempli d'invités de toutes sortes. Des fruits, des légumes, des boîtes, des couverts. Des princes, des dames de la cour, des artisans, des jeunes femmes, des enfants. Tous venaient pour fêter cette victoire contre l'ennemi. Le monde avait appris la mort du Poulet de Lumière et l'existence de Mal Bourreau aujourd'hui. Et... il semblait pourtant aller bien ; il venait d'échapper au désastre.

L'armée était là, en train de faire la fête. Tous les soldats, sauf les trois élus. « Où sont-ils donc encore ? » se demanda Groignon en les cherchant du regard.

*

Citrov et Clémentine avaient passé le restant de la journée dans une des abondantes chambres du château. La journée avait été éprouvante, ils devaient se reposer et être en forme pour la soirée qui s'annonçait festive. La princesse avait partagé son propre lit avec son doux chevalier, dans cette chambre dans laquelle elle avait passé ses journées avant de vivre à Panieta. Citrov s'était endormi dans l'odeur réconfortante de sa sauveuse, qui veilla sur lui quelques petites heures.

Le bruit des invités commençant à faire la fête réveilla le citron vert qui se leva brusquement, ne voulant louper l'événement. Ses jambes blessées le firent rallonger aussi tôt.

- Ne sois pas brusque, lui conseilla la clémentine, assise sur une chaise au pied du lit. Prends ton temps, sinon tu risques de te faire mal.

Citrov constata qu'une grande partie de son corps avait été profondément amochée. Les « médecins » de cette ville antique avaient appliqué certaines pommades ancestrales sur ses blessures, et un bandage lui compressait toute une jambe ainsi qu'une partie de son corps pressé.

- Tu as une jambe cassée...

- Et un cœur brisé.

- Je suis désolé... pour tout ce que je t'ai fait endurer. Mais Clément est mon prince...

- Un coup c'est moi, un coup c'est lui.

- Si je pouvais, je resterais avec toi. Juste toi. Rien que toi. Dans cette chambre. Sans personne...

La porte s'ouvrit alors et Clément rentra dans la pièce.

- Je viens pour amener ma princesse à la soirée.

- Il n'y a pas « que moi, juste moi » Clémentine, murmura l'agrume en fermant les yeux.

- Je...

- Ne dis rien... je vais continuer à rêver. Vous, retournez à votre réalité, avec vos princesses, vos châteaux...

- Je ne crois pas ! rouspéta Clément. Nous allons régler nos problèmes ici et maintenant.

*

Loin de vouloir se mêler aux festivités, l'esprit de Petit Rose s'envolait dans de tristes pensées. Il avait rejoint le haut de la tour et voulait rester un moment seul. Il avait commis une terrible erreur en laissant son adversaire ici, et cette erreur lui avait coûté cher. Mal Bourreau avait enlevé la personne qu'il aimait le plus au monde, laissant planer le doute sur lui.

Il resta debout, les bras dans le dos, regardant la mer qui, au loin, déchaînait ses vagues contre les falaises. Lui aussi avait faillit se déchaîner. Que lui était-il arrivé ? Sa peau s'était assombrie, sa joie s'était noircie, la colère avait pris possession de lui comme si tout autre sentiment avait disparu dans l'ombre. Il était peut-être hâtif et têtu, mais jamais il n'avait été d'un caractère brutal et enragé par le passé. Il était devenu un instant ce qu'il détestait le plus. Cela ne devait plus jamais arriver. Il devait le faire pour Nuisette...

Où était-elle ? Comment allait-elle ? Mal Bourreau la traitait-il bien ? Était-elle en vie... ? Le chevalier baissa la tête, et ses yeux vides réintégrèrent la réalité. Les villageois fêtaient cette bataille gagnée. Mais l'était-elle réellement ? Cette fois-ci l'ennemi avait attaqué, pour de vrai. Avec une armée, avec une stratégie, et avec une puissance colossale. L'ennemi avait-il d'autres plans comme celui-ci ?

-Yô ! fit une voix derrière.

Petit Rose sursauta, puis se réjouit en apercevant Ban'Anne à ses cotés.

- Excuse-moi, je te dérange ?

- Je pensais, c'est tout.

- Je me suis réveillé dans une chambre. C'est Citrov qui m'a raconté que c'était toi qui m'avait transporté. On m'a dit que je te trouverai là.

- Alors vous êtes tous les deux réveillés ?

- Oui !

- Alors c'est parfait.

Ban'Anne capta la tristesse de son ami.

- J'ai appris pour Nuisette. Je suis désolée...

Petit Rose resta silencieux.

- Je te laisse méditer, déclara Ban'Anne en commençant à s'éloigner.

- Reste, demanda finalement le légume.

La petite touffe d'herbe qui lui servait de cheveux dansait à travers les vagues des vents marins. Ses yeux brillaient tels des étoiles. Il devenait progressivement un fier et sérieux soldat.

- J'ai des choses à partager avec mon amie, déclara-t-il avec un soupçon de sourire.

*

Le grand hall était inondé de personnes. Certaines d'entre elles réchauffaient la soirée en jouant de la musique, jonglant, dansant. C'était une soirée plus que festive. Les gens célébraient non pas que la victoire sur les grenades, mais aussi et surtout leur chance d'être restés en vie.

Au fond du hall, loin des agitations de la foule, Clémentin et Clémie discutaient, assis sur leurs trônes.

- Qu'est devenue notre fille ? pleurait la reine.

- Je ne sais pas... pour moi elle est restée la même.

- « La même » ?? Il y a un an, jamais elle n'aurait été infidèle à Clément.

- Elle a juste fait du bouche-à-bouche à un citron vert pour le réanimer.

- Elle lui a mis sa langue dans sa bouche !

- C'est peut-être une nouvelle façon de faire du secourisme, je ne sais pas...

- Clémentin ! Tu refuses de voir que notre fille n'est plus notre petite princesse parfaite !

- Mais elle n'a jamais voulu être princesse ! Ce qu'elle veut, c'est de l'aventure. Pourquoi serait-elle partie à Panieta sinon ? Elle avait besoin de se sentir exister.

Un groupe de clémentines s'approcha alors du couple, apportant avec eux une colère angoissante. Leurs vêtements soyeux témoignaient de leur haut rang. Les seigneurs de Poire-régal devaient probablement être furieux contre l'attitude de la princesse.

- Clémentin ! Clémie ! Votre fille n'est plus la même ! gronda le bras droit de la famille royale.

- Tu vois ! lança la reine au monarque.

- Heu... hein ça va ! Je ne suis pas le seul fautif de son éducation.

- Comment oses-tu ?

- Tu cédais à tous ses caprices ! Un jouet par-ci, de l'eau pétillante bien sucrée dès le matin par-là. Et voilà où nous en sommes aujourd'hui ! Heureusement qu'elle est partie du château, sinon elle se serait retrouvée aussi ronde que toi !

- Qu'est-ce que ça veut dire ça ?

- Tu es grosse Clémie ! GROSSSEEEE !

- Toutes les clémentines sont rondes...

- Oui, mais y'a un diamètre à ne pas dépasser quand même.

- Tu trouves que je l'ai dépassé ?

- Depuis au moins vingt ans !

La reine rentra dans une colère d'une intensité semblable à celle du groupe de clémentines.

- Rappelez-moi la raison de votre présence, leur demanda-t-elle. Si vous comptiez réprimander mon mari, ne vous gênez pas.

- Nous venions nous assurer que Clément conservait sa place de futur roi de Poire-régal, dit la mère du prince.

- On a dit qu'on venait pour gueuler aussi ! envoya une clémentine. Réclamer réparation pour gagner quelque chose de valeur !

- Non mais vous avez que ça à faire ? râla le roi. Venir vous plaindre de mon gouvernement jour après jour ? Soyez heureux d'être en vie !

- Clémentine a embrassé Citrov, rétorqua son bras droit. Est-il votre nouveau successeur ?

- Je ne sais pas... Ma fille en décidera.

- Tu n'y penses pas sérieusement ? râla Clémie. Tu laisserais le royaume sans héritier ?

(Petite parenthèse pour les lecteurs : Il y a des aliments mâles et des aliments femelles. Chaque picniclandien peut être amoureux ou avoir des rapports sexuels avec un autre qui n'est pas de la même race. Cependant, ils ne pourraient avoir d'enfants. Seuls deux aliments –un homme et une femme– de la même race peuvent procréer.)

- Clémentine doit quitter cette armée, déclara le père de Clément. Si elle part, ou si elle décide que Citrov est son prince... l'avenir de Poire-régal est en péril !

Voyant l'attroupement d'agrumes au fond de la grande pièce et devinant déjà ce dont ils devaient traiter, Groignon se faufila entre eux. Les clémentines ne toléraient pas la présence de Citrov dans ce château. Souhaitant prendre sa défense, il déclara :

- Si Poire-régal n'est pas détruit c'est grâce à Citrov ! C'est lui qui a élaboré la stratégie pour vous sauver !

Clémentin, Clémie et les membres de la cour écoutèrent l'oignon silencieusement. Il avait raison...

- Il a été le premier à suivre Clémentine jusqu'au château pour vérifier que vous alliez bien. C'est grâce à lui que vous êtes en vie. Il s'est presque sacrifié pour que votre prince et votre princesse survivent. Vous lui devez tout ! Et si c'est l'héritier qui vous pose problème : l'adoption existe !

Groignon quitta les clémentines puis retourna danser et boire de la liqueur d'herbe avec le reste des invités. Les agrumes royaux restèrent silencieux, méditant sur la réflexion du professeur.

*

Dans ce reste des invités, il y avait plus ou moins mille personnes. Bien heureusement, la forteresse était immense et la fête pouvait se faire avec une infinité d'invités.

Pâté voulait explorer ce grand édifice. Surtout, il souhaitait visiter l'une des nombreuses chambres du palais. Pâté était un jeune adulte. Il avait besoin d'action. Il devait se rendre dans une chambre, à la fois pour satisfaire sa curiosité, mais aussi sa sexualité. Il n'avait pas fait l'amour depuis des mois. Ce soir serait LE soir.

Il observa le monde autour de lui. A quelques pas se trouvait un petit groupe de femmes bien élégantes. Il s'avança vers elles, mais se demanda s'il n'aurait pas l'air d'un gland s'il arrivait comme ça, tout seul. Il retourna sur ses pas et examina ses amis. Il devait en prendre un avec lui pour l'accompagner. Pas quelqu'un de trop beau, ni quelqu'un de trop musclé. Il devait être le seul homme que l'une de ces dames pouvait désirer. Ou alors, pourquoi pas une fille ? Non, elles allaient penser qu'il était en couple. Ou alors... une petite fille ! Emmanite était parfaite ! Il se précipita vers elle et la persuada qu'ils devaient draguer ensemble. Le champignon accepta volontiers. Pâté avait toutes ses chances : Emmanite était une jeune enfant ; ces charmantes dames penseraient qu'il s'occupe d'elle, et l'imaginerait directement doux, responsable et attentionné.

Ensemble, ils s'intégrèrent dans la conversation d'une dizaine de dames qui semblaient avoir déjà bien bu. « PARFAIT » se dit Pâté. La gente féminine autour de lui se composait de belles fourchettes, de charmantes fraises, de magnifique verres à pied... et... d'une élégante bombe à chantilly. « Une bombe sexuelle » se réjouit Pâté dont le corps vibrait de passion. C'était le coup de foudre. Et il avait bien foudroyé. Peut-être même plus que le tonnerre qui avait donné vie aux premiers picniclandiens. Au moment où leur regard se croisèrent, ils surent dès lors ce qui allait arriver. Pâté se rapprocha d'elle :

- Bonsoir, dit-il avec charisme. Tu es une boîte de chantilly... et je suis une boîte aussi... de pâté. Ça te dirait qu'on sortent en boîte ?

- Ah mais que c'est nul ! se moqua Emmanite.

La bombe de chantilly s'approcha du soldat et colla ses lèvres contre les siennes :

- Contente-toi de me faire du bien.

Pâté se tourna vers le champignon et lui envoya :

- Tu vois !

Notre grand séducteur prit la main de la jeune dame et commença à l'entraîner vers les appartements du château, quand elle lui révéla à son oreille :

- J'ai un fantasme particulier.

- Oh… s'inquiéta Pâté. Dis-moi.

- Tu n'as rien contre les faciales ?

- C'est quoi une faciale ? demanda innocemment Emmanite.

Les femmes autour de nos héros rigolèrent en silence.

- Je n'ai rien contre ! se réjouit Pâté. Au contraire ! J'adore en faire.

- Je crois que tu as mal compris, continua la bombe de chantilly. JE vais te faire une faciale.

- Mais c'est quoi une faciale ?? insista Emmanite en tirant l'autre main de Pâté.

- Comment ça TU vas me faire une faciale ? demanda la boîte en ignorant le champignon.

- Et bien, une fois que j'aurai joui, je laisserai mon liquide blanc se répandre sur toi…

Notre héros commença à s'inquiéter :

- … on parle bien de chantilly hein ?

- Mais c'est quoi une faciale ??? cria Emmanite.

La boîte de pâté et de chantilly s'enfuirent en courant vers les chambres, prêts à réaliser leurs fantasmes les plus fous. Un énorme concombre remarqua alors que la petite fille était à présent toute seule, et que personne ne lui avait répondu. Il s'approcha d'elle et l'interrogea :

- Tu veux toujours savoir ce que c'est une faciale, gamine ?

- Oui !

- Alors viens, je vais te montrer…

*

A des mètres de hauteur, dans le calme de la nuit de son ciel d'été, les deux possesseurs de Brindilles s'entretenaient. Chacun racontait l'incroyable journée qu'ils avaient vécu.

- Sérieusement ? Tomat, dans l'au-delà ?

- Je te le promets ! Il était juste là, en face de moi, bien réel.

- Alors le Pafradis existent réellement...

- Oui, tu verrais. Tout est magnifique et apaisant là-bas !

- Ça donne envie de se jeter de cette tour pour pouvoir y vivre.

- On a un monde à sauver d'abord ! Et apparemment, ne sont acceptés au Pafradis que les aliments qui le méritent.

- Saucicon mérite sa place au Pafradis, à ton avis ?

- Je ne sais pas. Il faut dire qu'on ne sait pas réellement qui il est... tout comme ta mage ! Comment elle s'appelle déjà ?

- Merlise.

- Merlise voilà ! J'arrive pas à le retenir.

- Tout ce que je sais c'est qu'elle suit les ordres du Ver de Terre. Elle n'est pas très vielle, ni très sage en fait ! Et je n'ai pas vu ses pouvoirs...

- T'es sûre que c'est une mage ?

- Oui, enfin j'espère. C'est rassurant de se dire qu'on a un allié magicien.

- Tu as raison. Mais pourquoi ne s'est-elle pas montrée avant ?

- Elle devait attendre la mort du Poulet de Lumière pour se montrer je pense... Le Ver m'a dit que c'est le Poulet qui leur avait demandés, à lui et ses confrères, de transmettre les Brindilles aux élus une fois qu'il ne serait plus là.

- « Ses confrères » ? Tu veux dire qu'il y a d'autres Brindilles ?

- Trois autres. On les trouve...

- ... et on sauve le monde à coup sûr !

- On sauve le monde à coups sur la tête de nos adversaires !

Les deux amis rirent ensemble et Petit Rose en oublia ses craintes. Les paroles de Ban'Anne le rassuraient et ses informations avaient soulagé son triste cœur. Avec l'aide de Merlise, il sauverait son amour. Elle avait su trouver Ban'Anne, elle trouverait Nuisette.

- Je veux qu'on s'entraîne ! lança-t-il.

- Maintenant ?

- Oui, je veux voir de quoi est capable la Brindille de Terre !

- Bah... je veux bien, mais il fait presque noir.

Le chevalier rose dégaina son épée qui sous son envie d'être éclairé, s'illumina.

- Ta Brindille de Lumière t'obéit à chacun de tes désirs...

- J'ai appris à l'utiliser. Maintenant nous ne faisons qu'un. Pour y arriver, je me suis entraîné. Contre les basilics. Face à Tomat, à deux reprises. Pendant mes moments seuls. Et tout à l'heure, contre Mal Bourreau, c'était l'entraînement final. Je suis prêt à me battre ! A toi de t'entraîner maintenant ! Et ne fais qu'un avec ton arme.

Ban'Anne sourit, motivée, et sortit la Brindille de Terre de son sac. La dernière fois, ils n'avaient pas pu se battre à cause du brouillard. Cette fois-ci, rien ne les empêchait de s'entraîner. Elle se positionna, puis se prépara à parer les coups de son frère d'arme.

*

Clément, Citrov et Clémentine s'étaient empressés de sortir de la chambre pour retrouver les clémentines royales près du trône. La princesse avait aidé le citron vert à descendre les escaliers, puis lui avait trouvé des béquilles en bois très rudimentaires. Il était pressé de retourner à Panieta : là-bas on lui ferait un plâtre, lui donnerait de vraies béquilles et surtout, on le soignerait avec la médecine moderne, qui fonctionnait bien mieux. Mais il fallait régler les problèmes avec le prince, qui le dirigea vers le trône.

Les seigneurs de Poire-régal laissèrent passer nos trois personnages et ils se retrouvèrent face au roi Clémentin et la reine Clémie.

- Père, que se passe-t-il ? demanda Clémentine.

- Nous t'aimons, lui répondit le monarque au nom de son épouse et lui. Il est évident que tu es amoureuse de ce jeune citron, et que nous t'avons forcé à choisir Clément comme futur époux. Si tu préfères régner avec lui, alors qu'il en soit ainsi.

- Vous ne pouvez pas faire ça ! s'écria Clément.

- Je le peux, je suis le roi. Je mets fin à nos accords, avec la permission de tes parents.

- Père ! Mère ! cria le prince en se tournant vers sa famille. Pourquoi ?

- Mon fils... dit son père. Qu'as-tu fait pour mériter ta place ? Rien...

- Citrov vient juste d'arriver ! Ne me dîtes pas qu'il la mérite !

- Il t'a sauvé la vie, ainsi que celle de Clémentine. Il a risqué sa vie pour vous, pour préserver le trône. Il a su gérer la bataille. De plus, la princesse semble beaucoup l'apprécier. Citrov ferait un très bon roi.

Le groupe de clémentines remarqua que Citrov et Clémentine ne semblaient pas très excités par ce qu'il se passait.

- Je ne veux pas être reine, lâcha la clémentine, provoquant une vague de « HAAAAAAN » dans le groupe.

- Je n'veux pas être roi, déclara le citron vert, qui fit accroître les réactions.

- On vous propose le trône et ça ne vous intéresse pas ! gronda Clémie, ne comprenant pas leur réaction.

- Mais, mère ! Poire-régal est une bonne ville... pour des vacances. Pas pour une vie. Une fois qu'on a goûté à l'extérieur, on souhaite y rester. On vit bien mieux là où la technologie et les mentalités sont plus avancées.

- La technologie t'a pervertie, ma fille... elle pervertit tout le monde. C'est pour cela qu'on vit dans le strict minimum ici !

- Je sais. Mais j'ai exploré notre monde, je me suis instruite. Certains villages ont voulu s'éloigner du reste comme Sapille ou bien Braises-des-Bois, qui vivent plus proches de la nature. Mais au moins ils ont avec eux des habitations modernes, des sciences modernes... PIC NIC Land a su utiliser la technologie sans pour autant nous éloigner de la nature.

Du même avis que Clémentine, Citrov poursuivit son discours :

- Vous n'voulez pas vous servir de la technologie car vous ne voulez pas devenir comme les Humains. Mais nous n'sommes pas comme eux. Il y a beaucoup moins de malheur dans notre monde, et ce depuis toujours. Ça n'changera pas ! Jamais.

- Vous avez raison... admit finalement Clémentin. Le Poulet de Lumière a toujours fait de son mieux pour nous préserver du mal. Il continuera !

- Heu... il est mort le Poulet de Lumière... rappela le citron, embarrassé.

- QUOI ?? s'écrièrent toutes les clémentines.

- Vous auriez la télé vous le sauriez !

Sur ce, Citrov partit en direction de la grande porte.

- Où vas-tu ? lui demandèrent le roi et la reine.

- Je suis à Poire-régal, ville où les gens partent en vacances, normalement. Pour s'relaxer. Moi, je me fais attaquer par des grenades, écrasé par un rocher, et engueulé par tous les seigneurs de cette ville. Tout c'que je veux c'est voir la mer.

- Amène ma fille avec toi, noble citron vert, exigea le monarque. Et que ce soit romantique !

Clémentine explosa de joie et partit avec son beau prince vert en direction de la plage, sous le regard inquiet de la reine.

*

Le combat amical qui opposait les deux possesseurs de Brindilles ne se disputait plus en haut de la tour. Les élus s'étaient déplacés sans trop s'en rendre compte à travers Poire-régal et étaient à présent sur la plage. Le soleil, qui avait baigné la ville dans une chaleur étouffante toute la journée, disparaissait dans la fraîcheur de la nuit qu'il laissait tomber derrière lui. Sous le rythme des vagues, les deux soldats s'affrontaient avec enthousiasme.

Petit Rose continuait d'en apprendre sur son arme chaque jour, et il profita de tout ce qu'il avait déjà appris sur elle pour ne pas faciliter la tâche à son adversaire. Excalibeurre, la Brindille de Lumière, s'illuminait en cas de danger de mort. Elle pouvait aussi briller d'une intensité que le radis contrôlait mentalement ; il profita de cette capacité pour aveugler Ban'Anne à plusieurs reprises. De plus, il pouvait invoquer son oiseau de flammes dorées à tout moment. Quant au chevalier jaune, elle se rendait compte qu'elle pouvait maîtriser la nature autour d'elle. La terre commandait à ses ordres, et c'est comme cela qu'elle put envoyer du sable sur son adversaire sans même bouger le petit doigt. Duriandal, la Brindille de Terre, serait un avantage certain dans cette guerre.

Petit Rose et Ban'Anne n'avaient jamais manié d'armes avant de rejoindre la Patatour. Cet entraînement fut très enrichissant. Les pouvoirs magiques leur dépensant beaucoup d'énergie, ils s'allongèrent enfin, épuisés sur le sable fin de la plage. Il faisait nuit.

A quelques pas d'eux, assis face à l'océan, se trouvaient Pâté et sa conquête du soir.

- Pourquoi tu m'as amenée ici ? lui demanda-t-elle.

- Bah je sais pas... On a fait l'amour comme des bêtes. Je me suis dit que t'emmener regarder le coucher du soleil sur la plage, ça rajouterait du romantisme...

- Il fait nuit...

- Oui j'ai merdé là...

- Donc vu qu'on à rien à faire... fit la bombe de chantilly en posant la main sur le torse de Pâté, on pourrait refaire l'amour... Ici...

Elle allongea la boîte de pâté et vint se poser sur lui. Au moment où leurs lèvres allaient se joindre pour un délicieux baiser, Ban'Anne s'approcha vers eux, suivi de Petit Rose, et s'écria :

- Oh ! On se calme ! Y'a des jeunes lecteurs qui peuvent lire notre histoire.

Sous les rires des deux élus, la bombe de chantilly se retira et partit en direction du château. Un dernier regard derrière elle interpella Pâté : elle l'attendait dans leur chambre pour remettre ça. Mais bien qu'il adorait faire l'amour, il aimait ses amis.

- Comment tu vas ? demanda-t-il au radis, inquiet en repensant à ce qui s'était passé dans la grande cour.

- Je vais bien, Pâté. Merci. On retrouvera Nuisette, affirma-t-il en rangeant son arme dans son fourreau.

- Tu peux compter sur moi pour t'épauler !

Les trois amis furent contents de se retrouver dans le calme après cette journée bien trop dynamique et trop dynamité.

- On va se baigner ? lança Ban'Anne.

- Maintenant ? fit Pâté, pas très excité.

- Pas trop envie... souffla Petit Rose.

- Les gars ! Dans quelques jours on repart à Panieta et on n'aura pas profité de la plage ! En plus avec cette journée épuisante, tout ce que je veux c'est me relaxer dans l'eau.

- Mouais... lâchèrent en cœur le radis et la boîte, pas très convaincus.

- Bon bah tant pis pour vous !

Ban'Anne posa sa Brindille sur le sable et s'élança vers les légères vagues de cette eau bonne et claire. Citrov et Clémentine, qui marchaient le long de la plage, aperçurent leurs amis au loin et s'empressèrent de les retrouver.

- Princesse, sourit le radis en s'inclinant devant la clémentine.

- Non non non non pas de ça ! rétorqua-t-elle, gênée. Je suis une combattante, comme vous !

- Ho Clémentine ! l'appela Ban'Anne qui se prélassait dans la mer. Si t'es une combattante, amène-moi donc ces trois glands !

- On a pas envie de se baigner ! lui crièrent ensemble Petit Rose et Pâté.

- Mais moi je veux ! fit Citrov.

- Ah non ! gronda la clémentine. Toi tu es blessé, tu restes ici !

- Nan nan nan nan pas de ça ! ronchonna-t-il en lâchant ses béquilles. Je pars rejoindre Ban'Anne. Petit Rose, si tu ne veux pas que je me noie, viens m'aider.

- Raaahh ! grogna le radis en posant son arme à côté de celle de la banane. C'est bien parce que c'est toi.

Ensemble, les deux amis d'enfance rentrèrent dans l'eau qui, à leur grand étonnement, était très bonne. La mer s'était calmée et les vagues n'étaient plus que des soupçons d'élans marins qui se brisaient au contact de leurs corps. Citrov s'aida de Petit Rose et ils nagèrent jusqu'à Ban'Anne. Leurs pieds ne touchaient déjà plus le sable, mais aucune peur ne se saisit d'eux. Ils baignaient dans cette eau réconfortante aux reflets éclatants de cette lumière apaisante du clair de lune.

- Citrov aussi voulait t'emmener regarder le coucher du soleil ? demanda Pâté à Clémentine.

- Non. Il fait trop tard pour ça...

- Ouais... moi j'ai emmené une fille il y a quelques minutes ici. J'avais pas fait gaffe qu'il faisait nuit.

- Oh c'est dommage ! Ça aurait pu être romantique un coucher de soleil...

- Mais un peu cliché ! Au moins Citrov, lui, il est romantique. Il a fait la chose la plus belle au monde : il a donné sa vie pour toi. Il doit vraiment t'aimer à la folie.

La princesse regarda son amour s'amuser au loin. Elle ne voulait plus qu'il souffre à nouveau. Elle l'aimait tellement.

- On va les rejoindre ? proposa-elle.

Nos cinq héros passèrent ainsi le reste de la soirée dans l'eau, à jouer et à parler... sans se rendre compte qu'au loin...

... un oignon, les larmes aux yeux, quittait la cité...

... ainsi que cette aventure.

Ils oublièrent les drames et énigmes de la journée et ne pensèrent qu'à se détendre un peu, de se cacher de la crainte dans ce profond océan.

Demain, tous les problèmes referaient surface.

Mais en attendant, ils oublièrent.

Parfois les étoiles célestes se cachent derrière les nuages. Des fois les étoiles de mer se dissimulent entre les algues.

Ban'Anne avait réussi à se distinguer. Elle avait brillé tel un lointain soleil, à l'instar de son ami rose. Ensemble ils éclairaient le monde face aux ténèbres.

Comme une étoile, elle avait laissé les vagues la transporter et avait échoué sur cette plage. Les vagues d'assaut de l'ennemi l'avaient amenée jusqu'à cet endroit, jusqu'à ce moment.

Telles des astéries, Petit Rose, Ban'Anne, Citrov, Clémentine et Pâté se cachaient dans la mer en attendant la prochaine vague.

Au prochain défi, ils seraient ressourcés et prêts à combattre, multipliant leurs rangs, puis explosant leur énergie à tel point de plus pouvoir être arrêté par l'ennemi, poursuivant l'obscurité afin de l'éclaircir comme une étoile filante.

- Hihi !

- Ahhh, ça m'avait manqué ! rigola l'agrume vert avant d'embrasser sa princesse.

CHAPITRE 69

Dans ce qu'il restait du Domaine Sacré de la Lumière, le Sanctuaire du Poulet de Lumière, un long membre végétal surgit d'entre les débris, propulsant les roches vers cette lune bien trop rayonnante.

Le corps verdâtre de la géante salade se défit des gravats et contempla le désastre qu'elle avait engendré.

Cet endroit n'était plus qu'un tas de ruines.

Elle rampa au sol, gesticulant abominablement au rythme de sa respiration difficile.

Malgré sa douleur, elle continua d'avancer.

Elle ferait tomber tout le monde avec elle dans sa chute. Et surtout, elle se vengerait de cette patate qui avait provoqué sa défaite.

Sans les agissements de Patateuh et de ses soldats, elle serait encore en bonne santé.

Saladolf se concentra...

... et visualisa magiquement la Patatour.

La patate était seule pour quelques jours, sans aucun chevalier pour la protéger.

Souffrante, elle se traîna par terre, se cheminant vers la capitale avec la certitude de faire souffrir son opposant.

Le président de PIC NIC Land mourrait dans le prochain chapitre, par la main de cette horrible salade ne ressemblant dès lors plus qu'à un tas de feuilles mortes et répugnantes.

CHAPITRE 70

Effectivement, M.Patateuh passait sa soirée seul. Comme à son habitude, il épluchait tout un tas de dossiers sur son vieux bureau ; Saladolf était peut-être vaincue, du moins c'est ce qu'il croyait, cela n'empêchait pas d'autres affaires de nécessiter son attention, des affaires qu'il avait mis de coté pour se concentrer sur la guerre. Entre plusieurs cas banals, il tomba sur un beau colis envoyé par Brolancolie le brocoli, la maire de Pissentlity.

« *Cher M.Patateuh,*

c'est avec regret que je ne pourrai participer à la Réonion de l'Été cette année, veuillez trouver ci-joint à cette lettre un humble cadeau pour me faire pardonner.

Cordialement, Brolancolie »

« LA RÉONION DE L'ÉTÉ ?? » s'étouffa la patate. Elle se tourna vers son calendrier : c'était ce soir.

Tout de suite.

Maintenant.

Un rassemblement de tous les dirigeants de PIC NIC Land à Panieta, pour discuter politique. Avec les derniers événements survenus dans ce roman qui allait bientôt prendre fin, Maréchal Pépin ne pouvait absolument pas la louper.

Sans jeter un œil dans le colis pour y découvrir le fameux cadeau, la pomme de terre se précipita, stressée, vers la grande porte noire. En l'ouvrant, elle tomba nez à nez avec Paingeot qui revenait tout juste de Poire-régal.

- Vous avez un pépin ? demanda-t-il en voyant le visage crispé du président.

- TU TOMBES À PIC !

M.Patateuh bondit à l'aide de sa canne sur le dos de la baguette de pain et lui ordonna de l'amener au Parlementhe, pour y trouver l'assemblée des maires de PIC NIC Land.

Sur la route, Paingeot lui raconta la journée éprouvante que les soldats avaient vécu dans la cité maritime, et lui rapporta les nouvelles informations qu'avaient rapportés Petit Rose et Ban'Anne de leurs voyages. Le président aurait des choses à raconter à ses collègues, qu'il ne tarderait pas à revoir puisque la baguette arrivait déjà à quelques pas de l'édifice.

- Je vous attends ici, dit Paingeot.

- Non, tu en as assez fait aujourd'hui ! Repose-toi, rentre chez toi ou à la Patatour, je rentrerai à pied ne t'en fais pas.

Patateuh rentra au Parlementhe que je ne prendrai pas la peine de décrire, car franchement LA FLEMME, c'est bientôt la fin, et pénétra dans une salle obscure dans laquelle seule une table éclatante pouvait se discerner. Tant mieux, pas besoin de description inutile là non plus. Quand les yeux du vieux président s'habituèrent enfin à la pénombre, il distingua clairement le visage de sa trentaine de confrères, éclairés par cette longue table magique, assis tout autour de celle-ci, commençant à stopper leurs conversations. Deux chaises restaient inoccupées : la sienne et celle de Brolancolie. Il s'assit sur l'une d'entre elle et commença :

- Bonsoir...

- T'es en retard, lui reprocha un poivron. Trop occupé à faire la guerre ?

- Sans nous prévenir d'ailleurs ! continua un nugget de blé.

- Nous il nous a prévenus, déclarèrent Bananus et Arvor le sourire au lèvres.

- Qu'est-ce qui te prend Patateuh ? gronda une pomme. D'ailleurs apparemment il faut t'appeler Maréchal Pépin maintenant ?

- OH ! tonna notre patate. C'est ma fête ou quoi ?

- Tu fais la guerre sans nous prévenir ! lui répondit un cœur de palmier.

- Mais évidemment que je ne vous préviens pas, regardez dans quel état ça vous met !!

...

- Bon qu'est-ce qu'on a à l'ordre du jour ? demanda notre président.

Un citron sortit un long parchemin de sous la table et lut attentivement :

- Alors... hum... Peace-tache, chef des hippies d'Apérault, aimerait que l'expression « Ça ne vaut pas une cacahuète » soit dès à présent interdite car elle manquerait de respect à beaucoup d'habitants de son village, et aimerait que cela se fasse, je cite « sans que ça parte en cacahuète ». Belle Hélène, dirigeante de Chocolat Légion, aimerait savoir si nous pouvions arrêter le réchauffement climatique car celui-ci, je cite « réduirait la longévité de plusieurs de ces habitants, comme les sorbets, les glaces ou encore les glaçons ». Pasteak, nouveau maire de l'exotique Tranq-île, aimerait interdire l'entrée de son île à tout individu qui soit d'origine animale, afin de créer une civilisation entièrement végétale, joyeuse et en bonne santé, puis précise en revanche que les tofus y seront toujours les bienvenus. Hal'aïl, son bras droit, propose que cette lois n'interdise d'abord que l'entrée des picniclandiens étant à base de porc, histoire de commencer doucement, je cite « Allonh aubar ». Sinon...

- VOS GUEULES !!! hurla Patateuh. Vous n'en avez pas assez de vos conneries ? Nous sommes en guerre. J'utilise mon autorité suprême pour mettre de coté tous ces petits soucis, et pour que nous nous concentrions sur la survie de notre continent.

- Tiens donc, ria un pot de confiture. Maintenant on a le droit d'être au courant ?

- J'avoue que j'ai fais une grave erreur en ne vous informant pas de la menace qui plane sur PIC NIC Land. Que le continent sombre dans la misère et le chaos est mon pire cauchemar mais finalement, ma stratégie nous y a presque conduit. Je voulais vous épargner le doute, la peur, la confusion, la souffrance, l'angoisse. Mais en ne sachant pas ce qu'il peut se passer, comme les habitants de Poire-régal aujourd'hui, vous risquez d'y passer.

- Poire-régal s'est fait attaqué ? s'étouffa Bananus.

M.Patateuh s'appuya sur sa canne, soigna sa barbe d'un coup de main, redressa sa couronne et s'adressa à ses cons frères.

- Il y a cinq cents ans, le Poulet de Lumière a exilé Saladolf au Tartare, dans lequel elle passa cinq siècles sans vieillir d'une feuille. On ne sait comment, mais elle réussit à s'enfuir et à ressusciter ses Trois Nazes. Le Poulet de Lumière étant devenu trop vieux et ne pouvant pas la détruire, il me demanda de forger une armée pour que nous, les aliments, sauvions ce continent dont nous sommes les héritiers. Pour une fois, montrons que nous le méritons. J'ai alors essayé de fortifier cette armée, bien que difficilement je l'avoue, puisqu'en secret, dans ce monde où nous ne connaissons rien à la guerre. Le Poulet de Lumière est mort durant nos batailles, ainsi que les Trois Nazes... normalement. Nous avons avec nous une arme créée par notre Dieu : Excalibeurre, la Brindille de Lumière. Une fois disparu, les quatre élémentaires des quatre Domaines Sacrés qu'avaient engendrés les quatre plumes laissés par le Poulet de Lumière en s'envolant il y a cinq cents ans, attendirent l'arrivée des élus. Nous avons à présent Duriandal, la Brindille de Terre, et nous devons trouver le reste des armes élémentaires, car Saladolf ne serait apparemment pas vaincue. De plus, Mal Bourreau, un nouvel ennemi, serait motivé par les mêmes raisons. Ces fameuses raisons ? Aucune idée. L'origine de leurs pouvoirs surnaturels ? Nous ne savons pas non plus. Mais l'un de mes soldats aurait aperçu une silhouette dans le ciel comparable à celle du Poulet de Lumière durant la dernière bataille. Il y a de fortes chances pour que cet étrange animal soit à l'origine de tout cela, et que Saladolf et Mal Bourreau soient en réalité sous ses ordres. Voilà ce que je sais. Alors que chacun d'entre vous prévienne ses habitants, je ne peux plus garder ce secret maintenant que des grenades tombent du ciel pour nous réduire en purée. Et si chez vous des personnes aimeraient m'aider à sauver le monde, qu'elles viennent à la Patatour.

Sur ce long résumé du livre, Maréchal Pépin marcha en direction de la sortie du Parlementhe en laissant Peace-tache, Belle Hélène, Pasteack, Arvor, Bananus et les autres cogiter dessus.

Il venait de leur dire la vérité et, eux, n'allaient pas tarder à la dévoiler au reste du monde.

Il se retrouva dans l'une des multitudes rues de l'immense ville qu'était Panieta, en pleine nuit. Leur avait-il révéler TOUTE la vérité ? Non. Il savait quelque chose sur Petit Rose ou du moins, avait quelques suppositions. Ban'Anne avait d'ailleurs été témoin que Tomat à Guêpes à Temps, puis Kni au Sanctuaire, savaient tous les deux quelque chose sur une éventuelle réelle raison qui poussait Petit Rose à se joindre à cette armée.

« *Le premier mort sera aussi le dernier. Il reviendra à la vie à la fin de son ère, vaincra la mort et engendrera un nouveau cycle* »

Telle était la légende du premier picniclandien décédé. Ce radis, dont le nom finit par disparaître avec la transmission orale, fut écrasé par un ailéflan. Le Poulet de Lumière aurait alors fondé l'au delà, les collines illuminées, qu'on appela par la suite le Pafradis en son honneur, pour protéger les autres aliments de la mort. Mais l'âme du premier radis, ayant quitté son corps avant que le Pafradis ne soit créé, continuerait à errer sur le continent, pour trouver un nouveau corps pour revivre. Était-ce NOTRE radis ? Petit Rose était l'un des élus et il pouvait contrôler la magie du Poulet de Lumière.

« Il est bien comme le héros de la légende » songea la patate, son regard perdu dans les étoiles. « *Celui qui est censé revenir nous sauver de la mort est le premier à y avoir goûté* »

Plus la légende restait dans sa tête, et moins les doutes se faisaient.

« PETIT ROSE EST CELUI QUI VAINCRA LA MORT »

Soudainement, le président se fit bousculer par un bol et revint à la réalité.

Des centaines d'habitants vivaient leur vie naïvement, tout autour de lui. Ils marchaient, courraient, jouaient, buvaient, sans avoir la moindre idée de ce qu'il se passait. Les prochains jours allaient être différents maintenant que tous les dirigeants de PIC NIC Land étaient au courant que le conflit venait d'éclater. « Que cela ne nous mène pas à une guerre civile » espéra Patateuh en observant les rues bondées de son agglomération, dans lesquelles il aperçut Isabelle !

La bouteille d'eau se promenait par cette nuit paisible, à quelques mètres de la pomme de terre. Le maréchal réalisa à quel point il était fatigué, et surtout à quel point il voulait passer le reste de la nuit avec elle. Vite, il accourut jusqu'à elle et lui murmura :

- Isabelle... si tu savais à quel point j'ai envie de toi, là tout de suite. Et si on allait à la Patatour ?

Un long moment de silence malaisant s'installa quand le président remarqua que la bouteille était accompagnée.

- Je suis désolé, répondit Isabelle, gênée, en prenant la main de son compagnon, qui était une part d'un étrange mélange de charlotte aux fraises et d'omelette.

- Je suis Charlock Homl, se présenta la part en serrant la main de la patate.

Cet hybride sucré salé se retrouvait avec une main dans celle d'Isabelle, et l'autre dans celle du président. Qui était-il ? Que faisait-il là ? Pourquoi Isabelle était-elle avec ?

- Il n'y a pas que la Patatour et ta guerre contre Saladolf dans cette histoire, reprocha-t-elle à Patateuh. Tu oublies que nous avons tous une vie, que ce monde est bien réel.

- Mais... Isabelle... dit tristement le maire. Nous avons une histoire tous les deux.

- Tu me payes pour cette histoire ! Tu m'as offert une maison, du mobilier de luxe, les meilleures boissons du continent, des voyages à n'en plus finir, tout ça pour que je te fasse l'amour.

- En réalité, soupçonna Charlock Homl, Patateuh est amoureux de toi. Son regard indique beaucoup de passion et d'émerveillement quand il se pose sur toi, mais sa main tremblotante révèle qu'il n'a pas confiance en lui, peut-être car il a déjà eu le cœur brisé par le passé. Il t'offre des choses en échange de votre relation ? Peut-être, non, sûrement, que comme ça il cherche à se protéger en se disant que tu ne le quitteras jamais tout en ne se plongeant pas totalement dans votre couple par peur qu'il s'effondre. Patateuh n'a pas eu beaucoup d'activités physiques dans sa vie, la courbure de son dos ainsi que la peau de son corps informent qu'il a probablement passé sa vie derrière un bureau, et c'est probablement à cause de son entêtement pour le travail que ses amours l'ont toujours quitté. Pour finir, en observant bien votre main cher Patateuh, je conclurai en disant que vous avez une addiction au sexe, que vous avez invraisemblablement tout tenté pour vous éloigner des femmes, que vous dîtes détester pour, là encore, protéger votre petit cœur d’artichaut réduit en miettes.

- Impressionnant... souffla le président. Même les lecteurs ne savaient pas tout ça.

- Je pense que certains s'en doutaient. Il ne s'agit que de déductions et théories sur tous les indices laissés dans ce roman.

« DES INDICES » réalisa Patateuh. « Et si cette charlotte à l'omelette était aussi capable de certifier ces doutes sur l'origine de Petit Rose ? »

Il détacha son regard d'Isabelle et le plongea dans les yeux de ce fameux Charlock Homl.

- Est-ce que...

- Inutile de terminer votre phrase. Vous êtes époustouflé par mes capacités d'analyse et vous voulez vous entretenir avec moi sur quelque chose de plus sérieux. A en juger par votre regard ce quelque chose doit potentiellement être important pour la guerre, mais en visualisant votre corps qui a du mal à se tenir droit et vos jambes fatiguées j'en conclue que vous voulez m'inviter à la Patatour pour que vous puissiez vous asseoir... et... non... il y a autre chose... Votre main qui tremble... c'est aussi parce que vous avez peur. Vous êtes seul ce soir, tous les soldats sont à Poire-régal et vous pensez que ce serait donc le moment idéal pour que l’ennemi attaque votre QG. Je le pense aussi, bien sûr, c'est évident... Mais le sort du monde est peut-être entre mes mains ce soir donc je ne peux refuser. Allons-y.

Patateuh et Charlock Homl commencèrent leur marche en direction de la Patatour quand, derrière eux, Isabelle leur envoya :

- Vous vous rappelez que j'existe ou bien ? Parce que là, Patateuh, tu viens de me voler mon rencard !

*

Arrivés dans la Patatour, Patateuh s'installa à son bureau et Charlock Homl se positionna en face de lui. Le bon président sortit d'un tiroir de la liqueur d'herbe qu'il servit à son invité, et absorba cul-sec le reste. Il remarqua le colis emballé qu'il n'avait finalement pas ouvert.

- Qu'est-ce qu'il y a à l'intérieur ? demanda Patateuh, souhaitant à nouveau tester la charlotte.

Charlock examina du regard la boîte habillée d'un modeste papier cadeau, inspira, puis analysa :

- J'ai bien quatre ou cinq théories, mais la plus crédible serait que... vu le papier cadeau, ce n'est pas un ami qui vous l'a offert. Mais qui d'autre aurait pu vous le donner ? Vous n'avez pas non plus d'enfants sinon vous seriez avec eux pendant la guerre... c'est donc sûrement un cadeau diplomatique. La Réonion de l'Été était... ce soir. Vous n'aviez pas le cadeau sur vous tout à l'heure, ce qui veut dire qu'on vous l'a envoyé. Plausiblement un dirigeant de PIC NIC Land qui ne pouvait se rendre au Parlementhe ce soir. Vous avez un cadeau en signe de pardon, puisque vous êtes le président.

- Bravo, répondit Patateuh en se resservant. Ce cadeau m'a été envoyé par Brolancolie.

- Vous ne le déballez pas ?

- Et si dans ce carton se trouvait sa tête ? Et si nos ennemis l'avaient tuée ? Ceci expliquerait pourquoi elle était absente ce soir.

- Non. Il y a de la poussière sur l'emballage, ce qui atteste qu'il est sur votre bureau depuis quelques temps déjà. Si Brolancolie était morte vous seriez déjà au courant.

- Savez-vous qui est le maître de Saladolf et Mal Bourreau ?

- Non, bien sûr que non. Mais avec ce que vous m'avez dévoilé sur la route... je dirais que ce n'est pas un picniclandien. Éventuellement un être aussi puissant que le Poulet de Lumière, voir plus puissant encore puisque lui, il est toujours en vie.

- Et pour Petit Rose ?

- Allons Patateuh ! Vous n'allez pas me dire que vous n'avez toujours pas compris.

- JE VEUX DES REPONSES ! tonna le président.

Charlock Homl se redressa et assura une bonne allure. Il se demanda si Patateuh ne savait vraiment pas de quoi il en retournait. N'avait-il pas été attentif aux indices laissés dans ce roman ? Il songea alors aux lecteurs : eux, avaient-ils été attentifs à ces indices ? La réponse était là, juste là.

- Petit Rose n'a jamais connu ses parents et à été élevé à Pissenlity avant se s'enfuir et de tomber sur Citrov à Bourgapple, exact ? Son père s'est enfui pour des raisons inconnues et sa mère est morte à l'accouchement. Déjà rien que ça c'est louche. D'où, avec notre technologie actuelle, les femmes meurent-elles à l'accouchement ? Pourquoi, dans ce monde rempli d'amour, son père l'aurait abandonné ?

- Bon, vous allez me dire à quoi ça rime tout ça ?? Pourquoi Petit Rose a-t-il rejoint mon armée ?

- Car il se faisait chier, ça saute aux yeux, il ne trouve pas sa place dans le monde. Mais aussi pour retrouver son père, n'importe quel lecteur attentif l'aurait compris. Il a été abandonné puis adopté, puis il a fugué, puis il est parti à la guerre. Il ne tient pas deux minutes au même endroit, il est impulsif et colérique, car il veut retrouver son père dont il ne sait rien et qui serait sûrement la personne qui lui ressemble le plus. Peut-être voudrait-il aussi se venger en le retrouvant... Un enfant abandonné et méprisé le reste de sa vie agirait de la sorte.

- Est-il le héros de la légende, celui dont parle la prophétie... ?

- « *Le premier mort sera aussi le dernier. Il reviendra à la vie à la fin de son ère, vaincra la mort et engendrera un nouveau cycle* ». Le premier mort est le radis dont nous ne savons plus le nom. Petit Rose est le nom que lui ont donné ses parents adoptifs à Pissenlity ; nous ne savons donc pas réellement le prénom qu'il aurait du avoir à l'origine. Il est censé revenir à la fin de son ère, et que lui a dit le Poulet de Lumière avant de mourir ? Qu'une nouvelle ère arrivait.

- Et en plus il contrôle parfaitement la magie de notre ancien dieu...

- MAIS TU N'AS VRAIMENT RIEN COMPRIS ESPECE DE GLAND ! IL N'Y A PAS DE MAGIE. OH LES LECTEURS ! J'ESPERE QUE VOUS, VOUS AVEZ COMPRIS DE QUOI IL EN RETOURNE !

- Mais de quoi tu parles ??

- Petit Rose est né à Pissenlity, une ville où les pissenlits sont gigantesques et où sa mère n'a pas survécu à l'accouchement. Vous ne faîtes pas le lien ? Ça ne fait pas tilte dans vos petites têtes ?? La foudre s'est abattue sur un pique-nique et nous voilà, en train de vivre ! Un Poulet doté de capacités spéciales nous protégeait, et voilà que ce radis se bat en utilisant la même « magie » comme vous dîtes ! ET LA ÇA NE FAIT PAS TILTE DANS VOS PETITES TETES ?? Ce n'est pas de la magie ! Vous me saoulez, lecteurs, d'accepter ce postulat du « monde féerique » alors que NOUS AVONS TOUS ÉTÉ TROMPÉS. Faîtes comme moi, ouvrez les yeux. Vous ne voyez pas tous les indices qui fleurissent submergés dans ces innombrables paragraphes depuis le tout premier chapitre ?

- Qu'est-ce que tu veux nous dire ? Qu'il existe une explication rationnelle à tout ça ? Un sens caché derrière cette histoire ??

- MAIS EVIDEMMENT. A la naissance, on nous donne tous un prénom, merdique pour beaucoup d'entre nous, exécutant pour la plupart un jeu de mots EN RAPPORT avec notre race. Nous ne savons ni le nom du premier radis décédé, ni le véritable nom de Petit Rose. SON NOM EST LA CLÉ DE CETTE ENIGME. Et des jeux de mots avec « radis » il n'y en en a pas trois mille.

- C'est le moment où tu vas nous révéler la réponse je suppose ? Après tant de suspens...

- Ah ah évidemment ! Ce qui explique POURQUOI nous sommes en vie... COMMENT des phénomènes « magiques » peuvent survenir... Ce qui donne un TOUT NOUVEAU SENS à cette aventure... C'est le nom qui a été donné à Petit Rose à sa naissance... ET SON NOM EST...

Un bras végétal empala précipitamment Charlock Homl qui s'arrêta brusquement, avant de tomber brutalement au sol.

Saladolf était là.

Et elle venait de tuer le détective, sous l’œil terrifié de M.Patateuh.

La salade s'avança lentement en exécutant une sorte de danse macabre, tout en étant totalement essoufflée par son voyage, vers le président de PIC NIC Land qui ne fit pas un mouvement.

Il était juste là, devant elle, en train de vivre ses derniers instants.

Un autre de ces longs membres végétaux referma l'entrée de la Patatour sauvagement, dont l'écho de la grande porte noire qui venait d'être claquée s'allia à la voix sifflante de la salade, souffrante, qui effectua un affreux hurlement de satisfaction en bondissant brusquement sur le bureau.

- Mais que vous êtes laide... constata Patateuh, répugné.

- LE LAID TUE.

A SUIVRE...

EPILOGUE

Bon bah voilà.

Ce premier tome est terminé. J'espère que vous avez aimé la première partie de cette aventure et OUI JE SAIS je suis un enfoiré pour achever ce roman sur ce suspens insoutenable.

Enfin... insoutenable...
moi contrairement à vous je sais la suite.

Et peut-être que ceux qui ont déjà résolu l'énigme savent ce qu'il va se passer.

Et il y en a aussi peut-être qui vont jeter ce bouquin dans leur cheminée car franchement c'était bien de la merde.
Et je suis plutôt d'accord avec eux.
Á part le chapitre où je me fais leurs mères.

Comment ça je l'ai pas encore écrit ?

En tout cas, pour les ~~pigeons~~ beaux et vénérables phénix qui veulent savoir la suite, on se retrouve dans le deuxième tome de PIC NIC Land !

Quand est-ce que ça sort ?
Qu'est-ce que j'en sais ! Je suis pas voyant moi.

Nan allez, sérieusement, sincèrement, je vous aime.

Enfin non ça n'a pas de sens.
Je vous connais pas.

REMERCIEMENT

Je tiens tout d'abord à remercier ma famille sans qui je NAN JE DECONNE.

Je remercie bien entendu ces arbres qui se sont sacrifiés pour que des lecteurs puisse lire ce livre en format papier.

Je remercie aussi ces enfants chinois qui ont fabriqué mon clavier d'ordinateur sans qui je n'aurais pas pu écrire ces remerciements.

Je remercie d'ailleurs mon clavier qui a pas mal souffert sous mes moments de colère et de doute.

Je remercie bien sûr Thebookedition de m'avoir permis de publier ce roman et qui offre la possibilité à des auteurs ~~d'enculer~~ de contourner le système classique de l'édition.

Je remercie mes personnages de me supporter et de m'accompagner dans mes délires.

Je remercie mes proches qui ont participé de près ou de loin à la réalisation de cet ouvrage.

Je remercie la réelle noisette.

Je remercie ce mec qui a fait la couverture et qui en a chié pour faire quelque chose qui me plaisait.

Je remercie finalement la Vie qui a fait que les animaux voient le jour, puis les primates, puis Homo Sapiens, puis mes arrières arrières grands parents, mes arrières grands parents, mes grands parents, mes parents pour que je naisse et puisse m'inscrire dans l'Histoire et offrir cette aventure à l'Univers.

Ouais c'est beau.
Comme toi.
Non toi t'es moche.

SOMMAIRE

KIWIPEDIA

ANIMAUX

Les animaux sont des êtres vivants sauvages qui vivent sur le continent sans pourtant faire partie de la société. Il existe dans PIC NIC Land des créatures qui semblent ne pas exister sur les terres humaines, comme les kan-garous, poplicorns, la Bête du Jet Vaudou. et bien d'autres encore.

APERAULT

Village festif sans réel habitant fixe. Endroit destiné à faire la fête et créer de l'alcool à base de plantes.

BAIE ET FUN THÉ VERT

Chaîne de télévision destinée aux glands.

BOURGAPPLE

Village en pleine campagne fondé par le clan des pommes au lendemain de la Première Grande Guerre. Était autrefois une grande ville reconnue et prospère. Réputé pour ses établissements scolaires et diplômés depuis des siècles.

Habitants : 2 000

BRAISES-DES-BOIS

Village caché dans les arbres. Les villageois habitent dans les arbres. Fourni du bois à Castle Roll. Familièrement appelé Baises-des-Bois.

Habitants : 400

BOUGIES

Les écrits relatent que des bougies cohabitaient avec les autres picniclandiens durant les premiers siècles de l'Histoire. A force de créer des incendies accidentellement, elles quittèrent la société et ne revinrent jamais. Nul ne sait si elles existent encore, ou si elles ont vraiment existé.

CASTLE ROLL

Ville minière composée d'une multitudes d'usines et d'employés. Seul endroit de PIC NIC Land dans lequel sont autorisés la pollution ou la dégénérescence de la nature, régies par des règles strictes. Endroit dans lequel sont créés tous les objets qui serviront aux picniclandiens dans leur quotidien (meubles, appareils électroménagers etc...)

CROYANCES

Il n'y a jamais eu de véritables religions à travers l'Histoire de PIC NIC Land. Les picniclandiens peuvent apercevoir dans le ciel le Poulet de Lumière tous les matins. Les anciens écrits racontent qu'il a façonné le continent comme il se trouve aujourd'hui, et qu'il a donné vie aux aliments provenant d'un pique-nique préparé par des Humains, aliments qui sont donc devenus les premiers habitants de PIC NIC Land. Le premier habitant a mourir fut un radis dont le nom a été perdu au cours du temps. Le Poulet de Lumière raconta alors aux picniclandiens qu'il allait créer le Pafradis, endroit illuminé dans lequel les âmes se retrouveraient après la mort. Pour accéder au Pafradis, il faut avoir fait le bien sur le continent. Une prophétie ancestrale raconte que le premier picniclandien décédé sera aussi le dernier, que son âme errante retrouvera un corps pour se sacrifier et protéger tous les autres habitants de la mort. Nul ne sait si le Pafradis existe réellement...

FORET FURET

Forêt immense se trouvant sur la route principale reliant Panieta et Pissenlity. Aucune voie n'a été aménagée dans celle-ci pour que les furets furieux puissent vivre tranquillement dans leur forêt. La même décision a été prise dans la Forêt Goret, où se trouvent des sang-liers, cochons tueurs ne voulant pas êtres dérangés.

FREROS ROCHERS

Deux énormes blocs rocheux servant de limite au territoire de Mushwitz. Habritent le Caratumel, dont la légende du Ivre Rocher raconte que c'est en fait le repère de basilics bourrées attaquants les voyageurs.

GLAND

Insulte commune sur le continent. Cette insulte prend racine dans la moquerie des glands qui n'ont pas pris vie, perchés en haut des arbres.

GUEPES A TEMPS

Territoire des guêpes, connues pour leurs pièges et stratégies redoutables pour attraper les picniclandiens, ainsi que leur terrible Dard Tiflette.

HUMAIN

Race dont tu fais partie, lecteur. Individus omnivores se nourrissant d'êtres qui composent cette aventure. Sont à l'origine du pique-nique originel qui fut foudroyé par le Poulet de Lumière il y a des milliers d'années. Les seuls humains ayant pénétrés le continent sont justement les humains présents lors du pique-nique originel, ainsi que ceux ayant amené les parents du Poulet de Lumière. Ne sont plus en mesure de détecter le continent de PIC NIC Land à cause de la structure magique de Stoneige. Les scientifigues de PIC NIC Land observent régulièrement les humains, présents sur le reste de la planète, dans le but de les étudier.

JARDIN DEAD END

Ancien jardin dans lequel vivaient le Poulet de Lumière et sa famille, se trouvant en pleine vallée. Ce jardin est introuvable et n'est pas indiqué sur les cartes. Cet endroit abandonné abriterait le Sanctuaire du Poulet de Lumière, et serait aussi le lieux dans lequel les premiers aliments ont pris vie.

LAC DE LAVE

L'un des rares endroits créés par le Poulet de Lumière. Immense lac de lave engendré par le souffle divin du Poulet de Lumière pour mettre fin à la Première Grande Guerre opposant le clan des pommes, des oranges et des poires.

MONNAIE

Il n'y a jamais eu d'argent dans PIC NIC Land. Les habitants y voient un frein au bonheur, à l'humour et à l'épanouissement en communauté. Les salaires consistent en donations d'objet, de terrain, de statut ou d'aide. Pour acheter, on utilise le troc.

MUSHWITZ

Village n'existant que depuis cinq siècle. Est à l'origine un camp de champignons prisonniers et cuits à la vapeur par la terrible Saladolf. Les champignons sont restés unis par la suite.

Habitants : 300

NECTARUINE

Ruines d'une ancienne cité composée de pêches et de brugnons, détruite par une horde de créatures sauvages.

PANIETA

Capitale de PIC NIC Land.

Habitants : 3 000 000

ORANCH

Village fondé par le clan des oranges au lendemain de la Première Grande Guerre. Était autrefois une grande ville reconnue et prospère. Réputé pour ses ranchs et cultures visant à récolter la meilleure eau de pluie du continent. Abrite le célèbre site de mégalithiques Stoneige, système de protection magique créé par le Poulet de Lumière permettant au continent d'être invisible aux yeux de Humains.

Habitants : 5 000

PAFRADIS

Emplacement légendaire dans lequel les âmes se retrouveraient après la mort. Lieu infini parsemé de collines dorées, d'arbre lumineux et d'un ciel éclatant. On dit de cet endroit que tout y serait possible. Tous les picniclandiens morts et ayant mérité leur place s'y trouveraient, à part le tout premier radis décédé qui est mort quand le Pafradis n'existait pas encore.

PATATOUR

Construite par M.Patateuh pour faire plaisir au peuple et l'aider dans sa campagne pendant les élections. Immense tour en forme de patate dont chaque étage à une particularité. Entrée payante.

PARLEMENTHE

Assemblée des maires du continent pour améliorer le monde, voter des lois, prendre les décisions.

PIC NIC LAND

Parcelle de terres invisibles aux yeux du reste des terriens depuis la construction de Stoneige. Était autrefois relié aux autres territoires conquis par les Humains.

PICNICLANDIEN

On appelle picniclandien tout habitant ayant comme ancêtre un membre du panier originel. De ce fait, les animaux ne sont pas considérés comme des « picniclandiens ». Aucun picniclandien n'est jamais sorti du continent. Les parents du Poulet de Lumière semblent être les premiers êtres intelligents à y résider.

PISSENLITY

Deuxième plus grande agglomération du continent, après Panieta. Iconique pour ses gigantesques pissenlits entourant la ville.

Habitants : 600 000

POIRE-RÉGAL

Ville maritime fondée par le clan des poires au lendemain de la Première Grande Guerre. Est une cité médiévale dans laquelle les modes de vies n'ont pas changé depuis plus d'un millénaire. Réputé pour son tourisme, ses marchés, ses parcs d'attraction, ses plages, son château emblématique.

Habitants : 40 000

POULET DE LUMIERE

Dieu fondateur de PIC NIC Land. Âgé de plusieurs milliers d'années. Survole son monde tous les matins pour réveiller les picniclandiens. Personne ne lui a déjà parlé. Ne se mêle des querelles du continent que s'il y a extrême urgence.

REONION

Réunion obligatoire au Parlementhe à chaque début de saison, dirigée par le président et dans laquelle tous les maires de toutes les villes sont convoqués.

SAPILLE

Modeste village lointain et isolé du reste du monde, couvert de sapin. Dirigé par Bananus qui, il y a quelques années, décida de se séparer politiquement et économiquement du reste de PIC NIC Land. Sapille n'échange pas avec les autres villes, ne possède pas de tisanes provenant d'Oranch ou d'objets ayant comme origine les usines de Castle Roll. Les villageois de Sapille sont tous des picnicandiens ayant choisi la voie de Bananus. Sapille est régulièrement confrontée à d'intenses pluies et violentes tempêtes, voir aussi d'attaques menées par les guêpes de Guêpes à Temps, lieu qui se trouve à proximité.

Habitants : 800

STONEIGE

Dispositif magique se trouvant à Oranch empêchant les humains de voir le continent.

SEXUALITÉ

Les rapports sexuels peuvent se faire entre tous les individus de PIC NIC Land, bien qu'il reste encore mal vu dans certains endroits de voir des couples formés de deux races différentes. Deux picniclandiens de races différentes ne peuvent concevoir d'enfants, sauf dans certains cas comme celui de Citrov, fils d'une mère citron et d'un père citron vert. Certains aliments sont connus pour avoir une forte probabilité à engendrer des jumeaux ou triplets, tels les cerises, myrtilles ou encore les raisins, comme c'est le cas de Trois par exemple.

TARTARE

Mer de fromage fondant et périmé se trouvant au centre de la Terre, créée pour punir ceux qui feraient le mal sur le continent. Gardé par Hadespelette.

VIE TA MINE

Nom donné à la Première Grande Guerre qui opposa le clan des Pommes, des Oranges et des Poires. Bataille explosive dans laquelle beaucoup périrent dans les explosions.

« C'est déjà fini ? Beh... j'comprends pu rien moi. »

- CITROV

RETROUVE AUSSI PIC NIC LAND ...

SUR TWITTER
@pic_nic_land

N'hésite pas à me dire ce que
tu as pensé de ce premier tome,
mais aussi à m'écrire si tu as trouvé
une faute dans le livre !

Pour toute demande commerciale
et autres trucs chelous :

picniclandofficiel@gmail.com

DIDI CHANDOUIDOUI

The Book Edition
113 rue Barthélemy Delespaul
59021 Lille cedex

ISBN : 978-2-9544083-1-6
Prix TTC : 11 ,99 €
Dépot légal : Novembre 2017